M. S. FAYES

# O CINTILAR DA GUERRA

1ª Edição

2022

| | |
|---|---|
| **Direção Editorial:** | **Arte de Capa:** |
| Anastacia Cabo | Bianca Santana |
| **Gerente Editorial:** | **Ilustração:** |
| Solange Arten | Ellie Iatsenko |
| **Revisão final:** | **Diagramação e preparação de texto:** |
| Equipe The Gift Box | Carol Dias |

Copyright © M. S. Fayes, 2022
Copyright © The Gift Box, 2022

Todos os direitos reservados.
Nenhuma parte do conteúdo desse livro poderá ser reproduzida em qualquer meio ou forma – impresso, digital, áudio ou visual – sem a expressa autorização da editora sob penas criminais e ações civis.
Esta é uma obra de ficção. Nomes, personagens, lugares e acontecimentos descritos são produtos da imaginação da autora. Qualquer semelhança com nomes, datas ou acontecimentos reais é mera coincidência.

Este livro segue as regras da Nova Ortografia da Língua Portuguesa.

CIP-BRASIL. CATALOGAÇÃO NA PUBLICAÇÃO
SINDICATO NACIONAL DOS EDITORES DE LIVROS, RJ
Meri Gleice Rodrigues de Souza - Bibliotecária - CRB-7/6439

---

F291c

Fayes, M.S.

O cintilar da guerra / M.S. Fayes. - 1. ed. - Rio de Janeiro : The Gift Box, 2022.
239 p.

ISBN 978-65-5636-155-0

1. Romance brasileiro. I. Título.

22-76982   CDD: 869.3
        CDU: 82-31(81)

---

# O CINTILAR DA GUERRA

## Reino de Nargohr
- Idraus (Rei) — Nayla (Rainha)
  - Thandal
  - Ygrainne

## Reino de Glynmoor
- Mallya (Rainha) — Ygor (Rei) — Alycia
  - Alana
  - Giselle

## Reino de Zertughen
- Thaldae Zanor (Rei) — Lydae (Rainha)
  - Zaragohr
  - Zoltren
    - Styrgeon

## Reino humano
- Alaihr Cooper †
  - Descendência
    - Alaric Cooper
    - Keith Cooper
      - Violet Cooper
    - Gertie Cooper

# GLOSSÁRIO

- Reino de Glynmoor: Localizado logo após a floresta que leva o mesmo nome, é protegido pelas fadas que guardam e protegem a entrada de todos os reinos de Cálix.
- Ponte de Cálix: Ponte que liga a floresta de Glynmoor ao reino humano. Funciona como um portal para um mundo sobrenatural oculto à civilização.
- Reino de Zertughen: Território dos Elfos de Luz, que são governados pelos reis Tahldae de Zanor e Lydae, que comandam a maior parte dos territórios dos Reinos de Cálix.
- Bedwyr: Também chamada de Bedwyrshire, é a cidade fictícia localizada no litoral do Condado de Buyr, na Escócia.
- Afonyarlk: Rio que cruza a ponte de Cálix, separando Bedwyr e a floresta de Glynmoor.
- Lago de Tryallys: Lago onde a queda d'água do palácio de cristal de Glynmoor desemboca.
- Riacho de Gandallys: Rio escolhido pelas fadas para celebrar o festival da primavera.
- Montanha dos Malakhi: Morada dos gigantes governados pelos Elfos de Luz.
- Finllys: Fadas semelhantes às ninfas, conhecidas por se valerem de sedução para hipnotizar seres sobrenaturais.
- Fonte Brunhswood: Fonte de sabedoria protegida pela maga e curandeira dos reinos de Cálix, Kiandra, é um local que pode restaurar a luz das fadas.
- Olmo de Gwelhad: Morada de Kiandra, a maga milenar de Cálix.
- Ghurdur: Floresta mais ao norte no território de Zertughen, usada como reduto de descanso para os elfos de luz.

- Glynteha: Reino longínquo cujo soberano, pai de Alana, abdicou ao trono.
- Reino de Nargohr: Território dos Elfos Sombrios, protege a fortaleza governada pelo Rei Irdraus e seus herdeiros.
- Ysbryds: Elfos sombrios treinados sob a mão de ferro de Thandal de Nargohr. São implacáveis, e por vezes confundidos com fantasmas, infiltrando-se em todo e qualquer lugar sem serem detectados.
- Fronteira de Glasnor: Território localizado entre Glynmoor e Zertughen.
- Reino de Aslyn: Localizado ao norte de Cálix, é habitado por elfos e criaturas das montanhas geladas.
- Reino de Mythal: Reino das águas, é cercado pelo Mar de Mythia, e se localiza mais ao sul, em uma península. Seu povo comanda todas as criaturas aquáticas de Cálix.
- Olmo de Zyral: Local onde todos os escritos e tomos do mundo feérico se concentra.
- Néctar de *Snowdrop*: Tipo de bebida doce consumida pelas fadas.
- Kirin: Criatura alada semelhante aos dragões mitológicos.
- Argon: Matéria misteriosa e preciosa que forja o trono e armas dos Elfos Sombrios. Seus espectros criam a ilusão de um buraco negro capaz de sugar a alma de outra criatura que não seja pertencente a Nargohr.
- Cetro *Majërghen*: Cetro usado pelo rei dos Elfos de Luz, e que detém a fonte de seu poder.
- Fornalha de Bryathyn: Local onde todas as armas élficas são forjadas.
- Sinos de Cantyhr: Árvores cujas flores mágicas entoam melodias ao sabor do vento.
- Cetro de *Katandyr*: Cetro usado pelo rei e herdeiro de Nargohr.
- Vale de Pristhyn: Vale encantado onde as fadas celebram festas, e onde Thandal de Nargohr viu Giselle pela primeira vez.
- Morguhr: Espécie de sono profundo induzido por encantamento.
- *Timë'sGon*: Período que representa a guerra élfica mais temida de todas, simbolizando o duelo entre as forças do bem e do mal. Prevista para culminar em novo reino estabelecido e único.

- Vale de Meilyn: Local atemporal e em outra dimensão, que abrigará aquela que está destinada a cumprir a profecia do *Timë'sGon*.
- Iardhen: Cúpula de cristal dentro do Vale de Meilyn, cuja função é proteger a matéria corporal da fada cintilada pelo amor verdadeiro.
- Néctar-flúor de Xanthyr: Tipo de bebida alcóolica.
- Cavernas de Cossark: Cavernas para onde os exilados de Nargohr são enviados.
- Solros: Bosque encantado com o campo de girassóis.
- Fronteira de Candyden: Fronteira entre as terras de Zertughen e Nargohr.
- Aersythal: Nome dado às faíscas geradas entre as espadas poderosas *Majërghen* e *Katandyr*, armas empunhadas por seus respectivos reis. Essas mesmas faíscas geraram uma das elfas mais poderosas de Cálix.
- Néctar de Fuzyr: Espécie de bebida alucinógena.
- Flecha de Vyrx: Flecha cujo veneno pode ser letal.
- Espadas de Xyandyr: Armas empunhadas pelos Elfos de Luz.
- Calabouço dos Segredos: Localizado na Fortaleza de Nargohr, é usado como câmara de tortura para seus prisioneiros.
- Ilha de Narvius: Situada ao leste de Nargohr, de propriedade dos Elfos Sombrios. Cercada por magia, também é conhecida como Ilha das Sombras.
- Karpungyr: Raça de lobos sobrenaturais que formam elos eternos com outras espécies. O lobo de Zoltren, Thron, é um dos últimos alfas.
- Encosta de Axyndor: Localizada no litoral de Zertughen, em um braço de mar.
- Festa de Zenyir: Tipo de sarau regado a bebidas no reino dos Elfos de Luz.

# DICIONÁRIO

- *Duilich*: Encantamento para que as asas sejam ocultadas dos olhos humanos.
- *Yarmet*: Xingamento em dialeto élfico.
- *Isdarth Virg'h Luyar, moy'ahr?*, que significa: *Onde estará você agora, minha irmã?*
- *Hyu'n Artik'var*: Que transcenda o espaço.
- *Y'r vuhn tae luyar zy deth'n'mai, Moy'syl*: Eu te amarei até a eternidade ou a morte, fada minha.
- *Syl*: fada.
- *Zy mai, Moy'syl*: Até a eternidade, fada minha.
- *Vuhn tae luyar zy mai, Moy'ess*: Também o amarei até a eternidade, meu elfo.
- *Ess*: elfo.
- *Dyrvay, Moy'ess*: Eu prometo, meu elfo.
- *Vuhn tae luyar Zy deth, Moy'zard*: Eu te amarei até a morte, meu amor.
- *Zard*: Amor.
- *Yargan'th*: Obrigado.
- *Vuhn tae luyar zy mai*: Eu sempre te amei.
- *Chryanis*: Dialeto falado por alguns povos feéricos.

*"Há muito mais do que se imagina... Em um reino tão distante e mágico quanto a mente criativa de qualquer ser humano pode sonhar."*
*MS Fayes*

# PREFÁCIO

Você acredita em magia? Fadas, elfos e afins? Não? Bom, quem sabe sua opinião mude assim como a minha mudou a cada página desse livro.

Uma história que nos faz mergulhar em um mundo onde seres mágicos nos fazem questionar se eles realmente não existem. Um mundo criado especialmente para eles, e isso a Fayes nos faz perceber a cada página, o carinho, cuidado e amor dedicados a essa história são quase palpáveis. Foi incrível entrar nesse universo fantástico e ver do que realmente somos capazes de fazer quando queremos.

Escrever não é fácil, criar todo um universo não é fácil, agora criar um mundo novo, uma nova língua, novas palavras... isso não é para qualquer um, e a Martinha conseguiu provar, mais uma vez, que é plural quando o assunto é escrever, e quando se faz isso com paixão e responsabilidade o resultado é um livro maravilhoso como *O Cintilar da Guerra*.

Eu amei conhecer o reino de Glynmoor e suas fadas, me apaixonei pelo reino de Zertughen e seus elfos guerreiros, e deixei-me seduzir pelo reino de Nargohr e seus Elfos Sombrios... Três reinos que tenho certeza de que você também vai amar conhecer.

Entre as guerras, amores, encontros e desencontros, desejo que você, leitor, embarque nessa aventura com a mesma paixão derramada em cada linha que foi escrita.

Foi uma honra estar presente e ver a criação desse livro tão maravilhoso. Foi uma honra ver você, M.S. Fayes, mostrando sua força como autora, sua paixão pela escrita. Isso transborda dentro desse livro.

Então, leitores, se vocês procuram por romance, aventura e um mundo mágico, posso garantir que encontrou o livro certo; só não se apaixonem pelo Z, pois ele, literalmente, tem dona: EU.

Boa leitura,
Andy Collins.

# PRÓLOGO

## THANDAL

Meus olhos deslizam preguiçosamente pela figura esguia mais ao longe que ri, despreocupada, ao lado de seus pares, inconsciente do fato de estar sendo observada.

Umedecendo os lábios, arrasto a língua por minhas presas, ignorando as batidas aceleradas do meu coração sombrio.

Não possuo sentimentos como tantos outros alegam possuir, mas um anseio queima por dentro do meu ser sempre que penso na delicada criatura que se tornou a fonte do meu apreço.

A vontade de chegar até ela de forma súbita, tomando-a para mim, é imensa, e só é contida quando avisto uma comitiva de guardas se aproximando da margem mais distante do Vale de Pristhyn.

Meus olhos treinados pela escuridão varrem todo o local, conferindo o número de inimigos a serem derrotados de maneira fugaz.

O riso cristalino atrai novamente minha atenção, e sem perceber, esfrego o centro do meu peito, nem um pouco satisfeito com a aflição que sinto.

— Devemos agir, Alteza? — um dos meus guerreiros questiona.

Apenas ergo um punho, sinalizando que se mantenha quieto.

Uma névoa escura e densa se forma ao meu lado, fazendo borbulhar minha irritação.

Com um sibilo quase inaudível, rosno para quem se intromete em meu momento:

— O que faz aqui?

— Eu que deveria perguntar — responde, com sarcasmo. — Ah, por um segundo eu havia me esquecido de que sua diversão agora se resume a observar seu brinquedinho ao longe.

Com um golpe certeiro, agarro um punhado de cabelo escuro em minha mão e digo, entredentes:

— Tens sorte de compartilhar o mesmo sangue que eu, Ygrainne. — Vejo quando engole em seco, temendo minha reação. — Por hoje, não darei o castigo que merece, mas volte a agir com insolência e o desfecho será outro.

Por entre a densa vegetação que margeia o lago onde o festival das fadas acontece, lanço um último olhar cobiçoso antes de desaparecer em uma nuvem escura que sobe às copas das árvores da floresta encantada.

Há séculos essa tem sido a única atitude que tomo. Apenas observar, cobiçar e desejar que minhas mãos entrem em contato com a pele imaculada, que ansiará pelo meu toque.

Já é hora de me apossar do que me vem sendo negado há tanto tempo.

# CAPÍTULO I

## GISELLE

*Reino de Glynmoor*

Correr nos bosques úmidos da Floresta Encantada de Glynmoor é uma sensação única. Até mesmo porque quase nunca uso meus próprios pés para fazer esse percurso. Sentir a suavidade das folhas caídas das árvores, a relva úmida e o terreno irregular trazia uma paz que eu, muitas vezes, não encontrava em meu próprio lar.

Minhas asas foram feitas para desfrutar de liberdade, e não do cativeiro imposto pelas regras que minha espécie impõe. De que adianta possuir um meio inigualável para voar de um lugar ao outro, sem rumo, quando não posso me ausentar nem mesmo dez metros de nossa morada?

Sei que pertenço a uma classe distinta de fadas, e preciso fazer jus ao que minha meia-irmã, Alana, exige de mim. Honestamente, não gostaria de estar no seu lugar, exercendo um cargo que mais se parece a um fardo pesado.

Alana de Glynmoor é a rainha das fadas da floresta que leva o mesmo nome do nosso reino. Embora vivamos um relacionamento tumultuado, ainda assim, eu a respeito acima de qualquer ser vivo. Mesmo quando desobedeço a suas ordens estritas para que nunca deixe as cercanias do palácio onde vivemos.

Em comparação aos meus séculos de existência, Alana é um ser milenar. Costumo dizer que ela parece ter 600 milhões de anos, ao invés de 1500, e sua sisudez a transforma em uma figura temível em todo o reino mágico. Por vezes, ela é citada como a Rainha de Gelo.

Sua beleza transcende a de qualquer criatura que eu já tenha visto, e seus olhos tristes contam histórias que desconheço e posso apenas supor, dado o que as melodias dos bardos entoam.

As canções enaltecem uma das fadas mais lindas que o mundo mágico já viu, com seu longo cabelo loiro platinado, olhos azuis tão cristalinos quanto o mais puro cristal, e que exala a elegância majestosa do mundo feérico.

Para entender meu mundo é preciso conhecer as castas que nos dividem, com características distintas e funções em nosso reino. Nos dividimos em categorias, sendo que cada uma delas apresenta seus pormenores.

Alana, nossa rainha, é uma fada Ushylën, em escala de poder e importância. Como a única representante pura da realeza *fae*, ela exprime o que há de melhor entre nossa espécie. No entanto, engana-se quem imagina que sua beleza etérea é seu único atrativo, ou que suas asas translúcidas a tornam um ser fraco.

A marca da realeza em seu rosto a torna singular e destemida entre os povos, além da habilidade de criar magia com suas próprias mãos. Não bastasse isso, minha irmã ainda é capaz de paralisar qualquer ser vivo com seu olhar gélido.

Como quase sempre sou o alvo disso, sei bem o que estou dizendo.

Em minha simplicidade, posso dizer que me orgulho em ser uma fada Feishlëg. Posso não ser dotada dos poderes extremos que Alana possui, mas não sou completamente desprovida de magia. Faço de minha compleição física uma arma, e aproveito minhas habilidades de voo para dominar a arte de empunhar arcos e flechas. Minhas asas são elegantes e mais finas do que a superfície de um cristal, e revoam como as asas de borboletas, mudando de cor de acordo com o humor. As minhas sempre variam entre os tons de azul e verde, quase como um caleidoscópio de nuances distintas.

As Dhruds são aquelas que exercem funções específicas dentro do reino. Seja nos cuidados com as plantas, ou flores, ou com os animais. Para cada nicho, há um grupo de fadas responsáveis pelo bem-estar do nosso povo e nosso habitat.

Fadas Pixie são as que povoam o imaginário humano, com seres diminutos e cintilantes, que se valem de seus pozinhos mágicos para conseguir seus feitos. Com seus encantamentos, sempre acabamos sendo surpreendidas por suas travessuras ao redor, e a gravidade disso vai variar conforme o humor de cada uma delas.

Há, ainda, os guardiões *fae*, que fazem todo o serviço de proteção do nosso território. São eles que asseguram que nossa espécie continue sendo mantida em segredo. Por serem os guardiões da floresta, podem ser encontrados a cada poucos metros no perímetro.

Meu momento de liberdade sempre é reportado por um deles, já que meu prazer em perambular pela área próxima à ponte nunca fica em sigilo.

O mundo *fae* é vasto e repleto de seres sobrenaturais. Além da floresta de Glynmoor, existem seres que os humanos só conhecem de contos e histórias épicas.

Glynmoor é um dos cinco reinos de Cálix, cuja ponte, que nos interliga aos domínios humanos, recebe o mesmo nome. Nossa função primordial consiste em guardar a passagem para o mundo mágico, mantendo a civilização longe de nossas terras.

Os humanos vivem na ignorância de que fadas, *faes*, elfos e criaturas míticas coabitam um território tão próximo, mas, ainda assim, tão distante.

Sem perceber, passo a mão pelas folhas de uma densa vegetação que oculta o lugar onde sonho pisar os pés.

Bedwyr. O condado circunvizinho a Glynmoor.

Respiro fundo e mantenho o ritmo da minha corrida, pulando raízes de árvores, pequenos riachos e animais silvestres que se interpõem em meu caminho.

Amo a natureza, e a sensação de liberdade que ela dá, aliviando, por pouco tempo, a claustrofobia com que tenho convivido pelos últimos séculos.

Alana e eu sempre nos mantemos mais resguardadas em nosso palácio. Eventos trágicos, um milênio atrás, foram responsáveis pelo cuidado excessivo que a rainha tem com a nossa segurança.

Não consigo explicar, mas algo dentro de mim clama por uma fuga, pela necessidade de vivenciar aquilo que nunca serei capaz de experimentar dentro do confinamento das paredes de cristal de Glynmoor.

Meu espírito é livre, e, por vezes, pode ser confundido com rebeldia ou descaso com as vontades de Alana, mas tudo o que anseio é viver algo que está separado para mim... fora dos confins do meu reino que mais atua como um cativeiro elegante.

Embora saiba que tenho uma missão a ser exercida, e que tenho responsabilidades como princesa, também sei que o desejo de arrancar minhas asas e apenas sentir meus pés tocando o solo são fruto de algo que arde em meu peito, mas que não sei classificar.

— Giselle! — Laurynn grita mais acima, me sobressaltando.

Olho para o alto, avistando as pernas torneadas de minha melhor amiga sobrevoando minha cabeça, quase acertando as sapatilhas delicadas no meu nariz.

— Ai, Laury! Olha por onde anda! Ou melhor, por onde voa! — corrijo e começo a rir, sem interromper a corrida desenfreada.

O CINTILAR DA GUERRA

Preciso queimar a energia que me deixou o dia inteiro nervosa, como se a necessidade de sentir a magia sob os meus pés fosse algo imprescindível. Vital.

A terra, em seu elemento, por vezes pode ser desconhecida para nós. Fadas de categorias elevadas muitas vezes se recusam a pisar os pés no solo da floresta, limitando-se a repousar as asas apenas quando estão no palácio ou em seus redutos.

— Alana está em polvorosa atrás de você! — Laurynn diz, voando de costas, agora de frente para mim. — É sério. Ela colocou quase todos os guardiões do palácio em sua busca.

Olho para trás e dou um sorriso zombeteiro, arqueando uma sobrancelha.

— Não vejo ninguém atrás de mim, muito menos a Rainha Soberana de todas as asas... — zombo.

— Você sabe muito bem que é feio tirar sarro da Magnânima.

Paro de correr e apoio as mãos nos joelhos, curvando-me um pouco para recuperar o fôlego. Por mais incrível que possa parecer, voar não exige um esforço sobrenatural dos meus pulmões, mas correr, sim. O que implica que preciso de mais condicionamento físico.

— Não estou tirando sarro. Estou apenas compartilhando este apelido carinhoso com minha melhor amiga, que não vai contar nada a ninguém, já que esse detalhe é uma piada interna.

Laurynn desce de seu voo, mas se mantém cerca de quinze centímetros acima do solo.

Na mesma hora, ergo as sobrancelhas e cruzo os braços, sem conseguir acreditar.

— Qual é, Laury? Até você? Recusando-se a colocar os pés no solo? Sentir a grama, a lama, as pedrinhas... — caçoo, fazendo questão de me abaixar para sentir os elementos com as mãos.

— As formigas e todos os insetos rastejantes e repugnantes que existem por aí... — ela completa.

— Você é nojenta — resmungo, sentindo um desejo súbito de planar acima da vegetação rasteira. Posso amar a natureza, mas também tenho um limite. — E fresca.

— Tanto quanto posso ser. — Laury ri.

Passo a mão pelo meu cabelo castanho longo e desgrenhado. Os fios se encontram tão embaraçados que por um instante chego a pensar que nunca mais conseguirei penteá-los. Com um suspiro profundo, desisto da tarefa de ajeitá-los, ciente de que é inútil.

— Okay. Vou subir com você. Já que estar aqui, abaixo de determinada altitude, afeta tanto seu equilíbrio emocional — debocho.

Bato as asas até então recolhidas às costas, de maneira que não me impedissem de correr contra o vento em meu breve momento de pura liberdade. Depois de sacudir um pouco, as arredias asas percebem que é hora de acordar do sono ao qual lhes permiti e voltam ao trabalho braçal.

Subo aos ares num voo elegante, mesmo que meus pés agora estejam imundos de barro e as pernas cheias de gramíneas, e sorrio para Laurynn, que balança a cabeça em descrença.

— Você é louca, Giselle. Espero que se limpe primeiro, antes de adentrar à sala do trono — ela ralha.

— Eu? E vou me limpar como? Vou me lamber como um gato? Não é como se Alana não estivesse acostumada a isso, Laury.

— Você sabe muito bem que cuido de toda a parte de perfumaria do Reino. Vamos passar no meu reduto, primeiro. Lá poderei cuidar dessa sua aparência... horrível.

— Você quer dizer então que vai dar um trato no meu visual? — Dou uma risada, mas a acompanho de qualquer forma.

Sei que com minha amiga é difícil argumentar. Por ter a personalidade mais dócil, Laury sempre vence meus argumentos à base de insistência. E quando o assunto se trata de suas funções atribuídas no reino, ela se torna implacável... mas de um jeito fofo.

Dentre as tarefas que muitas fadas executam, há algumas específicas para manter todo o equilíbrio natural do mundo oculto dos humanos.

Laurynn é uma Fada-lavadeira, embora odeie que usemos o termo. Uma de suas inúmeras funções se concentra em manter a pureza das flores, das folhas e todo o frescor que nos rodeia. O que significa que, sempre que ela está por perto, o cheiro de lavanda impera e toma conta do ambiente.

Por ser perfumada por natureza, Laury se torna muito vulnerável a qualquer inimigo do nosso reino, especialmente aqueles que têm o senso do olfato apurado.

Minha amiga é o ser mais afetuoso que existe. O problema é que toda essa afetuosidade está agora de mãos dadas comigo, em pleno voo, me levando para seu reduto, destinada a tomar um banho perfumado, de forma que, quando entrar na presença de Alana, consiga disfarçar minhas atividades ilícitas.

Embora considere essa tarefa muito difícil. Nem toda lavanda do mundo poderia camuflar o cheiro de terra e liberdade que desprende do meu ser neste momento.

Nem todo processo de purificação poderia apagar o sorriso imenso no meu rosto, só por ter sentido o gostinho da liberdade que tanto anseio.

Alana é capaz de enxergar através de mim. Ela detecta cada uma das minhas mentiras e desculpas esfarrapadas, como se eu me tornasse um livro aberto, vomitando meus segredos mais reclusos.

Odeio essa habilidade em minha irmã, mas nem por isso estou tentada a desistir de desafiá-la, puramente pelo prazer secreto de chamar sua atenção.

# CAPÍTULO II

## GISELLE

Ajeito as saias esvoaçantes do meu vestido diáfano, dando uma rápida conferida se estou decente para entrar na presença da rainha. Percebo, tardiamente, que me esqueci de colocar a tiara que Alana me obriga a usar, mas desisto de voltar aos meus aposentos para buscar.

Meu voo solitário pelo imenso átrio do palácio é bruscamente interrompido pelo pigarrear de minha irmã, a Rainha Soberana, responsável pelo ar tenso que agora se torna quase palpável.

— Resolveu dar o ar da graça, Giselle? Mais uma vez saiu de suas funções atribuídas e simplesmente sumiu, como fumaça — ela diz, com o semblante sério.

Alana é linda. Acredito que já exaltei seus atributos, bem como o cabelo maravilhoso e os olhos de beleza ímpar. Há uma expressão que a define quando está irritada: gélida. O que se prova ser bem verdadeiro nesse momento.

Como Fadas Reais – pertencentes à realeza do mundo feérico –, temos uma característica peculiar que nos diferencia das outras da espécie. Enquanto todas as fadas e *fae* possuem peles sedosas intactas e perfeitas, sem absolutamente nenhum sinal "condenatório", eu e minha irmã possuímos o que se pode caracterizar como pequenos filamentos em forma de filigranas que descem desde a têmpora até o meio da bochecha. E para deixar a característica peculiar mais destacada ainda, elas variam de cor. Especialmente quando estamos sobrecarregadas de emoções intensas.

Pode ser um sinal nobre e diferente, mas nos coloca em risco imediato quando saímos de nossos domínios. Não há a menor possibilidade de sermos confundidas com fadas normais, não bastassem as asas. E esse é um dos inúmeros motivos que Alana usa como argumento para me manter enclausurada no palácio.

As filigranas de Alana são bem mais pronunciadas que as minhas, e as linhas descem até quase o queixo. Quando seu humor não se apresenta dos melhores, ou quando está irritada e a ponto de explodir, suas marcas chegam a se tornar escarlates, oscilando para o dourado, combinando com seu cabelo. É uma imagem aterradora.

— Majestade... eu estava apenas conferindo as cercanias da floresta — brinco. Não que eu queira ser desrespeitosa, nada disso. Só não consigo me controlar.

— Você sabe muito bem que não precisa conferir nada. Para isso temos os guardiões da floresta e eles executam essa função muito bem. Só não quando precisam deixar seus afazeres para irem à sua procura. — Alana suspira, tentando se acalmar. — Sua função é clara, Giselle. Treinar as fadas mais jovens com o uso da lança, de modo que saibam se defender em pleno voo — ela me repreende.

Sei que cada um deve ter suas responsabilidades dentro de uma sociedade. No entanto, estou há séculos fazendo basicamente a mesma coisa. Todos os dias, preciso ensinar manobras aéreas, golpes de lanças e alguns artifícios que elas possam fazer com seus arcos e flechas.

Embora eu saiba da importância que isso tem para o nosso reino, também sinto falta de algo que me dê um propósito muito maior. Se ao menos conseguisse me contentar com a vida que tenho...

No entanto, sinto-me cada dia mais sufocada pelas paredes de vidro que me cercam, pelas árvores que nos rodeiam e pelo meu povo que se contenta apenas em... existir.

— Alana, aquelas fadinhas já sabem afiar, arremessar, usar como espetinho e ainda, se preciso for, prender os cabelos com suas minilanças, então, minha função tem sido bem executada, irmã. Por favor, me dê um crédito — digo e me sento ao seu lado.

— Você pode achar tudo isso muito engraçado, mas estamos sob ameaça — afirma, com seriedade.

*O quê? Ameaça? De onde? De quem?*

As perguntas devem ter ficado estampadas no meu semblante, já que em seguida ela acrescenta:

— O elfos de Zertughen já nos enviaram um mensageiro para informar que há um aglomerado humano muito próximo a nós, cruzando a ponte de Cálix. É nosso dever proteger qualquer acesso ao reino mágico, capacitando nosso exército *fae*.

A ponte de Cálix é a única passagem que leva aos confins da Floresta Encantada. Ela serve como um portal para todos os reinos que se situam logo após Glynmoor. De vez em quando, alguns humanos tentavam se aventurar por lá, mas as proteções tecidas sobre a área dificultam o acesso, tornando impossível romper a barreira para ultrapassarem os limites da ponte.

Tudo o que seus olhos conseguem enxergar é a belíssima estrutura rodeada de vegetações imponentes e que cruza um riacho com águas verdejantes e gélidas. Muitos já tentaram chegar, mas nunca foram bem-sucedidos. Sempre acabavam caindo no riacho, ou se viam presos em alguns dos mais diversificados tipos de plantas.

A civilização humana não faz a menor ideia de que Drusylla é responsável pelo encantamento das folhas, enquanto Nunnuy mantém a ponte cercada por toda espécie de plantas possíveis, das mais variadas e belas às mais venenosas e letais, impedindo o acesso aos moradores das redondezas e curiosos.

Para proteger nosso povo, a ponte de Cálix só pode ser atravessada por um ser mágico ou alado, ou através de encantamentos que somente os reinos místicos possuem. Somente assim o portal pode ser cruzado.

— Um reino humano? — sondo, tentando não demonstrar meu interesse óbvio.

Os reinos de Cálix, como muitos chamam, existem há milhares de anos. Século após século, testemunhamos a evolução do mundo humano através das densas folhagens e árvores que cercam a floresta de Glynmoor.

Não temos permissão para sair, mas isso não significa que não conhecemos o que os homens conquistaram através dos anos. Em todos os momentos vivenciados por sua história, soubemos exatamente o que estava acontecendo do outro lado da ponte.

Bedwyr é uma cidade que faz parte do Condado de Buyr, no território escocês. Antigamente, servia como porto para os navios mercantes que transitavam entre os países ao sul, mas acabou se tornando uma vila pacata que abrigava camponeses e produtores de lã.

O máximo de convívio que possuíamos com os humanos se dava por nossa floresta ser muito próxima à vila. Do contrário, continuaríamos ignorantes de sua presença, bem como eles da nossa.

Para desespero de Alana, um dos meus inúmeros interesses sempre foi conhecer um pouco mais da cultura humana. Eu queria poder sair dos limites da floresta, explorar o que havia além do que sempre conheci.

O CINTILAR DA GUERRA

No entanto, minha irmã era irredutível no quesito segurança, e acreditava que se nos mantivéssemos o mais distante e ignorantes possível, melhor.

— Aparentemente, há um estabelecimento sendo erguido nas proximidades da Vila, passando o bloqueio turístico, já que os empreendimentos estão crescendo de forma preocupante — Alana comenta.

— Pela fada-mor, será que não é um exagero? Sabemos que Bedwyrshire nem é uma cidade tão procurada como ponto turístico. Bem, ao menos é o que os guardiões relatam. Será que, realmente, essa construção da qual você fala impõe tanto risco assim? — sondo, pegando um cacho de uvas de cima da mesa.

— Ao que tudo indica, não é simplesmente uma casa sendo construída nas proximidades, e, sim, uma espécie de pousada. O que atrairá um número bem maior de humanos — ela diz, respirando fundo. — Pense na implicação disto, Giselle. Apenas reflita.

Se com os poucos moradores da região já precisamos manter a vigília constante, que dirá com uma quantidade maior de pessoas.

— Os homens são conhecidos como destruidores da natureza que os cercam. Nossa floresta poderá impor um empecilho aos seus negócios, e, possivelmente, eles decidam avançar ainda mais na área — ela continua. — Consegues ver mais à frente?

— Sim. Se os poucos aventureiros curiosos já tentaram atravessar Cálix, mesmo sendo uma cidade quase perdida no mapa, a partir do momento que virar destino de viajantes, isso pode mudar. — Fui até o imenso vitral que se elevava no palácio.

As copas das árvores que compunham nossa floresta eram variadas, com bétulas, pinheiros, carvalhos e outros tipos, preservados numa região até então desconhecida. Mais da metade do território escocês, habitado pela civilização humana, havia enfrentado desmatamentos, guerras e intempéries ao longo dos séculos.

Ao cruzar o Cálix, era como entrar em uma nova Escócia, um universo paralelo e diferente de onde eles viviam.

Nós temos, por obrigação, que preservar a natureza e guardar o portal oculto para um mundo diverso, mas também precisamos nos resguardar. Glynmoor e nosso povo representam a linha de frente aos reinos secretos, e um fator, em específico, poderia nos colocar em risco ainda maior.

Não somos seres minúsculos, como os retratados em lendas e fábulas humanas. Não somos invisíveis a olho nu. Isso pode ser considerado uma debilidade, se levarmos em consideração uma possível invasão.

Eu e Alana, ainda mais que as outras fadas, não somos capazes de passar despercebidas, por conta de nossas características e fisionomias peculiares. Com feições singulares e exóticas, além das marcas reais de nascença, servimos como um grande farol à intromissão humana.

Acabei descobrindo isso da pior maneira possível. E esse é um dos inúmeros motivos pelo qual Alana se irrita ao extremo quando desapareço de suas vistas.

Há muito tempo, depois de ser vencida pela curiosidade, decidi que queria conhecer o sabor do refrigerante que o povo de fora tanto amava. Coca-cola. Minha intenção era descobrir o porquê o líquido escuro encantava os humanos a tal ponto de serem descuidados em largar suas latas e garrafas no meio-ambiente, poluindo tudo ao redor. Ao menos essa é a atitude costumeira daqueles que não possuem consciência ambiental alguma.

Lembro-me que, na época, estava fazendo um passeio tranquilo nas proximidades do rio, mais além da floresta, quando deparei com o lixo flutuando na água corrente. Havia uma concentração preocupante de latas às margens do Afonyarlk, o rio que cruza e isola a Ponte de Cálix do terreno baldio que serve, muitas vezes, de *camping* para alguns aventureiros corajosos.

Quando peguei umas das latas, me senti tentada em cheirar o conteúdo do recipiente. E, num impulso, cruzei a ponte e me aventurei pelo vilarejo de Bedwyr.

Sem pretensão alguma, cobri meu corpo com um agasalho que confeccionei, inspirado nos moletons que garotas humanas usam no período invernal. Meu desejo frívolo em conhecer um pouco mais a respeito da cultura do povo de fora me levava a cultuar alternativas que pudessem atender ao anseio que sempre senti em perambular por suas terras. Eu sabia que não poderia ir da mesma forma como vim ao mundo, então ocultei a veste para que pudesse usá-la sempre que conseguisse escapar do olhar atento de minha irmã.

Mais ou menos parecida a uma universitária qualquer, adentrei um estabelecimento pequeno localizado na praça da vila.

A situação parecia estar sob controle, até que uma criança bisbilhoteira resolveu prestar excessiva atenção ao meu rosto e ao ruído que eu fazia ao sugar o canudinho da latinha que tinha em mãos.

Mesmo sob a camuflagem que a roupa humana fornecia, não consegui me livrar da confusão que se formou quando um tumulto em proporções épicas eclodiu. Meu singelo passeio foi por água abaixo em questão de segundos. A garotinha alegou a plenos pulmões que estava vendo uma fada, atraindo a atenção não somente da mãe, mas também dos frequentadores do lugar.

Apavorada, não me atentei para o fato de o capuz não cobrir mais minha cabeça, revelando as orelhas pontiagudas nem um pouco características dos habitantes de Bedwyr.

— Olha, mamãe! Eu disse! Ela é uma Fada! Até as orelhas dela são diferentes e olha só o rosto dela! Tem esses desenhos legais! Eu quero também!

Olhei ao redor e me vi sendo alvo dos olhares estarrecidos das pessoas. O que me obrigou a jogar fora o restante da tal Coca-Cola – viciante, por sinal –, fugindo dali o mais rápido possível. Foi preciso muita esperteza da minha parte, para me livrar da criança que não se fez de rogada e decidiu correr em meu encalço.

Depois de um tempo consegui me camuflar entre os arbustos que margeavam a clareira, seguindo, discretamente, para o ponto exato onde poderia me esconder através a ponte.

Sei que coloquei a todos em risco naquele dia. E não preciso mencionar o desespero em que deixei Alana, que já havia acionado quase todos os exércitos *fae* que se encontravam a postos, preparando-os para uma extensa busca interna e, até mesmo guerra, se preciso fosse.

Alana achava que eu poderia ter sido sequestrada pelo herdeiro do nosso maior inimigo, Irdraus, do Reino de Nargohr. Seu filho, o elfo sombrio mais arrogante e desprezível que alguém poderia ter o desprazer de cruzar na vida, Thandal, cultiva certa obsessão – segundo minha irmã – por mim. Tenho certeza de que ela exagera em sua preocupação, já que nunca cruzei os caminhos com o príncipe da escuridão.

Se ele tivesse dedicado este afeto a minha irmã, tenho certeza de que já teria sido colocado em seu devido lugar somente pela frieza do olhar de Alana. No entanto, o ser prepotente havia incutido em sua mente doentia que fui destinada a ser sua parceira.

O que não faz o menor sentido, e chega a ser ridículo.

Embora eu não seja do tipo afoito e paqueradora, tenho certa predileção por elfos que manejem arcos e flechas com maestria, e que possuam um olhar carente, elegância nata e exalem uma virilidade que só cheguei a ver em certo reino.

Há rumores de que os Zertughen são dotados de qualidades que busco em um companheiro, porém esse nome não pode ser mencionado em hipótese alguma nas proximidades do palácio.

— Sim, Giselle. Volte do lugar de onde estiver — Alana murmura, estalando os dedos e atraindo minha atenção, que havia vagado para outros assuntos.

— Desculpe-me. — Suspiro, desfazendo a imagem de um elfo sedutor me carregando em seus braços. — Então... um Reino humano?

— Sim. E os relatos dos guardas indicam que as obras da tal construção já estão adiantadas — diz e se afasta num voo rasante.

— Se as obras já estão em curso há um tempo, por que motivo você só está sabendo disso agora? — instigo, por curiosidade.

Alana retorna com dois cálices de néctar de *Snowdrop*, uma das flores mais características da nossa região. Sem hesitar, bebo o meu de um só gole. O sabor não pode se igualar à Coca-Cola das minhas lembranças, mas, para este momento um tanto quanto tenso, serve como outra bebida qualquer.

— Eu mesma já fiz esta pergunta, e, infelizmente, não obtive uma resposta que me agradasse — diz, com um suspiro. — No entanto, não adianta focar em um assunto que já não pode ser resolvido. Nosso objetivo agora é conter esse risco em potencial.

— E o que faremos?

Alana se senta em seu trono de cristal novamente. Sua expressão denota a preocupação que sente em relação a tal proximidade da civilização.

— Não há o que fazer, Giselle. — Dá de ombros. — Não podemos intervir mais do que já temos feito ao longo dos anos, coibindo a prática humana de explorar esse lado da floresta.

Ela está certa. Havíamos tecido vegetações densas e proteções que impedem e afastam os olhos curiosos, mas isto não significa que ficaremos livres para sempre da intervenção humana.

— E se sabotarmos esse projeto? — sugiro.

Com um olhar irritado, Alana me encara como se estivesse lendo meus pensamentos mais secretos.

— O que preciso é que você não se arrisque, gratuitamente, como tem o hábito de fazer. Preciso que cesse suas "caminhadas" sem sentido e se mantenha dentro dos limites de Glynmoor, e mais, que sempre esteja acompanhada de um guardião.

Aquela repriminda me fez dar um sobressalto.

— Ah, não, Alana! Acredito que estejas exagerando neste ponto. Não preciso de vigilância constante como se fosse uma criança! — resmungo, sentindo meu rosto esquentar.

— O problema é que muitas vezes age como uma, Giselle. E o que digo agora é para o seu bem: você vai acatar o que for preciso.

— Não acha que, dessa forma, coibindo minha liberdade, me privando de fazer aquilo que amo, você estimulará ainda mais a minha curiosidade, Majestade? — Revoo para longe, ciente de que estou prestes a explodir.

Sei que Alana só quer o meu bem. Sei que preza pela minha segurança, assim como a do nosso povo, mas também me sinto tolhida ao ponto de desejar sumir de Glynmoor, para nunca mais voltar. O que parece injusto e me deixa ainda mais aborrecida.

Por vezes, sou tratada como uma criança desmiolada, quando, na verdade, tenho séculos de vida regrada e cuidadosamente planejada. Cada minuto do meu dia é decidido por minha irmã, e a perspectiva de agora ser monitorada com um guardião lado a lado mais se assemelha a uma prisão.

— Não seja mimada, Giselle. Às vezes, penso que você age em prol de si mesma, de forma egoísta e muito característica aos humanos que tanto aprecia. — Seu tom desdenhoso atiça minha raiva, me fazendo enfrentar aquela a quem devo respeito.

— Você é a rainha de nossa raça, Lana, mas eu a vejo como minha irmã mais velha, que me guiava em expedições quando criança, que me acolhia em seus braços e servia como exemplo para mim.

Minhas asas batem em um ritmo alucinante, combinando com as batidas do meu coração.

— Onde está a fada cálida e amorosa que costumava me aceitar como sou? — pergunto, triste.

— Essa fada deixou a inocência de lado quando teve que assumir um reino, ainda jovem, sem o auxílio daqueles a quem sempre recorria, assim como você — diz, virando o rosto para o outro lado, desviando o olhar. — Você não entende que há responsabilidades que não posso deixar de ter, e que não posso também tolerar suas atitudes infantis e que nos colocam em risco.

— Não preciso de um guarda-costas me servindo como sombra — repito, tentando manter o tom de voz mais brando.

— Você fará o que lhe for mandado, Giselle! E não se discute mais o assunto!

Seu grito enraivecido reverbera por todo o imenso salão oval, estremecendo e chegando a trincar os vitrais da abóbada de cristal acima de nossas cabeças.

Decido me afastar, pois a vontade agora é me rebelar contra seus domínios, mas sei que me arrependeria mais tarde. Sem dizer mais nada, encerro a discussão e deixo o salão em um voo com destino certo.

Alana ainda chama meu nome algumas vezes, mas ignoro. Mesmo sabendo que minha irmã apenas deseja o meu bem, sinto-me reprimida, massacrada em meu mais íntimo.

Não posso tolerar levar uma vida, séculos, milênios, enclausurada por entre as folhagens desta floresta encantada, sem que tenha o mínimo de espaço para conhecer o que o mundo pode oferecer de melhor.

Não sou burra. Sei que minha vida nunca poderá ser igual à de uma garota humana normal. Tenho plena noção disso, e compreendo nossas diferenças.

Já havia chegado a sentir na pele o peso da culpa por ter desejado ter nascido no reino humano, ao invés de em um reino féerico. Minha cota de culpa, porém, esbarra sempre na ânsia pela aventura, pela intensa sensação de que há algo lá fora à minha espera.

Revoo por alguns segundos até chegar ao meu quarto, na ala leste e no alto do palácio de cristal. O palácio se situa em uma encosta, incrustado no coração da floresta e logo acima de uma imensa queda d'água que desemboca no lago de Tryallys. Às margens do lago, há uma clareira belíssima que serve de palco para os inúmeros festivais de nosso povo.

Repouso a cabeça tumultuada por pensamentos errantes no travesseiro e fecho os olhos, desejando por um momento apenas que minha vida seja tão simples quanto às de inúmeras garotas da minha idade ao redor do mundo. Um sorriso de escárnio curva os cantos da minha boca, ao me lembrar de que posso aparentar uns vinte anos, mas meus séculos de vida contam outra história.

Pouco antes de adormecer, continuo martelando a ideia ridícula, ciente de que nenhuma garota no mundo chegaria aos noventa e cinco séculos de existência.

Yay... meu aniversário de um milênio já poderia ser planejado com antecedência, com direito a um festival lindo, repleto de seres míticos e que comemorariam mais um período de liberdade reprimida.

# CAPÍTULO III

## GISELLE

Acordo sobressaltada com Laurynn jogando água no meu rosto.

— Ai, Laury! Detesto lavanda logo de manhã! — resmungo e tento me cobrir.

— Você está sob forte influência de estresse. Precisa de um pouco desse líquido harmonioso para lhe trazer paz — diz, e joga mais um pouco do perfume que sempre exala quando se aproxima.

Como um dos meus olhos está aberto, uma das gotas malditas aterrissa diretamente sobre ele, me fazendo gritar em agonia.

— Aaaaai! Pela fada-mor, Laury! Essa merda arde!

Apenas ouço o som de seu riso e o farfalhar de suas asas.

— Deixe de ser fresca, Giselle. Levante-se já daí.

Continuo coçando o olho massacrado, sem dar a mínima atenção à amiga infeliz que perturba meu sono tão necessário, ainda mais depois do dia anterior.

— Giselle, por favor — ela insiste, tentando arrancar o tecido diáfano que cobre meu corpo.

— Vá embora, Laury — murmuro, querendo voltar a sonhar com... Droga, Laurynn me fez esquecer o sonho que estava tendo, mas tenho quase certeza de que era com algum elfo galante e de cabelo loiro.

— Vamos ao riacho de Gandallys. Faremos uma celebração pela primavera! — ela grita, animada logo cedo.

*E desde quando gosto de participar da celebração das fadas-lavadeiras?* Não que elas fiquem lavando roupa na beira do riacho, longe disso... Mas é um festival muito louco onde podemos vê-las circulando alegremente, sobrevoando o riacho, fazendo voos rasantes, como se estivessem praticando esqui aquático, dando piruetas pelo ar, enfim... Elas se divertem e anseiam que todos façam o mesmo, porém, neste exato momento, não tenho o menor ânimo para isso.

Alana havia conseguido acabar com meu humor na noite anterior.

Estou chateada, porque sei que não deveria ter me comportado daquela forma com minha irmã. Tenho consciência de que ela quer apenas me proteger, mas não consigo simplesmente deixar de ser quem sou. Não posso viver debaixo da redoma que ela teima em querer me manter.

Além de a Rainha de Gelo, Alana é conhecida como a Soberana que não abriga um coração dentro do peito. Não conheço muita coisa de sua história milenar – ao menos o período antes de meu nascimento –, mas sei que, por trás daquela ausência de sorrisos, há um passado atormentado que congelou a maioria de suas emoções. Ver um sorriso naquele belo rosto é algo raríssimo. E, talvez, uma das coisas que mais sinto falta.

Levanto-me de um salto quando Laurynn ameaça jogar mais um pouco do perfume de lavanda sobre mim.

— Vamos, depressa! — ela urge. O bater constante de suas asas é o único som no recinto.

— Vá indo na frente, Laury. Seguirei depois — minto, descaradamente. Se minha amiga me conhecer tão bem quanto deduzo que o faça, ela será capaz de detectar a mentira na mesma hora.

E é exatamente o que acontece em questão de segundos. A fada fofa apenas cruza os braços e me encara com um olhar interrogativo e com um sorriso de esgar nos lábios rosados. O cabelo de um tom azulado, como as flores de lavanda, se agita, fazendo com que o cheiro permeie o ambiente. Quem precisa de aromatizador quando Laurynn está por perto? Basta pedir que ela dê uma sacudida na cabeleira imensa que faz questão de cultivar.

— Eu te conheço como a palma das minhas mãos perfumadas, Giselle. Ou você tem intenção de voltar para debaixo das cobertas ou simplesmente desviará o caminho — admoesta.

Ah, como odeio o fato de ela me conhecer tão bem... Que droga.

— Juro que irei... assim que conseguir me levantar e me sentir uma fada novamente — resmungo, com ironia.

— Você *é* uma fada.

— Você entendeu, Laury. — Reviro os olhos, ainda coçando o que foi atingido pelo *spray* de seu perfume.

— Tudo bem, mas estarei à sua espera lá. Lurk também confirmou a presença, e disse que tem algo para te mostrar.

O CINTILAR DA GUERRA

Aquela informação é muito interessante, afinal, e atrai minha atenção de imediato. O que ele poderia querer me mostrar?

Aceno para que ela dê o fora dos meus aposentos e cubro o rosto novamente. Preciso, sim, sair do palácio e me manter longe de Alana, ao menos por um tempo, para evitar um desgaste maior em nossa já tão tumultuada relação.

Depois de quase três horas de festival, onde bebi além do que deveria de néctar das flores, sinto meus sentidos mais do que dispersos. Mesmo com as inúmeras tentativas de Lurk em atrair minha atenção para sua nova invenção tecnológica – um temporizador capaz de captar os sinais com melhor conectividade aos sistemas de *internet* dos humanos –, ainda assim, posso sentir minha mente divagando para outro lugar.

Meus pensamentos se atropelam com as imagens dos elementos que ilustram os piores temores de Alana. E ela os odeia com tanto repúdio que chega a ser assombroso. Ao que parece, ela os teme tanto quanto aos Malakhi, gigantes aterradores das montanhas, e que vivem sob o jugo severo dos Elfos de Luz, e, que, apesar de não infligirem perigo imediato, são capazes de destruir as fadas e *fae* de nosso reino com apenas um estalar de dedos.

Será que a construção que Alana dissera estar próxima já havia realmente começado? Será que colocava Glynmoor em tanto risco assim? Alana poderia temer que eles fossem tão letais quanto os gigantes, caso resolvam avançar pela floresta?

— Giselle! Fale comigo! — Ele me cutuca e quase faz com que eu despenque do galho em que estamos sentados.

— Ai! Bastava me chamar, Lurk... estou aqui ao seu lado, não precisava me enviar para os confins do festival — caçoo.

— Eu chamei seu nome. Mais de quatro vezes, mas você parecia estar meio catatônica — atesta e pisca.

Lurk é uma gracinha. Quando pisca os olhinhos verdes desse jeito, me faz ter vontade de pegá-lo no colo para encher sua cabeça de beijinhos. Ele odeia o fato de eu tratá-lo como um pirralho, mas é assim que o vejo.

— Desculpe… estava com a cabeça em outro lugar — respondo com sinceridade.

— Deu para perceber — retruca e franze o cenho. As orelhas pontiagudas se agitam, e sinto vontade de apertar seu nariz, mas me contenho a tempo.

Olho para as fadas que se divertem na clareira e me sinto fora de lugar. Eu deveria estar rindo com a mesma intensidade, comemorando a presença das flores e folhas que permeiam e dão vida à nossa floresta. Deveria estar agradecida por cada árvore que nos cerca e nos mantêm escondidas e protegidas. Nós podemos até ser guardiãs da natureza, mas esta é uma via de mão dupla. A natureza também nos guarda. Estamos ocultas por dentre os bosques e vales verdejantes de Glynmoor.

De repente, sinto uma imensa vontade de descobrir se o que temos ali poderia ser colocado em perigo pela aproximação do homem. Posso até ter certa fascinação pela civilização humana, mas sou bem consciente de que seremos massacrados se formos detectados. Ou expostos em museus, ou sei lá que nome dão aos locais em que se expõe aberrações.

— Lurk, diga a Laury que voltei para casa. Estou esgotada — afirmo, sem lhe dar chance de retrucar.

Disparo em um voo rasante rumo ao palácio, mas minha mente tem outra ideia, e acabo me desviando do caminho, aterrissando na clareira e sentindo a terra fofa contra os meus pés revestidos pelas sapatilhas finas.

Chego até a margem da Ponte de Cálix e me esgueiro por entre a vegetação para escapar do crivo dos guardiões que estão a postos ali. Não há maneira de sobrevoar e atravessar a ponte sem que eles detectem a minha presença. O jeito é dar a volta pela floresta, contornando as árvores frondosas.

Eu havia descoberto aquele caminho alternativo por dentre as vegetações, e nem Drusylla ou Nunnuy perceberam a pequena falha. Como aquela fresta me favorece em meus inúmeros momentos de espionagem, acabei ficando calada e nada revelei, mas agora estou amargando o peso da culpa por não informar que poderia haver um risco de infiltração ao nosso reino. Digo a mim mesma, para acalmar a consciência, de que o que pretendo fazer é averiguar com meus próprios olhos e, caso necessário, alertar às fadas da vegetação para que cubram o lugar com plantas mais densas e heras venenosas.

Quando alcanço a margem do rio, vejo as luzes ao longe, e deduzo que só podem se tratar dos sinais indicativos da civilização que Alana alertara já estar próxima. A enorme clareira à frente é usada apenas por jovens aventureiros que, às vezes, se atrevem em acampar por ali, ou simplesmente param por um tempo para trocar alguns amassos dentro de seus veículos esquisitos.

No entanto, onde antes havia um breu que recobria toda a área, e cujo som dos grilos imperava e ressoava como uma orquestra única e inigualável, agora já não se pode dizer que a escuridão domina e protege todo o lugar. Imensos postes de luz marcam todo o território antes obscurecido pelo véu da noite.

Sim. O reino humano está muito perto. Mais perto do que já ousaram estar antes. Aquela percepção faz meu coração acelerar de uma maneira singular. Não sei dizer se é medo o que sinto, ou apenas a curiosidade e animação pelo desconhecido.

Ouço um ruído de asas batendo logo atrás de mim e me escondo por entre as folhagens, xingando a última geração dos guardiões da floresta. Merda... meus pés agora estão atolados no lodo da margem do rio.

Depois de descalçar os pés e confirmar que os guardiões se afastaram, saio discretamente do esconderijo e corro de volta pelo lugar de onde vim, esperando chegar à clareira para alçar voo e voltar ao palácio.

Já é tarde da noite quando chego, e as luzes dos aposentos de Alana ainda se mantêm acesas. Fujo da presença da rainha, porque tenho certeza de que ela será capaz de detectar em minhas feições que algo martela a mente povoada de traquinagens pelas quais sou tão conhecida no Reino.

Somente quando chego ao meu quarto é que consigo respirar com mais tranquilidade. Jogo as sapatilhas destruídas para longe, tirando o vestido imundo e agora impregnado com os perfumes do festival que durou o dia inteiro.

Girando de um lado ao outro, contemplo meu reflexo no espelho e sacudo as asas iridescentes, sorrindo com tristeza. De uma forma estranha, se não fosse a presença destes adornos tão surpreendentes às minhas costas, eu, possivelmente, poderia muito bem me passar por uma humana, certo? *Oopsie*. Risque isso. Meu rosto me delataria. Bem como as orelhas pontiagudas incomuns.

Droga. Saber que eles se encontram tão perto e que eu não teria que me arriscar a ir tão longe em Bedwyr mexe com meus sentimentos e minha mente já tão perturbada.

Percebo que preciso fazer algo a respeito, antes que a curiosidade me corroa por completo e me faça tomar uma atitude inconsequente.

# CAPÍTULO IV

## GISELLE

Tudo bem… pode ser que a atitude inconsequente à qual temia, alguns dias atrás, tenha levado a melhor e subjugado minha prudência. Tenho consciência de que estou prestes a fazer uma loucura.

Não foi premeditado, nem mesmo um ato de rebeldia, apenas aconteceu. Talvez a ideia tenha fincado moradia no meu cérebro e tomado forma de maneira nada sutil.

Depois do festival, e logo após ter ido às margens do riacho para averiguar se realmente Alana estava correta em suas suposições, o pensamento de tentar conferir de perto o que meus olhos apenas vislumbraram ao longe passou a me atormentar.

E é aí que o perigo reside quando o assunto se trata de mim, pois, sempre que me vejo dominada por esse tipo de sentimento, acabo agindo por impulso. Ou é isso que tento afirmar a mim mesma, enquanto estou dando uma caminhada despretensiosa pela floresta para aliviar a irritação que Alana sempre consegue incutir em meu emocional. Diferente do silêncio da mata, ouço, pela primeira vez, os ruídos ensurdecedores ecoando ao longe. Curiosa como sou, recuso-me a deixar de conferir, obviamente, mesmo sabendo que o risco é alto.

Sobrevoo a ponte de Cálix, olhando o tempo todo para trás, temendo não ter conseguido despistar algum guardião mais atento. Alana precisa rever seus conceitos quanto à guarda contratada para prestar serviço, já que os guardiões estão mais preocupados em tirar um cochilo ou paquerar as fadas *finllys* – uma classe parecida com as ninfas – do que montar vigília. Passei por dois na maior tranquilidade, por cima das árvores onde eles deveriam estar. Depois, bastou descer até o solo, ciente de que eles não olhariam para baixo, porque os *fae* se concentram apenas no espaço aéreo.

Quando estive por ali, daquela outra vez, eles quase conseguiram detectar minha presença. Parece que hoje estou com muito mais sorte.

Somente quando chego ao outro lado, depois de cruzar o portal e atravessar todo o percurso da Cálix, é que consigo respirar com mais tranquilidade, e um sorriso sorrateiro se espalha pelo meu rosto, diante da minha esperteza.

Ando até a copa da árvore frondosa que apelidei de Esconderijus Secretus, em uma óbvia zoação aos títulos em latim que a maioria das árvores recebe, e abaixo-me até conseguir alcançar o buraco asqueroso onde escondi meu casaco de moletom. O mesmo traje que usei quando me aventurei pelo vilarejo. Assim que pego a peça de roupa, sinto a coceira no nariz diante do cheiro de mofo e musgo, e sacudo o agasalho para que o restante das folhas se desprenda. O tecido está um tanto quanto úmido, mas não tem importância.

Agito o corpo rapidamente, para reunir as asas às costas, e murmuro o encantamento capaz de fazê-las desaparecer por uma quantidade pequena de tempo:

— *Duilich...*

Depois de vestir o agasalho, puxo o capuz para cobrir a cabeça e saio da floresta, tentando me misturar às folhagens que me cercam. Quando chego à clareira que marca o fim da Floresta de Glynmoor, território quase nunca frequentado por nós, fadas, me escondo atrás de um enorme arbusto. Minha intenção é esperar um pouco, até que o sol não esteja tão a pino, para tentar me aproximar mais.

Naquela outra noite, vi os postes de luzes. Agora posso notar que muitos daqueles clarões que contemplei antes são originados pelas enormes máquinas espalhadas ao redor.

No momento em que percebo que a condição é favorável para arriscar uma maior aproximação, não perco tempo. Corro pelo chão de terra batida, até cravar os joelhos atrás de outro enorme arbusto. Dali consigo ter uma visão privilegiada de todo o movimento. Quase como se fosse um cinema 3D. Se eu tivesse um saco de pipoca e um refrigerante, como os humanos tanto amam consumir na hora de participarem desse tipo de atividade prazenteira, eu me regalaria com o que estou vendo.

Os construtores levam toras de madeira, tijolos, toda sorte de coisas para cima e para baixo, e a movimentação me deixa extasiada. Não canso de observar, analisando a situação.

Suas vestes são quase todas iguais. Camisas de mangas que obstruem minha visão de averiguar se todos possuem braços fortes ou não. Além disso, usam calças jeans. Sempre achei linda aquela vestimenta, mas é uma pena que se eu aparecesse com uma dessas em Glynmoor, Alana seria capaz de desmaiar ou, na pior das hipóteses, entrar em sono eterno tamanho o desgosto, o que me obrigaria a recorrer à fonte Brunhswood, onde a velha curandeira e maga Kiandra mora. A curandeira faz par com o Olmo de Gwelhad, árvore milenar que usa como abrigo. A única vez em que estive lá foi quando nasci. Não me recordo o porquê meus pais haviam me levado, mas sei que houve um propósito na época.

A fonte é poderosa e pode trazer a luz das fadas de volta. Ou tecer alguma espécie de proteção contra artimanhas élficas. Pois bem... se existe uma pessoa que não faço questão de ver tão cedo, esse alguém atende pelo nome Kiandra.

Talvez Alana aceite minhas desculpas de que um ruído me atraiu, e corajosamente, decidi investigar a fonte. Embora tenha certeza de ela nunca aceitaria essa versão. Com certeza. Acho, inclusive, que ficaria um pouco irritada. O que me leva a refletir que preciso inventar algo plausível e que justifique minha aventura. E precisa ser algo muito, mas *muito* convincente mesmo.

De tão concentrada no assunto, meus sensores de alerta de perigo iminente não me avisaram a tempo para informar que agora tenho companhia.

Apenas sinto o vento e o forte puxão pela gola do agasalho. E neste ínfimo espaço de tempo, o único pensamento que revoa pela minha cabeça é: *Oh, céus... estou muito encrencada.*

— Ora, ora... mas o que temos aqui?

Tenho que confessar que meu coração quase saltou pela boca, tamanho o pavor sentido. Por um segundo, imaginei que o cuspiria no chão da clareira.

— Perdeu a fala, intruso? Ou sabe apenas espionar o terreno dos outros? Tem noção de que isso aqui é propriedade privada? — o cara dispara as perguntas como uma rajada de flechas, em um tom que não deixa dúvidas de que está furioso.

Pela fada-mor que nos guarda... agora, sim, estou começando a me apavorar.

Quando ele me levanta de um pulo, como se eu não pesasse nada – tudo bem, pode ser que eu realmente seja um pouco diminuta perto desse brutamonte –, penso seriamente que deveria ter dado ouvidos a Alana. Ou então, deveria ter nascido com um poder mais expressivo e que me possibilitasse desaparecer em um piscar de olhos. Eu sumiria... do nada, deixando apenas o casaco para trás.

O bruto me vira de frente para ele, como se eu fosse uma boneca de pano, e deparo com um par de olhos azuis tão magníficos que, de repente, minha boca se abre e pode ser que ainda esteja escancarada depois de alguns segundos... Até que sinto o acúmulo de saliva e a possibilidade de babar. Na mesma hora, fecho a boca e tento me recompor.

O homem é bonito além da conta, desses que aparecem em capas de revistas, que tenho mania de olhar uma vez ou outra, quando consigo, claro. Alana não faz a menor ideia, mas consegui infiltrar um desses aparelhos engraçados do reino humano para dentro da floresta. Esses que os homens colocam próximo ao ouvido quando falam sozinhos. Meu prazer durou pouco até que percebi que a coisa não funcionava sem bateria. E, para conseguir isso, a porcaria precisava de energia. E, claro, Lurk, meu elfo fofo e fiel amigo do peito, em toda a sua gloriosa inteligência, tentou dar um jeito.

Parece uma coisa meio boba falar isso, mas muitos aparatos humanos captam nossa atenção, porém fogem ao nosso entendimento. Só depois entendi que a energia saía de um cabo que se conectava ao aparelho e que precisava de uma tomada.

Lurk conseguiu resolver o esquema. Como? Não faço ideia. Só sei que, hoje, eu e ele dividimos esse bem. Minha irmã tem poder suficiente para que com apenas um estalar de dedos possa gerar energia cósmica e atrair todas as partículas possíveis para dar carga no aparelho eletrônico. Mas sou louca de pedir isso? Claro que não. Possuo séculos de experiência em conhecer meus limites de regalias com a rainha.

— Vamos, diga o que está fazendo aqui, na surdina, espionando minha obra? — o homem insiste e me sacode um pouco mais.

É nítido que está mais do que irritado. E, ainda me encontro meio atônita, apavorada com o que posso ter desencadeado com minha atitude impulsiva de vir até aqui. *Droga, Giselle, pense rápido... pense!*

— Ah, e-eu... humm, eu... — gaguejo, sem conseguir pensar rápido o bastante. Minha marca registrada, em pensar em mentiras com a velocidade da luz, parece não estar funcionando.

O que posso alegar? Que perdi minha tiara e estava procurando? No meio do mato? Seria uma mentira tão deslavada e pouco crível que nem mesmo eu acreditaria. Ou melhor, eu riria assim que proferisse a sentença indecorosa.

— O gato comeu sua língua? — insistiu.

Um pensamento impertinente passa pela minha mente e penso em dizer que ele é o gato da história... e que não cheguei perto o suficiente de sua língua, mas desisto da gracinha ao sentir meu rosto esquentar como se eu estivesse diante da fogueira de Sorcha, a alquimista de Glynmoor.

— Desculpa... eu me perdi... Mas... s-se você me soltar, posso achar meu caminho de volta — consigo dizer, sem gaguejar muito, o que é um milagre.

Os olhos do homem falam mais do que palavras. Um único olhar dizendo algo sem a necessidade de proferir qualquer sentença. As gemas azuis e profundas dizem claramente que estou doida se cheguei a pensar que conseguiria escapar desta aventura com vida.

— Acho que não, criança. — Ele me arrasta pelo capuz até a área da clareira que não é protegida pelas folhagens. Oh, merda. Agora estou encrencada mesmo. E pior... ele acha que sou uma criança? *Ei! Eu tenho peitos, tá?!* — Você invadiu propriedade privada, vai precisar dar explicações de como conseguiu entrar aqui.

— Sério? Essa área é particular? Não é aberta ao público? — tento desconversar.

É óbvio que sei disso. Não sou boba. Mas como posso revelar que meu acesso a este lugar se deu pela densa floresta que margeia a propriedade? A mesma floresta que nenhum homem jamais conseguiu entrar?

— Sério. Esta área, além de ser particular, ainda oferece riscos para pessoas não autorizadas, por conta da obra, então, pivete, você vai me explicar direitinho o que está fazendo aqui.

Oh, céus... preciso pensar rapidamente em uma saída. Embora já seja noite avançada, sei que ele está me levando para a área onde há um poste. E naquele poste existe uma lâmpada bem potente. E a lógica indica que, em breve, a luz incidirá sobre a minha figura. E pela fada que meu deu à luz... será meio difícil explicar o inexplicável.

À medida que o bruto me arrasta, mesmo me debatendo com todas as minhas forças para me soltar de seu agarre, cravando as sapatilhas em terra firme em uma tentativa débil de me manter oculta na escuridão da noite, sinto o coração martelar na garganta.

— Ei, rapazes! Podem encerrar o expediente! — o homem grita para os outros que ainda estão trabalhando por ali.

Os operários param na mesma hora o que estão fazendo e observam a cena, que, nitidamente, deve ser cômica, já que todos começam a rir e assoviar.

— Pescou um "rato", chefe? — um ruivo gigantesco pergunta.

— Parece que sim. Um "rato" da floresta.

Caracas... se ele soubesse que está tão, mas tão certo sobre sua dedução... Bem, quanto à minha procedência, claro, não quanto à minha espécie.

Não sou um rato, droga. Ratos são nojentos. Não gosto nem mesmo dos branquinhos que Laurynn teima em afirmar que são fofos.

Meu lado feminino e revoltado quase grita a plenos pulmões que sou uma criatura mítica e alada, milenar. Que ele deve, no mínimo, me classificar como algo mais bacana.

Minha mente está em polvorosa. Se conseguir me livrar do casaco, posso invocar minhas asas outra vez. Eu voaria para o mais longe possível e fugiria como uma mariposa enlouquecida pela luz das velas. Seria como matar dois coelhos com uma paulada só também, porque tenho certeza de que me livraria rapidamente do homem, já que ele, possivelmente, teria um ataque cardíaco.

No entanto, ao refletir sobre toda a cena de fuga iminente, percebo que o feito poderia, também, atrair atenção indesejada das redes de televisão, que, com certeza, investigariam o estranho caso da garota voadora, então... não. É melhor evitar meu número espetacular e pensar em outra desculpa plausível.

Minhas asas permanecerão ocultas. Por enquanto.

Quando uma réstia de luz ilumina o topo da cabeça do homem, em seguida o braço, e vem trilhando um caminho pela manga do meu casaco, fecho os olhos, porque sei muito bem o que ele verá em 3... 2... 1...

— Puta que pariu!

# CAPÍTULO V

## ZARAGOHR

*Reino de Zertughen*

Os vales montanhosos de Zertughen são um lugar excelente para se esconder e observar, o que me torna um frequentador assíduo de um ponto em particular. As montanhas de diferentes formas e tamanhos formam uma beleza única e inigualável, quase etérea e surreal e quando vistas de cima, fazem com que a magia que permeia o ambiente prevaleça como uma película intransponível.

Do seu topo, temos uma ampla visão não só do nosso reino, mas também de outros domínios ao longe, como Glynmoor, o reino das fadas. A Floresta Encantada que guarda segredos e magia, beleza e singularidade. Tudo reunido em apenas um lugar.

E é onde costumo vir quando algumas memórias que acreditava estarem enterradas há milênios teimam em voltar à tona. Lembranças que atormentam minha alma imortal desde sempre…

— Estávamos procurando você por toda parte. — A voz de Zoltren me sobressalta. Sem nem ao menos perceber, estendo a mão para o arco e flecha às costas.

*Droga!* Odeio quando me distraio a esse ponto, perdendo a noção dos riscos que nos rodeiam.

— Só estava dando uma volta. — Saio de perto da árvore e desvio o olhar para longe da fonte da minha distração.

— Você não é um cara que dá voltas por aí, Z.

Tenho toda a intenção de dizer que ele pode estar enganado sobre isso, mas mantenho os pensamentos para mim mesmo.

— O que querem? — Ao me aproximar de meu irmão mais novo, o lobo que sempre o acompanha ergue as orelhas em alerta. É assustador a forma com que Thron sempre se coloca a postos para defendê-lo. — Contenha seu animal — aviso e aponto um dedo em sua direção.

Zoltren apenas olha para o lobo, que, imediatamente, baixa a guarda, permitindo que eu me aproxime.

— Nossos pais chegaram de viagem — informa. — E estão à sua procura.

Respiro fundo, pensando que se há algo que nunca representa um bom sinal é quando meus pais chegam de uma das suas viagens e procuram por mim. Eles haviam passado uma temporada em Ghurdur, uma floresta longínqua mais ao norte e usada como retiro de férias, e, por um breve período, posso dizer que tivemos sossego.

— Por algum acaso você sabe o motivo? — Nem sei ao certo por que fiz a pergunta.

— Talvez apresentar uma nova lista com possíveis pretendentes, ou uma nova rota para explorarmos, um novo reino a ser aliançado? Quem sabe ao certo? — Zoltren dá de ombros, em um claro sinal de indiferença. — Parei de tentar entender nossos pais quando fiz mil e quinhentos anos.

— Ótimo, é exatamente o que preciso agora, uma lista com possíveis pretendentes. — Começo a descer a encosta, com Zoltren e seu fiel escudeiro em meu encalço.

— E não se esqueça do famoso discurso: Nenhum Rei governa sozinho — acrescenta.

Tento achar graça da expressão do meu irmão, já que ele engrossou a voz tentando usar o mesmo tom pomposo tão característico de nosso pai. Em alguns momentos, sua irreverência pode até ser engraçada, mas agora não estou com o melhor dos ânimos para isso. E por mais que meus pais sejam categóricos em seus discursos, todos sabemos que não passam de palavras vãs a respeito da solidão de um soberano.

Exatamente pelo fato de todos os reinos de Cálix terem conhecimento da força de certa rainha que governa com mãos de ferro e coração de gelo. E ela o faz sem dificuldades... e sozinha. Sem nenhum companheiro ao seu lado.

— No que está pensando, Z? — Balanço a cabeça, tentando colocar os pensamentos em ordem, e dou um breve aperto em seu ombro.

— Estava pensando que precisaremos ir hoje à noite àquela taverna dos duendes, pois com certeza uma bebida mais forte será necessária depois da reunião com nossos pais.

Zoltren sorri, consciente de meu tom fatalista, e ao chegar à clareira, voamos de volta ao castelo. Durante todo o percurso, observo o lobo guardião nos acompanhar em uma corrida frenética, a uma velocidade impossível para olhos nus e o entendimento humano.

Seres míticos existem e fazem parte da civilização sem que eles tenham a menor noção disso. Embora não interajamos com os humanos, é o fato de conhecermos suas tecnologias que nos torna imunes e preparados para qualquer eventualidade.

Nossa magia nos permite adentrar em seus territórios quando bem entendermos, desde que usemos de artifícios para nos disfarçar ou os cidadãos enlouqueceriam com nossa presença. Vivemos ocultos em um mundo que para muitos não passa de uma simples fábula...

Em questão de instantes, Zoltren e eu chegamos à ponte rochosa que liga a floresta ao castelo, e seguimos em silêncio até adentrar as imensas portas que dão acesso ao salão principal.

Meu olhar se conecta ao do rei e da rainha, sentados ao trono como os soberanos que são. Mesmo após meses de ausência, não posso mentir e dizer que a saudade apertou o peito.

Zertughen pode ter ficado aos meus cuidados, e o fardo muitas vezes se mostrou pesado demais para carregar, porém também tenho plena ciência de que nosso povo respira aliviado sempre que meus pais se ausentam por um tempo.

Não concordo com respeito e lealdade conquistados à base da força e de privações, e o que tenho visto, ao longo de tantos milênios, é exatamente isso. O povo de Zertughen teme meus pais, e os obedecem, meramente, para preservar suas vidas.

Houve um tempo em que meus pais prezaram pelo bem-estar e a paz entre todos os reinos, entre todos os povos que os servem. Algo mudou, de alguma forma. Não sei bem quando, mas agora é nítido ver o brilho da ganância nos olhos de ambos.

Eles deixaram de ser apenas os soberanos destas terras e passaram a se ver como deuses que merecem ser venerados. E ai daquele que se atrever a pensar de maneira diferente!

Infelizmente, o reinado de Zertughen está começando a se parecer ao de certo rei que controla o lado mais sombrio da Floresta Encantada.

# CAPÍTULO VI

## ALANA

*Reino de Glynmoor*

— Não posso acreditar nisto!

Giselle sempre está às voltas com suas traquinagens e nunca leva a sério absolutamente nada do reino, dos limites da floresta, dos perigos que nos rondam. É difícil fazê-la entender que vivemos tempos instáveis, especialmente com a constante ameaça dos Elfos Sombrios de Nargohr.

Thandal já havia deixado claro que sua obsessão por minha irmã ultrapassa as raias da sanidade, quando em mais de duas ocasiões seus planos de sequestrá-la foram abortados pela ação imediata dos Guardiões da floresta.

Talvez meu erro tenha sido manter Giselle inconsciente daquele fato. Ela pensa que o herdeiro mimado alimenta apenas uma paixonite que será curada com o tempo. Não enxerga a doença que posso contemplar em seus olhos doentios.

Minha irmã anda por entre os bosques e vales como se aquilo ali lhe pertencesse, quando há muito já nem mesmo sabemos se ainda nos pertencem. Com a aproximação do reino humano, cada dia mais presente nas margens da floresta, bem como dos aventureiros que tentam trespassar a ponte de Cálix, fica difícil manter os olhos atentos em todas as frentes e garantir que nosso território é seguro para livre circulação.

É cansativo governar um povo há tanto tempo sozinha. Cansativo e trabalhoso. Fadas e *fae* são conhecidos como seres voláteis, fluidos como o vento e matreiros. Não aceitam ordens com tanta facilidade, mesmo que eu saiba que minha autoridade é lei acima de tudo. Ainda assim, algumas classes de fadas gostam de desafiar apenas pelo instinto em manterem-se livres de amarras. Giselle parece pertencer a este grupo.

Sendo filhas de um mesmo pai, Ygor, um soberano feérico e poderoso de Glynmoor, Rei das terras distantes de Glynteha – que renunciou ao trono para casar-se com minha mãe, a até então Rainha das fadas, Malya –, tive que crescer aprendendo os protocolos de como reger um povo e um castelo.

Quando mamãe morreu, herdei o trono, já que meu pai não possuía a magia das fadas da floresta, tão necessária para nossa sobrevivência. Papai, mesmo ao se casar com Malya, não se tornou rei, mas foi muito mais do que o guardião e o protetor de nosso povo. Ele foi aquele que incutiu a sabedoria em todos os seres míticos que precisavam aprender a usar seus poderes com parcimônia.

Ao casar-se, quase dois séculos depois, com a fada mais encantadora de Glynmoor, Alycia, tive um vislumbre do que significa quando um casal se forma à base de uma segunda chance no amor. Meus pais haviam sido felizes juntos. Ygor de Glynteha, o Rei corajoso e altruísta, que abdicou por amor, foi o braço direito de mamãe e sempre esteve ao seu lado... até que sua luz de fada se apagou por uma fagulha oriunda do reino dos Elfos Sombrios.

Nunca achei que papai pudesse encontrar o amor novamente, mas me surpreendi quando Alycia conquistou o coração endurecido daquele *fae* determinado. Giselle veio a nascer, séculos depois, para completar e aquecer o castelo. Trouxe encanto e risos à floresta. O palácio que outrora seguia sombrio passou a irradiar luz. Ela emana um brilho único. E meu amor por minha meia-irmã surgiu desde o berço, tornando-se minha missão de vida protegê-la de tudo e de todos.

Quando mais uma vez os Elfos de Nargohr conseguiram preparar uma emboscada, dessa vez levando a vida do meu pai e minha madrasta, além de um terço de fadas que celebravam uma união no vale encantado de Pristhy, achei que meu coração fosse estilhaçar naquele instante.

O ataque tinha como alvo tanto a mim, quanto Giselle. Eu, como a Rainha das fadas, e ela, como a protegida e irmã amada do meu coração. A herdeira natural que seguiria meus passos, mesmo que não fosse a filha legítima da linhagem da rainha Malya. A meta dos Elfos Sombrios era subjugar nosso reino, pois assim poderiam se apropriar de Glynmoor, tomando conta de boa parte do vale que cercava toda a extensa área daquela parte da Escócia.

Estamos nesta região há milênios. Guardamos todas as florestas e bosques, vegetações e flores com nossas vidas. Protegemos toda forma de criação, e isso inclui até mesmo os humanos que residem na circunvizinhança. Mesmo que desejemos que eles morem o mais longe possível –

para que nossa presença passe ainda despercebida –, é nossa função fazer com que toda forma de vida humana ou animal seja preservada, desde que habitem nas cercanias.

E agora, aqui estou eu, andando de um lado ao outro, pensando no que fazer, pois Giselle havia sumido há mais de doze horas e não retornara. Nenhum guardião da floresta a tinha visto, e não há sinal dela em lugar nenhum. A criatura imprudente sequer tinha dormido em seu quarto! E perceber aquilo foi um tormento maior que fez com que meu coração batesse em um ritmo frenético.

Agito as asas nervosamente, criando uma corrente de ar que me eleva do chão do palácio até as aberturas ovais revestidas por cristais deslumbrantes. A vista dos vales montanhosos dos Zertughen faz arder uma dor antiga em meu peito.

As portas do castelo de cristal se abrem de supetão, dando passagem ao voo rasante de Laurynn.

— Majestade — ela cumprimenta com polidez. — Mandou me chamar?

— Sim, Laurynn. Como melhor amiga de Giselle, acredito que possa me dar alguma indicação de onde ela esteja, antes que eu me enfie em uma guerra por conta de qualquer capricho da minha irmã — falo sem rodeios, voando até me postar diante dela.

Laurynn abaixa a cabeça em uma reverência, mas percebo que não sabe bem o que responder.

— Não adianta tentar esconder ou proteger as aventuras de Giselle. Quando ela se coloca em perigo, ou ao reino como um todo, é preciso pensar no conjunto — digo em um tom mais brando. — Vale a pena acobertar quando sabe que a vida dela pode estar em risco?

A fada parece nervosa por um instante, mordendo os lábios ao ponto de quase fazê-los sangrar.

— Vossa Majestade... o grande problema é que não faço ideia de onde ela possa estar. Se soubesse, e achasse que nosso reino estava correndo sério risco, não hesitaria em dizer — profere e mantém a cabeça baixa.

Por incrível que pareça, acredito em suas palavras sem a menor sombra de dúvidas.

— Mas que droga! — Sobrevoo novamente até a janela oval e encaro o horizonte. Tudo o que menos desejo fazer, terá que ser feito se quiser trazer Giselle em segurança para casa. — Não acredito que terei que me submeter a isso!

— Submeter-se a quê, Majestade?

Olho por cima do ombro para a fada-lavadeira que me encara com curiosidade. À medida que suas asas batem às costas, o perfume de lavanda se infiltra mais ainda no salão real.

— Peça que a guarda se prepare e esteja ao meu dispor em cinco minutos, Laurynn, por favor. Terei que fazer uma breve viagem ao reino próximo — digo e viro o rosto, mais uma vez, para a janela.

— Vais ao reino dos Elfos de Luz, Majestade? — pergunta ela, assombrada. Até mesmo eu estou apavorada com essa perspectiva.

Em primeiro lugar, nunca me ausento do território feérico. Nunca. E em segundo, o destino em questão nunca é mencionado e é evitado a todo e qualquer custo.

Os Zertughen. Só em pensar neles já me faz sentir calafrios indesejáveis por todo o corpo.

Quase não nos falamos ao longo dos anos, ainda mais depois de um conflito de interesses tantos milênios atrás que culminou na perda do meu coração e na quebra de confiança que eu havia depositado no único amigo em quem uma vez confiei.

Os reinos de Glynmoor e Zertughen mantêm um relacionamento plácido e respeitoso, onde cada um permanece em seus limites, atendo-se ao convívio apenas quando necessário. Quando tivemos que nos encontrar para o bem de toda a região feérica, mamãe ainda ocupava o trono das fadas, então eu era meramente uma princesa que perambulava pelos limites de uma aliança parcialmente tecida e quase inexistente.

Os reis de Zertughen governam com punho de ferro as terras míticas e é sabido que sua ganância por mais poder é corrosiva. A Rainha Lydae e o Rei Tahldae Zanor são astuciosos e conduzem os Elfos de Luz com maestria. Eles, sim, conseguem fazê-los obedecer a seus comandos a um simples estalar de dedos.

— Sim, Laurynn. É exatamente para lá que vou — respondo e exalo um suspiro de cansaço.

Giselle não faz ideia do esforço que terei de fazer em breve. Séculos e séculos de uma imposição que fiz a mim mesma: nunca mais confiar em um Zertughen. Para absolutamente nada. Mas, pela vida da minha irmã, para saber se ela corre risco ou não, estou disposta a entrar em uma guerra contra os Nargohr, mesmo que para isso tenha que solicitar auxílio do reino mágico vizinho.

Os Elfos de Luz são muito poderosos e talvez os únicos que possuem armas eficazes contra os Elfos Sombrios. Tenho plena consciência que nós, fadas, temos nossa serventia no universo feérico, mas não sou ingênua a ponto de imaginar que poderia entrar sozinha em Nargohr e enfrentar o rei, e seu filho, o príncipe do mal, para averiguar se ele tem minha irmã em seu poder.

Então... vou em busca de ajuda. Novamente. Só espero que, dessa vez, os Zertughen não sejam responsáveis por esmigalhar o fiapo que resta do meu coração gelado.

# CAPÍTULO VII

## ALARIC

*Reino humano*

Observo o pequeno invasor por bem mais de vinte minutos. Ele encontra-se tão concentrado por trás do arbusto denso que sequer se dá conta da minha aproximação. O imenso casaco cinza o cobre por inteiro, então não tenho como afirmar se é um jovem ou adulto.

O importante é descobrir o que está fazendo ali e como conseguiu entrar na minha propriedade. Eu estava chegando à caminhonete, vindo da Vila, quando o vi caminhar na surdina pelas folhagens que margeiam a grande construção.

A pousada que minha família sempre sonhou em construir é minha vida, e é nela que tenho investido todas as minhas economias nos últimos anos. Não será um espiãozinho de merda, talvez contratado por algum dono de outras tantas pousadas já estabelecidas na região, que conseguirá me derrubar.

Meus pais não conseguiram ver restabelecida a antiga tradição familiar dos Cooper, em manter um local de abrigo para visitantes da região. Depois da década de setenta, meu pai perdeu toda a nossa renda e teve que fechar as portas. Seu sonho era ver o *Cooper Seasons* de volta aos tempos áureos, quando meu avô administrava com pulso de ferro o que havia sido passado de geração em geração.

Espero até que fique um pouco mais escuro, quase o fim do expediente, para pegar o rato no flagra, sem dar chance de fuga ao infrator.

Quando o agarro pela gola do capuz, puxo seu corpo com tanta facilidade que chego a me surpreender. No entanto, nada me deixou mais intrigado do que a constatação de que o pequeno curioso, na verdade, é uma menina.

A voz dócil e melódica parece quase lírica e, quando a viro de frente a mim, embora não consiga ver seu rosto com clareza, posso constatar que a pele é tão translúcida que chega a brilhar, quase etérea. Balanço a cabeça, pensando que seja apenas o efeito da luz do luar, mesmo que não seja lua cheia.

Arrasto a criatura pelo terreno, exigindo explicações. Ninguém invade a propriedade de Alaric Cooper sem dar satisfações de como conseguiu entrar, por que, e com quais intenções.

Sem pensar duas vezes, dispenso os homens, e quando alego que a pequena é um "rato", despertando as risadas de todos, sinto seu ultraje imediatamente. Ela está vibrando de raiva.

Somente quando os empregados não estão mais à vista é que consigo dar mais atenção à peste que havia se esgueirado no meu território. Viro-a de frente a mim, ainda cativa pelo capuz e abaixo de uma vez o casaco, para dar uma boa olhada na cara da infratora.

— Puta que pariu! — é só o que consigo gritar.

Nem sei quanto tempo fico paralisado, em total choque, mas posso sentir as mãos tremendo, especialmente a que mantém a figura presa pelo cangote.

— Será que agora que já mostrou que sabe xingar, você poderia soltar o meu pescoço? Está me segurando do jeito que os caçadores fazem com as caças de coelhos — ela diz. — Ou como as fêmeas carregam seus filhotes de um lugar ao outro.

Ainda estou com os olhos arregalados, com absoluta certeza, mas se alguém me perguntasse o que tenho diante de mim, neste exato instante, não saberia explicar. *O que é isto? Alguma espécie de brincadeira?*

— Quem é você? E... o que está fazendo aqui? Vestida... assim? — pergunto, finalmente.

Ela ergue uma sobrancelha de maneira curiosa. Aquilo atrai meu olhar para o rosto bem-desenhado e belíssimo da moça. Bem como me faz conferir os desenhos intrincados que descem pela bochecha, desde a têmpora. A boca carnuda está aberta em choque e os olhos de uma cor belíssima e única me encaram com espanto. Ali, à minha frente, não havia uma criança como deduzi erroneamente. O que tenho em minhas mãos é um belíssimo espécime feminino...

— O quê? — ela pergunta, irritada.

Sem perceber, sacudo seu corpo e ignoro o rosnado que recebo em troca.

— A fantasia! Por que você está usando uma fantasia? Maquiagem... o que diabo é isso? — Sinto meu nível de estresse atingir um pico perigoso.

Ela franze as sobrancelhas e em seguida faz o inimaginável: começa a rir.
— Sério que você acha que estou fantasiada? — debocha.
— Sim.

Meus olhos varrem toda a figura de seu corpo. Ela é *mignon*, e coberta por aquele casaco horrível não posso dizer se tem o corpo bem-formado, mas, definitivamente, é uma garota deslumbrante. Quando a vejo colocar uma mecha atrás da orelha, meu olhar é atraído para as extremidades pontiagudas. Completamente diferentes das orelhas normais.

Okay. A garota leva bem a sério essa história de se fantasiar. Já ouvi falar em festivais de *cosplays*, onde os participantes se vestem a caráter, como os personagens que mais admiram.

— Ahn... então... e-eu... eu... — ela tenta dizer, e tenho certeza de que está procurando uma desculpa para me enrolar. Como se estivesse tentando encontrar uma mentira plausível para aquele momento.

— Vamos, garota. Me diga logo o que veio fazer aqui!

— Eu vim somente observar a construção, só isso. Nada mais. Eu juro — afirma.

— Quem mandou você aqui? — pergunto, perdendo a paciência.

— Ninguém! Olha, moço, eu só estava curiosa. Não vim aqui enviada por qualquer pessoa. Se me deixar ir embora, prometo que nunca mais precisará colocar os olhos em mim! — suplica e junta as mãos, como se aquilo fosse me comover.

Por um instante, fico tentado em liberar a garota, mas a curiosidade em saber de quem se trata fala mais alto. Um sentimento estranho me invade, apertando meu peito, porque sei, sem sombra de dúvidas, que se a deixasse escapar, nunca mais a veria.

Contra todo e qualquer julgamento, puxo a moça para o interior da construção, disposto a arrancar dela toda a verdade. Em meu escritório, possivelmente, terei meios de fazê-la falar.

Mesmo lutando contra o meu domínio, em um determinado momento ela caminha resignada ao meu lado, aceitando o destino que havia cavado para si mesma.

Quando a coloco sentada na cadeira à frente da mesa de madeira abarrotada de planilhas e arquétipos de construção, passo as mãos pelo meu cabelo desgrenhado e me permito suspirar de cansaço.

Aquele dia estava caminhando para ser incomum, realmente. Keith, meu irmão mais velho, já havia enchido o saco além da conta. Queria que terminássemos logo uma ala da pousada para que pudesse trazer Violet, a filha adolescente de quinze anos, para morar em definitivo ali. Eu a amo mais que tudo, mas ela pode ser bem irritante quando quer algo. E, pelo jeito, esse comportamento foi herdado do meu irmão. Não acho que uma construção seja o lugar de uma garota daquela idade, porém entendo que ele não se sinta confortável em deixar minha sobrinha sozinha na cidade, mesmo que seja a apenas cerca de trinta minutos de Bedwyr.

Keith é um viúvo inflexível. Havia perdido a esposa, Gertie, quando Violet tinha apenas quatro anos. Há anos venho insistindo para que encontre uma mulher para colocar na vida de Viola, mas ele enfiou na cabeça que nunca mais encontrará o amor. Meu irmão mais velho passou a manter casos esporádicos, o que não é condenável, já que faço o mesmo, mas sempre fui capaz de sentir a necessidade que minha sobrinha tem em relação à constância e referência feminina em sua vida.

Prometi aos dois que no dia seguinte ele poderia trazê-la aqui, para conferir a obra, e que talvez pudesse organizar um dos quartos da ala leste para que se hospedassem por um tempo. Isso poderia aliviar um pouco o estresse do meu irmão, de ter que ajudar no canteiro de obras e sair correndo a tempo de buscar Violet na escola, de forma que ela não ficasse sozinha em casa por mais tempo do que o necessário.

Agora, aqui estou eu, andando de um lado ao outro, com uma visitante infratora que precisa me dar explicações, e que mais parece ter saído de uma festa a fantasia cujo tema poderia ser "conto de fadas".

— Muito bem, garota. É hora de falar — resmungo e cruzo os braços, parando à frente da mesa em uma pose intimidadora para que ela realmente entenda que não estou mais brincando.

— Eu juro que vim em paz, senhor... — ela sussurra e franze as sobrancelhas, tentando decifrar algo. Suponho que esteja em busca do meu nome.

— Alaric. Alaric Cooper. E você, como se chama?

— Giselle.

Entrecerro os olhos, de maneira especulativa. A garota se mostra inquieta, sem saber o que fazer com as mãos. Seus olhos revoam a todo instante para a porta do escritório, como se estivesse calculando uma fuga.

— Giselle de quê?

— Ahn... Giselle de Glynmoor? — revela.

— Você está perguntando ou afirmando? — Tento conter um sorriso.

— Não faço ideia.

— Qual é o seu sobrenome — pergunto, evitando demonstrar impaciência. Ela parece assustada, e nunca foi essa a minha intenção.

— Eu não sei! Sou Giselle de Glynmoor desde que nasci há centenas de... dias — murmura.

— Glynmoor é o nome da floresta ao redor de toda essa região de Bedwyr. Você, por acaso, é dona da floresta? — zombo.

Ela dá uma risadinha e cobre o rosto com as mãos. Quando as afasta, o mais incrível e surpreendente acontece. A maquiagem em seu rosto brilha de uma forma estranha e hipnótica.

Chego mais perto e me inclino, para nivelar nossos olhares. Estou tão próximo que sinto o cheiro de flores silvestres exalar de seu corpo, e vejo faíscas cintilando em seus olhos.

— Sua pele está brilhando — afirmo e coloco a ponta do dedo nas marcas que recobrem suas bochechas. Ela afasta o rosto rapidamente, respirando com dificuldade.

— É impressão sua. — Tenta desconversar.

— Não. Não é. Estão brilhando como purpurina — teimo em dizer.

— Então deve ser isso. Purpurina. Deve ser a luz dessa lâmpada que bateu e refletiu e... criou esse efeito surreal. — A garota olha novamente para o lado.

Ela parece estar com medo de alguma coisa.

— Não precisa temer absolutamente nada, garota. Não vou fazer nada com você e assim que me disser quem é, telefonarei para os seus pais para que venham te buscar.

Ela suspira, aliviada, e dá um sorriso sutil.

— Eu posso ir sozinha, sem problema algum. Basta me deixar atravessar aquela porta e não olhar para trás.

— Quem não deve olhar para trás... eu ou você? — brinco.

— Nenhum dos dois. Podemos fingir que nunca adentrei seu terreno e você pode fingir que nunca encostou a mão em mim, que tal? — pergunta, esperançosa.

— Mas eu não encostei a mão em você. Se tivesse feito isso, tenho certeza de que se lembraria para o resto de sua vida... — digo com arrogância. Bom, se há uma coisa que sei é que muitas mulheres imploram pelo meu toque e voltam querendo mais.

Ela revira os olhos.

— Você encostou a mão em mim. Teve contato. Isso é totalmente proibido. — Ela bate os pés no chão, de um jeito fofo.

O CINTILAR DA GUERRA

A moça parece estar confusa, e suas palavras criam uma imagem mental bem estranha na minha cabeça.

— Proibido? Por quem? Você é menor de idade por acaso? — insisto. Aí, sim, eu poderia estar enrascado. Afinal, agora estamos sozinhos aqui na minha propriedade.

— Por menor de idade você quer dizer se sou muito jovem? — pergunta rindo.

Afasto-me um pouco, pois sua presença e aroma perturbam meus sentidos.

— Quero saber se tem menos que vinte e um anos — resmungo.

Suas risadas se tornam mais intensas, a ponto de ela se dobrar de tanto rir.

— Por que está rindo? — pergunto, irritado.

— Eu tenho mais que vinte e um, pode ter certeza. — Pigarreia e tenta se controlar. — Bem mais. Quanto a isso não precisa se preocupar — responde com um sorriso. — Quando disse proibido, é por outro aspecto.

— Que seria…? — instigo.

A moça se levanta com toda pompa e, mesmo sendo bem mais baixa que eu, ainda assim, detém um ar de altivez incomum.

— É proibido que a sua espécie encoste a mão na minha — afirma, sem pestanejar.

Agora é a minha vez de rir a plenos pulmões.

— Espécie? Você é algum tipo de feminista que não aceita que um homem toque sua pele por nos considerar inferiores? — indago, ainda rindo.

— Não. Meu Deus, nunca pensei que os humanos pudessem ser tão burros — resmunga e bufa, soprando uma mecha de cabelo para cima.

— Garota, você usou drogas, é isso?

Ela se afasta de mim e se vira de costas. Olha por cima do ombro, como se estivesse refletindo a respeito de alguma decisão importante. Meus olhos são atraídos para as orelhas pontiagudas que agora vibram.

— Posso me arrepender muito pelo que vou fazer nesse exato instante — ela diz, enigmaticamente —, mas não me resta escolha. Ou é isso, ou correr o risco de vê-lo sofrer um ataque súbito de Glynmoor por minha culpa, quando sei que não teve absolutamente nada a ver com minha decisão de vir aqui. Culpe meu gênio curioso e indomável. — Dá de ombros e meu olhar não se desvia de sua boca.

A garota continua falando, com os olhos hipnóticos agora conectados aos meus.

— Existe uma grande possibilidade de você desmaiar ou morrer de um ataque cardíaco fulminante. Só saberei prestar socorro para a primeira opção, então, escolha com sabedoria qual será a reação que seu corpo terá.

A voz melodiosa e suave continua emanando palavras que mais se parecem ao canto de uma sereia. Se eu estivesse no mar, poderia jurar que estava sob algum feitiço absurdo.

Sem dar chance para qualquer argumento da minha parte, Giselle, que alega ser apenas de Glynmoor, retira o imenso agasalho que a cobre. Meus olhos deslizam pelo corpo longilíneo, pelas pernas torneadas e nuas visíveis através do tecido transparente de seu vestido, mas que antes estavam ocultas sob o imenso casaco de moletom.

Acho que meu choque foi o suficiente para me fazer arfar, e pode ser que meu corpo tenha reagido em uma parte mais viril, mas disfarço bem a reação.

Ainda estou concentrado na parte inferior de seu belíssimo conjunto feminino quando ela diz:

— *Duilich...*

Sinto a boca abrir de imediato, perco o fôlego, e, por um momento indelével, tudo obscurece. Porém, antes de apagar completamente, ainda consigo vê-la se aproximando em meu auxílio, chamando meu nome com suavidade:

— Alaric?

Somente quando ela bate as asas cintilantes às costas, é que perco totalmente os sentidos.

# CAPÍTULO VIII

## THANDAL

*Reino de Nargohr*

Os ventos que sopram em meus domínios são diferentes de qualquer outro lugar dos reinos feéricos. O som que fazem ao esbarrar nas grandes pedras do castelo é capaz de arrepiar a qualquer elfo desavisado. Eu gosto desse som, que muda durante as tempestades, e se assemelha a gritos de desespero.

— Senhor... — Ygrainne, minha irmã mais nova, faz uma pequena reverência ao me ver.

Estou sentado no trono de meu pai, o Rei de Nargohr, meu lugar de direito, e que em breve será ocupado apenas por mim.

— O que quer?

— Alguns guardas relataram que a rainha Alana deixou o castelo de Glynmoor. — Essa informação capta minha atenção na mesma hora.

— E por qual motivo? — pergunto e me sento mais ereto no trono.

— Ainda não sabemos, mas a rainha saiu com escolta, e está se dirigindo para o reino de Zertughen.

Os Elfos de Luz. Interessante pedaço de informação, mas que não me serve de nada.

— Ainda não sabemos? — Minha voz ressoa pelas paredes da sala do trono fazendo minha irmã se encolher de medo. — Giselle estava com ela?

Quase sou capaz de sentir o coração que não possuo martelar no peito ante a menção de seu nome.

— Não, senhor, a Rainha saiu apenas com sua comitiva de guardas.

Algo está acontecendo no reino de Glynmoor. A rainha nunca sai de seu imponente castelo de cristal, e o principal: nunca deixa a irmã mais nova desprotegida.

— Reúna alguns Ysbryds — ordeno e me levanto de imediato.

O tédio é o suficiente para atiçar meu desejo de descobrir mais pistas, e, quem sabe, deparar com meu objeto de desejo.

— V-você vai convocá-los? — Ygrainne pergunta, entre surpresa e extasiada. Sinto a excitação em sua voz quase tanto quanto o pavor.

Ysbryds são Elfos Sombrios que fazem parte da elite da nossa guarda. São seres cruéis e implacáveis em suas buscas. Passam, muitas vezes, despercebidos por onde andam, e se há uma coisa que eles não têm, é misericórdia, e uma de suas maiores qualidades é que nunca falham em suas missões.

Eu sou o líder deles.

Treinado para ser superior a qualquer soldado, meu pai fez questão de ser meu mentor. Seu treinamento foi intenso, e as marcas no meu corpo são mais do que evidências de que ele não poupava nem mesmo com seu próprio filho.

Ele forjou cada traço da minha personalidade como aço, me tornando o guerreiro implacável e letal que sou hoje.

— Vou verificar o que está acontecendo, já que seus soldados não foram de muita serventia, a não ser para me trazer fofocas. — Faíscas cintilam em seus olhos vermelhos à medida que avança em minha direção.

Ygrainne pode até ser rápida e ágil, mas não é páreo para mim. Ergo o braço e contenho seu ataque segurando-a pela garganta. Sinto as unhas cravando em sua pele, deixando uma trilha de sangue negro que escorre pelo pescoço alvo.

— Você quer nossos melhores guerreiros para ir atrás daquela fedelha mimada? — Ela tem coragem e ousadia para me enfrentar. Tenho que dar crédito a isso. — Quem sabe o que Alana foi fazer em Zertughen? Existem três príncipes lá. Talvez tenha ido procurar um marido para a irmã, para que só assim ela pare de agir como uma criança!

Fúria começa a ser formar dentro de mim, e, sem pensar duas vezes, lanço Ygrainne contra a parede de rochas mais distante, que acaba polvilhando faíscas quando ela se choca com força e cai no chão. Seu corpo é leve como a brisa, e não faz barulho algum com a colisão.

Ofegando, Ygrainne se mantém inerte, sorrindo de maneira maliciosa.

— Não ouse abrir a boca para falar de Giselle — advirto, notando que meu temperamento está prestes a explodir em um estopim.

— Essa fada, meu irmão, será a sua ruína. — Erguendo-se com altivez, ela enfim sai do salão, me deixando a sós com meus pensamentos e desejos mais ocultos.

O CINTILAR DA GUERRA

Minha irmã é forte, não teme nada, e, assim como eu, foi treinada para ser uma guerreira, usando armas não visíveis como seu maior trunfo.

Qualquer *fae* do reino acaba sucumbindo aos seus intensos olhos da cor de um rubi precioso, seu corpo curvilíneo e seu comportamento despudorado.

No entanto, se há algo que Ygrainne não falha, é em cumprir minhas ordens, e sei que agora ela reunirá nossos melhores fantasmas para me acompanharem em minha missão.

Algo está acontecendo, e se Giselle estiver envolvida, serei o único a descobrir.

# CAPÍTULO IX

## ALANA

*Fronteira de Glasnor, entre os Reinos de Glynmoor e Zertughen*

Existe uma tradição antiga que dita um protocolo nada compreensível ao mundo élfico. Os membros reais só podem se deslocar de um reino ao outro em carruagens únicas e peculiares. Mesmo com poderes sobrenaturais, e com nossas asas, que possuem a capacidade de nos levar a qualquer canto, essa tradição, ainda assim, é mantida entre os cinco reinos de Cálix.

Nós, de Glynmoor, usamos carruagens puxadas por belíssimos unicórnios brancos e com as crinas longas e brilhantes. Exatamente os animais que enfeitam as inúmeras fantasias que o mundo humano tanto aprecia.

Os reis de Zertughen usam um coche puxado por grandes lobos selvagens, criaturas que chegam a ter o tamanho de cavalos da raça Shire.

Os elfos do Reino de Aslyn, o domínio gelado destas terras, possuem veículos imponentes e atrelados a ursos polares, enquanto em Mythal, o Reino das águas, são cavalos marinhos que os conduzem, e quando saem das águas profundas do reino mítico, estas criaturas magníficas ganham pernas e chegam quase a se assemelhar aos nossos unicórnios.

Em Nargohr, os soberanos têm as carruagens puxadas por Kirins, um animal sagrado e aterrador de grande poder. Estes se assemelham a dragões ferozes e cruéis. Pensar sobre Nargohr traz ao meu peito um aperto desconfortável, aumentando a angústia que venho sentindo desde o sumiço de Giselle.

Ao olhar pela janela, posso ver que já estamos chegando em Zertughen. Mais uma vez, sinto a opressão que comprime minha caixa torácica, porém de uma maneira diferente.

— Majestade, realmente crê que Giselle esteja em perigo? — Laurynn interrompe meus pensamentos, fazendo com que eu retorne ao presente.

A meu pedido, ela está me acompanhando nessa viagem. Como melhor amiga de Giselle, também se mostra aflita por notícias, e não pude deixá-la à mercê de seus pensamentos angustiantes. Sem contar que uma fada preocupada é capaz de fazer coisas estúpidas, como se colocar em risco, por exemplo. Sendo companheira e grande cúmplice das estripulias de minha irmã, não seria de se estranhar se a fada meiga e obediente acabasse se aventurando sozinha pela floresta em busca do rastro da amiga.

— Infelizmente, sim, Laurynn. — Suspiro de forma inaudível. — Se Giselle tivesse retornado ao reino, a esta altura, eu saberia imediatamente.

Meu elo com minha irmã supera a conexão de qualquer outro ser feérico, com exceção do vínculo intenso entre os casais emparelhados.

— Só não consigo entender o motivo de estarmos indo para Zertughen — ela murmura, confusa, e arranca de mim um pequeno sorriso.

Claro que não. Glynmoor não se associa aos reinos vizinhos exatamente por ser um reino sustentável e pacífico em todas as circunstâncias.

Não significa que sejamos alheias aos conflitos que ocorrem em outros territórios, sendo a maioria deles por disputas de poder.

— Somos fadas da floresta, Laurynn, e mesmo sendo hábeis com nossas magias e arcos, ou rápidas em manobras de evacuação, não fomos feitas para uma guerra — revelo, sem pensar.

— G-guerra?! — Ela se assusta com minhas palavras fatalistas, provocando um movimento repentino em suas asas. — O que isso pode ter a ver com o sumiço de Giselle?

Olho para o lado de fora, contemplando a densa vegetação da floresta de Glynmoor dando lugar às montanhas que compõem os vales magníficos de Zertughen.

— Torço para que seu sumiço seja apenas mais uma de suas travessuras, e que não tenha que enfrentar inimigos para reavê-la — murmuro.

— Mas... Majestade, por que haveria a necessidade de um enfrentamento ou de uma possível guerra? E por que logo os Elfos de Luz podem ser considerados aptos a nos ajudar a encontrá-la?

Suas perguntas são pertinentes e ecoam em minha mente. Sei que posso estar me precipitando, imaginando o pior cenário, mas algo no meu íntimo me diz que Giselle pode ter se envolvido em uma confusão muito maior do que imagina e sem precedentes.

— Espero sinceramente que não tenhamos que chegar a tanto, porém os Zertughen são elfos preparados, além de serem excelentes rastreadores, logo, não vejo ninguém melhor para nos ajudar agora do que eles — admito, ainda encarando a janela da carruagem, antes de voltar a atenção a ela.

Observo a fada tentar conter a onda de medo que assola o corpo delicado. A essência de lavanda preenche o interior do veículo na mesma hora, com um leve toque cítrico que caracteriza seu terror.

— O que sabe sobre os outros reinos feéricos, Laury? — pergunto e vejo seu olhar assombrado, talvez por eu ter usado o apelido que Giselle sempre usa.

Dou um meio-sorriso, sentindo-me estranha em compartilhar até mesmo este gesto singelo com a fada. Não sou dada a demonstrações de afeto, mas não quero – ou preciso – que ela se atemorize.

— Conheço apenas o que já li em nossos livros, Majestade. Os que ficam guardados na grande copa do Olmo de Zyral. — Laurynn abaixa os olhos ao lembrar-se do fato, pelo que posso perceber.

— Não há do que se envergonhar. O Olmo sagrado está ali para que possam checar nossa história e saber o que ficou para trás, há milênios... Vocês são fadas jovens. Compreendo perfeitamente que sintam curiosidade em saber mais da história do nosso povo, bem como da estruturação dos reinos ao redor. — Ela apenas acena afirmativamente. — Preste atenção, como nunca fez em sua vida inteira ao estudar nas classes do Meister Hunghtor — cito o *fae* aborrecido que as ensinava técnicas de voos quando mais novas. A fada ri, porque sabe que a desatenção em suas aulas é pura verdade.

Ajeito-me no assento luxuoso e faço com que a fada se concentre no que estou prestes a lhe dizer. Muitas delas sequer fazem ideia da dimensão de nossos reinos. Da magia que cerca toda a região da Escócia e arredores.

Estendo as mãos com as palmas para cima e fecho os olhos. Deixo que o encanto das centelhas que fluem dos meus dedos forme um redemoinho de pontinhos cintilantes à nossa frente. Somente ao sentir o calor que deles emana é que finalmente encaro Laurynn, que agora contempla, admirada, a formação nas palmas das minhas mãos.

O mapa de todos os reinos feéricos se mostra em uma resolução como ela nunca viu.

— Veja, Laury... Aqui está nossa área de maior concentração *fae*. O condado de Bedwyr reúne toda a casta Glynmoor e o reino das fadas da floresta. Somos as responsáveis por toda a fauna e flora. Mantemo-nos isoladas, sendo que nos caracterizam como débeis, e somos mesmo, em força bruta, mas temos uma missão clara e milenar: preservar a vida ao redor. E servir como um portal que isola o mundo humano dos reinos feéricos.

Em um movimento contínuo das mãos, amplio o foco para que ela acompanhe.

— Aqui está o reino mais próximo, o reino de Zertughen. Os Elfos de Luz, os mais poderosos do mundo élfico, pois deles se requer toda a essência de vida. Se por um lado a preservamos, com o cuidado, por outro, os Zertughen têm o poder de conceber e restaurar. São dotados de habilidades extraordinárias, tendo em seus exemplares masculinos um grande esquadrão de honra e batalhas, ainda que muitos pareçam tão delicados em sua compleição. É onde reside o maior erro dos adversários... por pensarem que são alvos fáceis, os subestimam e rendem-se facilmente ao poderio que só deles se obtém. Governados pelos reis Tahldae Zanor e sua rainha, Lydae, têm nos três filhos o seu maior armamento. Nunca, mas nunca mesmo, envolva-se com um Zertughen, ou terá seu coração estilhaçado como o cristal mais fino e frágil.

Respiro fundo antes de continuar:

— Aqui é o reino de Nargohr. Basicamente, são nossos inimigos primordiais, assim como de todos os reinos élficos. São egoístas e querem o domínio de todos por acharem que somente eles podem comandar o mundo mágico. São Elfos Sombrios, porque das trevas extraem o poder que os corrompe. Governado pelo Rei Irdraus, de mão severa, na verdade o grande perigo se encontra em Thandal, seu filho e herdeiro. Ele é o mal encarnado e é dali que saem as maiores maquinações.

Laurynn ergue o olhar para mim, dividida entre a curiosidade e o assombro. Não sei se ela tem noção da história que envolve a obsessão do príncipe dos Elfos Sombrios por Giselle, mas resolvo me abster de explicar naquele momento.

— Mais distante e ao norte está o Reino de Aslyn, dos Elfos de Gelo, criaturas simplesmente surpreendentes e assustadoras quando nos deparamos ao vivo. Em todos os meus milênios de vida, posso dizer que só os vi duas vezes, e sempre estive ao lado de meus pais, em uma reunião do conselho feérico. Nunca vi olhos tão brancos e carentes de emoções como os deles. Dizem que sou a rainha gelada, e sei que esta é a fama que me precede há gerações — sacudo os ombros, indicando que não me importo —, mas os verdadeiros elfos desprovidos de todo e qualquer sentimento são esses. Porém são leais. Se resolverem se aliar a alguma causa, estarão ao seu lado pelo resto da vida. O poder bélico destes seres está totalmente ligado ao elemento que dominam: o gelo.

Giro as mãos para que o mapa mostre melhor agora o próximo reino aliado.

— Aqui está Mythal, o Reino das águas. Os elfos que comandam toda a costa da Escócia, de norte a sul. Estão interligados diretamente ao reino marinho, sendo associados com criaturas distintas que somente ouvimos falar. Sereias, tritões, krakens. Estes elfos são surpreendentes e quase nunca aparecem, pois quando se afastam de seu meio, suas debilidades mostram-se às claras. Nunca os vi. Apenas minha mãe esteve em contato com um deles, séculos antes de morrer.

— São muitos reinos, Majestade. Mas e estes aqui? — ela pergunta e aponta, timidamente, para um local no mapa de ilusão.

— Aqui temos os domínios menores, que nem podem ser chamados de reinados, mas, sim, pequenas aglomerações, já que os seres que habitam estas áreas são procedentes de outras ao redor. Eles vagueiam e se espalham como focos de andarilhos. Aqui, veja, é o lugar onde os Malakhi fizeram morada. São gigantes que vivem nas montanhas e impõem medo a qualquer outra raça, mas são dominados pelos Zertughen, vivendo sob seu jugo. Devem obediência total e fazem tudo o que mandam. Próximo a Zertughen também existe a vila dos duendes. Grandes produtores de bebidas e produtos alucinógenos, são eles que espalham rumores e aprontam com os humanos, trazendo perigos aos reinos sobrenaturais, já que a curiosidade da civilização humana faz com que muitos queiram realmente averiguar se eles existem.

— Oh, céus. É a grande questão da humanidade, então. Se duendes e gnomos existem ou não — Laurynn diz, rindo.

— Exatamente. Eles são ótimos para trabalhos que requerem empenho e pesquisa em lugares inóspitos, pela habilidade de se infiltrarem sem ser detectados. O grande problema é que muitos adoram ser descobertos. É o que os tornam um problema para nós. — Suspiro.

— E o reino humano? — ela sonda.

Olho para a fada, sentindo-me inquieta. Elas não deveriam ter interesse em saber nada da civilização ou conhecer aquilo do que são capazes de fazer. Eu sei bem disso, pois vivi na pele. Mas será que vale a pena mantê-la na ignorância a respeito de um reino que se faz cada vez mais próximo e ameaçador?

— Eles não fazem parte do Concílio Élfico, Laury. — Tento escapar de uma explicação.

— Eu sei, Majestade, mas estão no condado de Bedwyr, não é? Não seria justo que soubéssemos mais a respeito deles? — ela expressa em palavras os pensamentos que a atormentam.

O CINTILAR DA GUERRA

— Sim, Laurynn. Mas em outro momento. Porque agora, só o que quero é buscar recursos e qualquer auxílio para descobrir o paradeiro de Giselle.

— Vossa Majestade suspeita de algum lugar em específico? — pergunta, curiosa.

— Tenho uma leve suspeita, mas só poderei confirmar se tiver reforços e retaguarda. Ou, do contrário, evocaremos a fúria do nosso pior inimigo — digo, com fatalismo.

— Confio em sua sabedoria — a fada declara com deferência.

— Obrigada. — Quando volto a olhar pela janela, percebo que já estamos na fronteira, e logo seremos abordadas pelos guardas reais.

E que a fada-mor me ajude se Zaragohr aparecer agora.

Sinto os dedos trêmulos ao ajeitar a coroa que levo na cabeça. Uma imensa irritação me sobrevém neste mesmo instante. Por dois motivos... por estar exatamente à frente dos portais que adentram o palácio dos Zertughen – depois de sermos escoltados por Elfos de Luz desde os limites de Glasnor –, e por ostentar o ornamento que me caracteriza como a soberana de Glynmoor. A coroa de pontas com inúmeros diamantes cravejados e com bordas de cristais é o símbolo máximo do poder das fadas da floresta. Não é bem o peso do metal que me faz sentir uma tremenda dor de cabeça, mas, sim, ter que arcar com a imensa responsabilidade do que o cargo exige.

Além de cuidar para que todas as gerações de fadas e *fae* da floresta de Glynmoor se mantenham seguros e operando em suas atividades específicas, muitas vezes, penso que estou sendo falha onde meus pais foram magníficos.

— Majestade? — O chamado de Laurynn faz com que eu volte das brumas de lembranças dolorosas e da saudade que, por vezes, sinto da antiga Rainha das fadas.

— Sim? Oh, desculpe. Por um instante me distraí — admito a falha, embora não tenha a obrigação de me explicar.

Gesticulo com delicadeza e a porta da carruagem mágica se abre; a folhagem dourada que reveste todo o veículo começa a se abrir como uma rosa desabrochando. Apenas aceno para que o par de unicórnios atrelado à carruagem se mantenha calmo. Ajeito a postura e Laurynn faz o mesmo, imitando o gesto de desenrolar as asas para saltar com delicadeza dali. Não temos por hábito tocar o solo com nossos pés, então conservamos um sobrevoo suave, flutuando poucos centímetros acima das gramíneas que levam à imensa escadaria do palácio cravejado de pedras preciosas. *Os Zertughen sempre gostaram de ostentação*, penso com escárnio. *Embora seu palácio seja de cristal*, uma voz interior teima em salientar.

As portas se abrem e Lydae, a rainha, com seu longo cabelo branco como a neve, sai desfilando em toda a sua elegância, sendo seguida por Tahldae Zanor.

— Ora, ora… mas o que temos aqui? Se não é nossa aliada que há muito nem sequer se digna a mostrar as asas e fazer a cortesia de nos estender o prazer de sua companhia — Lydae diz com ironia.

Observo Laurynn se curvar em deferência aos reis à frente. Eles são extremamente imponentes, e quanto a isso não há dúvidas. Tanto Lydae quanto Zanor usam vestes longas e elegantes, combinando com o físico longilíneo e aparentemente frágil. Os cabelos de ambos são da mesma cor, diferentemente de seus filhos, pelo que me lembro. A pele é translúcida, quase como se refletissem o brilho de uma noite ao luar.

— Rainha Lydae, Rei Tahldae — cumprimento. Não me curvo porque ocupo o mesmo posto e cargo de importância, apenas diferindo de reino e estirpe. Posso dever o respeito, mas não devo obediência. — Peço perdão pela visita repentina, mas preciso de ajuda em um assunto um tanto quanto delicado.

Ambos se entreolham e acenam para que os sigamos para o interior do palácio.

Lydae olha para trás, por cima do ombro, e diz:

— Pode pisar os pés delicados no solo de meu reino, Rainha Alana. Não há o porquê de manter suas asas em pleno funcionamento, correndo o risco de cansá-las à toa. — O sorrisinho debochado não me passa despercebido.

Dou um sorriso polido para tentar conter a irritação.

— Bater as asas é como respirar para nós, Majestade. Não exige esforço algum — respondo, tentando manter o tom neutro. — Mas agradeço a oferta tão tentadora para fortalecer os músculos das minhas pernas, obrigada — murmuro e me lembro da impertinência de Giselle. Esta é a típica resposta que ela sempre apresenta.

Os dois se dirigem à imensa sala do trono, com Laurynn seguindo logo atrás de mim, mais quatro *fae* e quatro guardiões da floresta de Glynmoor.

À medida que cruzamos o interior do palácio, podemos ver alguns elfos espiando e cochichando, em uma tentativa débil de tentar descobrir a razão de estarmos ali.

Assim que adentramos o recinto adornado em ouro e cristais, além de joias espalhafatosas, aguardamos, enquanto o casal luxurioso se assenta aos imensos tronos.

O Rei pega seu cetro *Majërghen*, o que detém praticamente toda a gama de seu poder vital, e acena para as portas laterais.

Evito erguer o rosto para saber com quem ele se comunica, mantendo a calma.

— Diga do que precisa com tamanho fervor que a fez romper um período de silêncio que já dura vários séculos, se não, um milênio inteiro — ele diz.

Resolvo não me demorar mais do que a cortesia exige em situações assim. Não há tempo para conversas-fiadas e trocas de alfinetadas que não levarão a lugar algum. Além disso, não pretendo permanecer sob o abrigo deste palácio por tanto tempo, sabendo quem exatamente reside ali.

— É sabido que nós, fadas, não temos poder bélico ou qualquer tipo de força física contra um ataque ou ameaça ao nosso reino. Temos nos protegido da maneira com que fomos ensinadas, através de nossos encantos com a própria floresta, usando dos recursos de nossa mágica para nos cercar e isolar aos olhos daqueles que buscam pela nossa destruição — digo, sem mais delongas. — Não cobrimos nossos olhos ante a isso. E sabemos reconhecer quando há a necessidade de auxílio.

— E essa necessidade se faz agora? — Lydae interrompe e arqueia uma sobrancelha de maneira desafiadora.

— Sim. Há um perigo que tem nos rondado de uma forma incomum.

— E que seria...? — ela insiste.

Seu tom é tão debochado que minha vontade, neste momento, é esfregar sua cara esnobe no piso brilhante que reflete sua imagem.

No entanto, apenas respiro fundo antes de expor o problema que me atormenta:

— Thandal de Nargohr decidiu em sua mente doentia que quer Giselle para si. De qualquer jeito. Tenho conseguido isolar algumas de suas tentativas de chegar até minha irmã, mas parece que não foi o suficiente — revelo e ouço o suspiro de assombro de Laurynn às minhas costas.

— O que quer dizer com "isolar algumas tentativas", e mais, o que seriam elas? — o rei questiona.

— Em dois momentos distintos, Thandal armou uma emboscada para capturar Giselle enquanto ela vagava pela floresta. Tenho mantido minha irmã sob vigilância constante, mesmo que muitas vezes ela nem se dê conta, mas ela dificulta um pouco as coisas. Desde o dia anterior, está desaparecida — informo em um sussurro. Ainda me dói admitir o meu fracasso em mantê-la em segurança.

— Tem certeza de que Thandal está por trás do sumiço de Giselle? — Lydae inquire.

— Não. Honestamente, não posso afirmar tal fato. Mas preciso de ajuda para averiguar em Nargohr se minha irmã está sendo mantida em poder do príncipe sombrio. Se foi levada para lá.

— Entendo.

Aquela única palavra da rainha foi o suficiente para fazer com que meu estômago quase despencasse ao chão. Não... ela não entendia. Somos fadas. Não passaríamos despercebidas dentro de um reino tão sombrio quanto aquele. Não haveria a menor possibilidade. Mesmo que usássemos de todo encantamento possível para fazer com que nossas asas desaparecessem, ainda assim, nossa aparência pueril nos entregaria ante a hostilidade dos elfos que ali habitam.

— Zyrtral — o rei chama um elfo que se encontra postado às sombras. O elegante ser aparece e crava os olhos azuis magnéticos em mim por um instante, para em seguida voltar com a cabeça abaixada em um cumprimento ao seu rei.

— Pois não, Majestade.

— Traga-os aqui. — É a ordem dada.

— Sim, senhor.

— Só há um jeito de descobrir, Alana. — Relevo a pretensa intimidade que Tahldae Zanor quer demonstrar ao não usar meu título. — E pensaremos em duas abordagens.

A rainha Lydae troca um olhar perspicaz com seu par e ergue-se em toda a sua imponência, caminhando até onde estou parada. Sem hesitar, ela coloca dois dedos sob meu queixo, erguendo minha cabeça, e diz, brevemente:

— Já chegaste a pensar em alguma solução para afastar o perigo de Thandal de Nargohr? — pergunta.

Franzo o cenho sem entender sua insinuação. Aceno negativamente, morrendo de vontade de me afastar de seu toque incômodo.

— Você deveria pensar em um possível casamento, Alana.

— Não pretendo me casar — respondo com veemência, tentando me manter calma. Não faria bem uma discussão entre duas rainhas, quanto mais num tema tão delicado e nada a ver como este.

— Não estou falando de você. — Afastando a mão do meu queixo, Lydae se aproxima mais ainda, segurando minha mão. Contenho o impulso de afastá-la. Não permito que ninguém me toque, a não ser Giselle. — Não sei o que aconteceu no passado, querida, mas reconheço uma fada com o coração despedaçado quando vejo uma — diz ela, de forma solidária. — Mas você tem sua irmã, a princesa, e sabe que ela nunca poderá se tornar a rainha de Glynmoor, a não ser que algo aconteça contigo. E isso só poderá ocorrer, mediante um embate no conselho das fadas para que, mesmo não sendo do sangue legítimo de Malya, sua mãe, ela possa ter o direito de assumir... caso uma fatalidade ocorra.

Ela está certa, e isso parte meu coração. Por outro lado, o tom mórbido e desprovido de qualquer sentimento da rainha faz com que o medo que sempre senti pelo destino de Giselle se afunde mais ainda em meu peito.

— Mas, ela pode se tornar rainha aqui, em Zertughen.

— O que está sugerindo? — pergunto com total desconfiança.

— Eu proponho que casemos a Princesa Giselle com meu filho, Zaragohr, já que ele é o herdeiro do trono e será rei algum dia. — A mulher gesticula amplamente, como se estivesse mostrando a dimensão do reinado que minha irmã poderia ter.

Prendo a respiração por alguns segundos. *Casar Giselle com Z?* Por um instante louco chego a pensar que poderia perder os sentidos ante a ideia descabida, mas lembro-me de que preciso voltar a respirar para que o ar preencha os pulmões que me manteriam oxigenando todo o sistema.

— Se algo vier a acontecer com você, Alana, sua irmã e seu reino não ficarão desprotegidos.

Eu sei disso, e não preciso de uma rainha empertigada para me dizer. Sinto uma imensa vontade de gritar essa verdade com todas as letras, no entanto, contenho meu ímpeto. Estou em desvantagem ali, e precisando de um favor, então não posso dizer o que bem quero. Apenas a encaro com o olhar gelado que me caracteriza e traz a fama que me precede como a rainha gelada.

— Creio não ser este o assunto que eu trouxe à luz aqui, Majestade.

Ainda fiz questão de utilizar o título honorífico para que ela perceba que, se eu a respeitava como a soberana deste lugar, o mínimo que poderia fazer é me respeitar como a líder do meu povo.

— Sim, querida… eu sei bem disso. Mas vejamos aqui… Há um reino, um príncipe perverso e infame que quer tornar Giselle sua consorte. Por que não afastá-la do real perigo, casando-a com meu herdeiro, fazendo com que os planos de Thandal se frustrem, bem como protegendo-a com nosso nome e poder? Ainda resolveríamos o grande conflito de hierarquia e herança que paira sobre Glynmoor. Seria como matar… dois coelhos com apenas um golpe certeiro — profere e vira-se de costas.

Naquele instante, as portas laterais se abrem e fecho os olhos, imediatamente. Mas nem ao menos precisava fazer isso. Posso não vê-lo, porém sou capaz de detectar sua presença com precisão. Zaragohr, Zoltren e Styrgeon entram marchando com toda a magnificência que somente aqueles Elfos de Luz poderiam imprimir a um lugar.

A vontade que sinto no momento é a de virar as costas e sair dali e me refugiar onde sempre estive por todos aqueles séculos de afastamento. Distante da imensa mágoa que Zaragohr me causou.

Por Giselle, eu permaneceria de forma irresoluta e sem pestanejar. Ao erguer a cabeça e abrir os olhos, deparo com os azuis gélidos de Z me encarando de volta com tanta intensidade que sou capaz de sentir o coração acelerar.

Ele continua exatamente igual ao que me lembrava de tantos séculos atrás. Talvez mais áspero, sem a sombra eterna de um sorriso que impera na feição tão bela. O cabelo, tão diferente dos de seus pais, é escuro como a noite, como o mais puro azeviche, com um brilho único e inigualável. O rosto afilado, com o maxilar forte e anguloso e lábios perfeitos mostram um elfo tão deslumbrante que a primeira impressão que se tem é a de que estamos diante de uma pintura. E isso porque sequer havia sido enaltecido o físico invejável e bem-talhado do guerreiro. A roupa preta, com detalhes em azul, contém uma aljava às costas, adornada com um arco de ouro e flechas iridescentes. Os punhos são recobertos por braceletes de ônix, forjados em sua própria pele.

Zaragohr é um dos elfos mais magníficos da espécie. E havia sido meu melhor amigo. E fora meu esteio em uma época em que precisei tanto de alguém em quem me apoiar, já que havia perdido meus pais. Encontrei em sua companhia e amizade um consolo e apoio como nunca encontrei nos *fae* do meu próprio reino.

Até o dia em que me traiu. Em que quebrou a confiança que sempre depositei nele, ao renegar o único pedido que lhe fiz, ainda que este houvesse sido um grande e amargurado segredo.

Viro o rosto para o lado para analisar seus irmãos. Zoltren é seguido pelo lobo negro que parece uma extensão de seu corpo. Ele é o mais parecido com o irmão, Z, mas em uma versão mais jovem e selvagem, sem a imponência da primogenitura que circunda Zaragohr.

Styrgeon difere dos dois, pois é o único com o cabelo loiro, quase branco. O rosto é adornado por tatuagens élficas que o transformam em um espécime distinto e peculiar, tal qual eu e Giselle, com nossos rostos enfeitados com as filigranas multicoloridas. Os olhos verdes são da cor de uma floresta em plena chuva torrencial, quando a vegetação apresenta uma característica única e quase espectral. Ao menos nos bosques de Glynmoor.

— Creio que não preciso apresentar a Rainha Alana de Glynmoor a vocês, meus filhos, mas não custa manter o protocolo — o rei exalta com cortesia. — Alana, este é meu herdeiro, Zaragohr — Z se inclina em uma saudação à minha frente, fazendo-me engolir o nó na garganta —, Styrgeon, meu filho do meio, o conselheiro do reino, e Zoltren, o mais novo e caçador mais habilidoso. Os três são guerreiros Elfos de Luz poderosos que poderão orientar com maestria o que fazer no grave problema em que Giselle se enfiou.

— Eu agradeço, Majestade. É um prazer conhecê-los — cumprimento sem fazer contato visual com Z em momento algum, mas sabendo que ele mantém o olhar cravado ao meu. — Meu reino ficará inteiramente ao seu dispor em honrarias e eterna gratidão se pudermos contar com vosso apoio.

Volto a encarar a rainha Lydae, que me observa, intrigada, com o queixo apoiado no punho cerrado.

— Peço que nos deem licença para procurar abrigo em algumas de suas florestas nas proximid... — Nem ao menos chego a terminar e sou interrompida:

— O quê? — Zaragohr diz. Sua voz rouca e áspera lança arrepios pela minha pele. — Como assim, procurar abrigo em alguma floresta, Majestade?

Não me resta alternativa a não ser olhar para aquele que uma vez foi meu confidente.

— Podemos nos instalar em qualquer árvore com copas altas e bem protegidas, alteza. Somos fadas da floresta. Faz parte de nosso habitat saber conviver com a natureza que nos cerca.

— Sim, mas se estão aqui, em Zertughen, vocês receberão a cortesia de serem nossas hóspedes. Na verdade, isso é uma honra — ele alega. Seus olhos incendeiam os meus.

— Claro, claro — o rei interfere. — De forma alguma poderíamos permitir um disparate destes... É um imenso orgulho ter a Rainha das fadas em nosso palácio.

Posso sentir o olhar fixo de Z em mim. Por mais que tentasse manter a pose estoica, tenho que confessar que é difícil disfarçar os batimentos acelerados do meu coração ante a intensidade de seu olhar.

— Zyrtral! — Tahldae chama o elfo novamente.

Sinto pena do ser, já que parece ser uma espécie de capacho do rei. Seu olhar penetrante, porém, diz outra coisa. Talvez ele seja alguma espécie de secretário ou conselheiro pessoal.

— Por favor, guie a rainha Alana até seus aposentos — o rei diz, sem dar margem a ser contestado. — Providencie também para que sua comitiva seja devidamente acomodada com todo o conforto.

Agradeço, mesmo que minha vontade seja sair correndo dali. Não estava nos meus planos compartilhar o mesmo ambiente com Z.

— Rainha Alana... à noite teremos um jantar onde poderemos traçar estratégias para o problema que a aflige — a rainha Lydae informa e acrescenta: — Pense naquilo que lhe falei, porém. Acredito ser uma das saídas, caso haja um engano, e Giselle não esteja onde pensas.

Aceno e sigo o elfo, que estende a mão e sinaliza de maneira enfática e elegante o caminho que deveríamos seguir.

Ao passar ao lado de Zaragohr, não consigo me esquivar de seu toque sutil a tempo, toque este que provavelmente ninguém detectara. Havia sido apenas um breve afagar de dedos em minha mão. Sinto como se tivesse sido queimada pelas brasas da fornalha de Bryathyn, onde todas as armas élficas são forjadas.

Só volto a respirar calmamente quando entro no aposento ao qual me destinaram. Ao chegar à balaustrada que dá vista para o imenso vale de montanhas, apoio as mãos, curvo o rosto e deixo que os pensamentos me consumam.

Lembranças de um tempo que nunca voltariam... De alguém que nunca mais estaria apto a poder praticar a sutil arte do toque de dedos como Zaragohr havia feito.

A primeira lágrima em séculos pinga e se estilhaça como um cristal assim que aterrissa no balcão de mármore da sacada.

# CAPÍTULO X

## ZARAGOHR

*Reino de Zertughen*
*Momentos antes...*

Quando Zyrtral chega à sala de treinamento, quase recebe uma flechada na cabeça. Zoltren havia arremessado sem nem ao menos olhar e começa a rir.

— Oaaa, Zyr... podes até ser um imortal, mas se receberes uma flecha do meu arco, sabes muito bem que sua vida pulveriza como os pós das fadas — ele caçoa, e eu e Styrgeon o acompanhamos nas risadas.

— Rá, rá... vocês são tão engraçados. Com um descampado imenso nas montanhas para treinar, resolvem se embrenhar exatamente em uma sala contígua para treino de arco e flecha? — pergunta.

Nós três apenas damos de ombros.

— Falando em pó de fadas, só tenho a dizer que já vi algumas, mas nenhuma faz jus à magnânima — comenta e recosta-se à parede.

Ao ouvir aquilo, sinto meu corpo retesar imediatamente. Só existe uma fada que recebeu essa alcunha entre os reinos feéricos.

— O quê? — pergunto.

— A Rainha das fadas. Nenhuma se compara a ela em beleza. Disso tirei a prova.

— E como, posso perguntar? — questiono, tentando disfarçar meu interesse.

— Por vê-la pessoalmente, pela primeira vez em um milênio.

Quase corro para a porta, ao ouvir a informação passada de forma tão despretensiosa, mas consigo conter a reação.

— Como assim?

— Ela está diante de Vossas Majestades, na sala do trono.

— O quê? — a pergunta agora é feita por mim, Zoltren e Styrgeon.

— Isso o que ouviram. Uma comitiva de Glynmoor acabou de chegar e a própria Rainha das fadas está no recinto.

Céus... para que Alana esteja ali, algo sério deve ter acontecido. Mas... o quê? Ela nunca deixa o Reino de Glynmoor, não depois das emboscadas que vitimaram os soberanos, tantos milênios atrás, e muito menos depois do que acontecera... quando nossa amizade foi perdida para sempre.

— Tem certeza?

— Z, pelo amor de Deus... ainda que não reconhecesse aquela coroa estupenda que ela ostenta, tenho certeza de que as asas fabulosas e as filigranas exóticas que se destacam em seu rosto a tornam quase que única. Mas não é só isso... ela é... — ele procura algo específico para defini-la — exótica e hipnotizante. Tive que disfarçar meu assombro.

Sinto uma imensa vontade de arrancar as orelhas pontiagudas de Zyrtral, mas reflito que ele não tem culpa, provavelmente, de sentir tamanha atração pela magnificência de Alana. Ela exerce este efeito a todos ao redor.

— Bem, altezas, Vossas Majestades, seus pais, estão chamando-os à sala do trono — Zyrtral informa.

Disfarço a pressa que sinto no momento, querendo largar o arco, as flechas e simplesmente correr para vê-la. Estou quase saindo, quando Styrgeon diz:

— Humm... não está se esquecendo de nada, não?

— O quê?

— Talvez a parte de cima de suas vestes? — Zoltren intervém.

Olho para o meu tórax e só então percebo que estou nu da cintura para cima. Merda.

Estalo os dedos e o casaco negro que uso para compor minha armadura élfica recobre meu corpo. Ignoro os olhares perplexos dos meus irmãos e apenas disparo porta afora. É óbvio que os imbecis vêm na minha cola e acabam seguindo meus passos até a sala do trono.

Vê-la, depois de séculos, tem o mesmo impacto de um soco no plexo solar. Arranca meu fôlego e, por um momento, temo que talvez não consiga voltar a respirar. É difícil dedicar seu amor mais profundo a alguém que não faz ideia da dimensão do sentimento que devasta o peito. Alana era a chama de esperança que acendia meus dias tenebrosos há tantos milênios, quando nossa amizade teve início de maneira sutil.

Em uma visita de seus pais ao nosso reino, ela, ainda uma jovem fada sem total noção de seus plenos poderes, postou-se diretamente à presença de meus pais e diante de meus olhos, pela primeira vez.

E a lembrança é tão vívida que parece como se tivesse acontecido há poucos dias. Nunca se desvanece em minhas memórias...

*Não estava com paciência para treinar absolutamente nada. Já havia tido minha cota de arremessos de flechas e empunhaduras de espadas naquela manhã. Zoltren estava aprendendo a dominar a arte da caça, então exigia de mim, como o irmão mais velho, total concentração para absorver tudo o que necessitava. Styrgeon fugia naqueles momentos, o idiota. Enfiava-se nas imensas salas abarrotadas de tomos com toda a história e encantamentos do nosso povo.*

*Estava caminhando a passos largos, olhando para baixo, procurando chegar aos meus aposentos o mais rápido possível, quando esbarrei em alguém. Senti o suave deslizar das estruturas magnéticas pelo meu rosto, antes que a pessoa fosse ao chão. O que nem sequer chegou a acontecer, porque alçou voo e flutuou acima da minha cabeça. Ergui o olhar para deparar com uma das fadas mais belas que já tinha visto. Fiquei momentaneamente sem fala por alguns segundos até que consegui reunir o equilíbrio que aparentemente havia perdido com nossa colisão.*

*— Peço perdão pela minha total desatenção — falei e fiz uma mesura.*

*— Não foi nada — ela respondeu, já virando-se para ir embora.*

*— Espere! — gritei para evitar seu afastamento. — Não fomos apresentados...*

*Ela revoou um pouco mais próximo de onde eu estava, quase ficando ao nível dos meus olhos. O que vi era mais belo do que poderia supor. Seu rosto era adornado com desenhos intrincados que formavam padrões imutáveis e coloridos. Os olhos tinham uma cor única, quase hipnotizante. Ela irradiava uma beleza tão resplandecente que chegava a ofuscar as mais belas ninfas do Reino. Nenhuma poderia se igualar àquela fada.*

*— Quem é você? — insisti.*

*— Alana de Glynmoor.*

*A princesa fada. Filha da rainha-mor que imperava ao lado do fae sábio de Glynteha. Uma vez ele fora o rei de suas terras, mas abdicou do trono por amor à Rainha das fadas.*

Inclinei o corpo em uma mesura, novamente, mostrando que estava honrado em tê-la ante mim.

— Sou Zaragohr de Zertughen, o primogênito dos...

— Reis de Zertughen — ela interrompeu. — Você parece mais jovem do que no imenso quadro que seus pais ostentam no salão principal.

Ah, eu odiava aquela merda de quadro. Era o auge do desejo de adoração que meus pais queriam para a família. Os soberanos de Zertughen exigiam de todos total exaltação ao posto magnânimo que ocupavam, e faziam questão de alardear que os filhos descendentes de seu sangue eram a raça mais pura que já pisara na Terra. Eu achava ridículo. Por mim, passaria os dias apenas aprendendo como defender meu povo, treinando-os com afinco, mas não precisava que se ajoelhassem perante minha presença como o príncipe de seu reino. Eu queria ser um elfo corajoso e digno como eles.

Sabia que tinha minha valia, mas não precisava de adoração e bajulação de ninguém para sentir-me importante.

— Bom, sobre aquilo... que fique claro que não tenho absolutamente nada a ver, salvo o fato de estar retratado ao lado de meus familiares — admiti.

Ela sorriu brandamente.

— Não estou te julgando, se imaginas isso. Apenas comentei um fato. Quem o retratou o colocou com o semblante muito sério e áspero.

— Talvez por que eu estivesse realmente irritado por ter que figurar a tela? — brinquei.

A fada desceu até o solo, acalmando as asas que batiam de maneira frenética. Quando se moviam, produziam uma energia tão vibrante e colorida que chegava a ficar impossível ver os detalhes intrincados belíssimos. Os desenhos eram únicos. A textura de suas asas era quase como um plasma transparente. A vontade de colocar a mão ali e percorrer meus dedos foi imensa.

Eu sabia que minhas asas eram magníficas quando eu as invocava – o que não era tão usual –, mas as daquela fada ganhavam em quesito beleza e suntuosidade.

Começamos a caminhar pela ponte que nos levaria até as ameias do palácio, e eu sentia uma atração magnética inexplicável em relação a ela somente por estar próximo.

— Seus pais estão em visita oficial? — perguntei e evitei esbarrar em seu corpo delgado. Minhas mãos estavam para trás, ardendo em desejo de sentir se sua pele era tão sedosa quanto parecia.

— Sim. Apenas uma mera formalidade para estabelecer limites entre os reinos e mostrar que somos aliados.

Eu sabia que alguns conflitos estavam sendo instaurados em alguns reinos. Logo, muitos buscavam reforçar seus exércitos e deixar claro onde suas alianças residiam.

— *Fico feliz que tenha vindo* — *falei com sinceridade.*

— *Por quê?* — *perguntou, arqueando a sobrancelha lindamente esculpida.*

— *Convivo a maior parte do tempo com os meus irmãos, que não são nem um pouco agradáveis à vista.*

Ela riu e o som foi como se sinos de Cantyhr, as árvores com flores mágicas, estivessem entoando, trazendo as boas-novas de uma estação cheia de alegrias aos Elfos de Luz.

— Obrigada.

Estendi a mão, segurando a dela, em um cumprimento próprio de quem estabelece ali um acordo para uma vida inteira.

— *Que sejamos amigos, posso contar com isso?* — *falei e aguardei sua resposta.*

— *Sim, príncipe Zaragohr.*

— *Não. Chame-me apenas de Zaragohr. Ou, se preferir e nossa amizade nos levar ao patamar que almejo… chame-me apenas de Z. Tal qual meus irmãos fazem.*

Ela corou e acenou afirmativamente com a cabeça.

— *Alana! Temos que ir!* — *o pai de Alana a chamou do alto das escadarias imponentes de nosso palácio.*

As carruagens que os levariam embora dali já estavam a postos.

Segurei sua mão delicada antes que ela se afastasse, e então retirei o anel que eu usava no dedo indicador da mão esquerda e o coloquei na palma da pequenina mão, fechando-a em um punho.

— *Sempre que quiser entrar em contato comigo, basta que use o anel e deseje ardentemente com seu coração. Estarei ali imediatamente para você.*

Alana arregalou os olhos belíssimos, assombrada. Olhou do meu rosto sério e resoluto para onde nossas mãos se tocavam.

— *Eu não… não posso…*

— *Aceitar? Claro que pode…*

— *Mas nós acabamos de nos conhecer…*

— *E seremos amigos eternos, até que meu sangue deixe de circular em minhas veias* — *disse e selei a promessa com a mais alta honraria que um elfo poderia prestar.* Toquei a testa, em uma inclinação máxima do meu corpo, em suas duas mãos fechadas. A gema azul-gelo da minha tiara, que combinava com a do anel que agora estava em seu poder, irradiou um feixe de luz que banhou Alana naquele instante.

Ela podia até não saber, mas meu coração estava entregue aos seus pés sem que precisasse fazer esforço algum. Minhas intenções foram expressas na forma da energia vital que emiti, sem que ela se desse conta de que ali eu firmava uma aliança com ela. Para sempre eu a protegeria.

*O que aquilo fazia de mim? Eu havia acabado de conhecer a jovem fada belíssima, nem sequer trocamos mais do que um punhado de palavras, mas os fios invisíveis de uma paixão indomável estavam sendo tecidos sem que eu percebesse a dimensão e grandiosidade dos meus atos.*

— Z? — Styrgeon chama meu nome ao ver que estaquei à entrada do enorme salão.

A troca de amabilidades corteses é rápida e fria. Alana evita meu olhar a todo custo, mantendo o rosto voltado para o outro lado. Dirige-se a mim em um ínfimo momento quando me interponho à ideia absurda de não se hospedarem em nosso palácio. Apenas quando passa ao meu lado, retirando-se para seus aposentos, onde será instalada como nossa convidada, é que não me contenho e preciso tocá-la uma vez mais.

A fagulha ainda vibra ali. Basta que eu mostre a Alana que seu coração não precisa permanecer enterrado em uma calota de gelo, como ela fizera questão de fazer e como sua fama a precedia, em relação ao fato de não possuir mais emoções.

Ela acredita que seu coração havia sido arrancado de seu peito, tanto tempo atrás. O que Alana não tomou ainda conhecimento é que eu daria o meu no lugar para que a visse sorrir e sentir novamente. Porque ela o tem em suas mãos. Sempre o teve. Desde sempre.

Séculos aprisionado em um amor não correspondido, mas, ainda assim, mais forte que o tempo.

# CAPÍTULO XI

### THANDAL

*Reino de Nargohr*

— Onde ela está? — pergunto aos gritos, puxando o cabelo negro que herdei de meu pai. — Vocês são incompetentes! Todos vocês! Estava achando que minha equipe era a mais grandiosa de todos os reinos, mas o que tenho aqui são idiotas!!!

Com a explosão de fúria que exala do meu corpo, apenas pego o cetro de *Katandyr* e o aponto na direção dos três Ysbryds prostrados à frente do esquadrão que serve aos meus comandos. Os imbecis deveriam ter trazidos notícias de Giselle. Na verdade, eles deveriam ter trazido a própria Giselle, se soubessem cumprir ordens. Há apenas o tempo para que eles registrem que algo acontecerá *e puf!*... evaporam em uma nuvem escura de fumaça fétida.

— *Yarmet!* — xingo, sem pudor algum. — Onde você está, Giselle? — argumento comigo mesmo.

Ao sair andando pelo salão, apenas ouço os passos dos fantasmas se afastando da minha ira, enquanto me dirijo à sacada que dá vista ao vale fúnebre de Nargohr.

Com apenas um movimento de mãos, faço com que uma fumaça se forme à frente dos meus olhos e a fisionomia de Giselle surge bela e radiante. Um sorriso brilha em seus lábios, assim como os olhos entrecerrados em frestas miúdas que a deixam mais sedutora ainda. É como olhar para uma pantera arisca. Bela, intocável, selvagem. Assim é como sempre a vi.

Desde o primeiro instante em que pus meus olhos nela, no vale de Pristhyn, sabia que seria minha. Giselle não fazia ideia de que estava sendo observada em seus festejos com as outras fadas de Glynmoor, pois fiz questão de manter-me oculto.

Naquele momento, no entanto, decidi que ela seria minha e de ninguém mais. Nenhum outro ser poderia ousar colocar as mãos asquerosas sobre a bela criatura que me pertencia por direito.

Ouço os passos de Ygrainne logo atrás de mim.

— Se abrir a boca para falar qualquer merda, juro que a arremessarei daqui de cima, pouco me importando se tem asas que a habilitem a voar. E sabe por quê? — Viro a cabeça e a encaro por cima do ombro, vendo-a apenas me observar. — Porque as arrancarei de você antes de jogá-la dessa altura. Não haverá salvação para sua patética vida, Ygrainne. Então a aconselho a pensar bem antes de falar qualquer coisa.

— Acreditamos que ela não esteja nos reinos feéricos, Thandal.

Aquilo chama minha atenção de imediato. Viro-me de frente para ela e aguardo pelo restante de suas informações.

— Acho que Giselle está... vagando no reino humano — ela alega, temerosa.

Seu medo vibra e irradia ao redor, criando uma névoa tênue por todo o seu corpo.

— O quê??? — grito, e sinto as vidraças escuras que recobrem o castelo tremerem. Alguns corvos gralham e voam assustados, afastando-se da minha ira. — Como assim? Ela não poderia estar no reino humano!

*Poderia?* Giselle teria desafiado o controle da Rainha das fadas, sua irmã, e saído de Glynmoor, sem proteção contra o reino de insignificantes sujos e asquerosos?

— Onde? Onde ela está? — pergunto e saio marchando da varanda para o salão da guarda. Pego o manto que sempre uso por cima das roupas mais escuras ainda.

— Ela só pode estar nas cercanias de Bedwyr, senhor.

Encaro Ygrainne como quem olha para uma mosca inoportuna e analiso suas intenções.

— Vá recobrir suas asas. Iremos dar um passeio pelas cercanias, em busca de uma fada fujona — digo e um sorriso maldoso surge em meus lábios. É chegada a hora de me apoderar daquilo que sempre ansiei. Minha futura rainha.

— Mas... Thandal... e o pai? — ela pergunta, atemorizada.

— O que tem ele? — Passo as mãos pela roupa, afastando uma poeira inexistente. — Ele está aqui? Não. Está hibernando em seu sono profundo depois de satisfazer-se com alguma ninfa maldita.

O CINTILAR DA GUERRA

Meu pai não reina ali há muito tempo. Ele apenas não se deu conta deste fato. De acordo com meus planos, no entanto, em breve ele saberá que seu trono já não lhe pertence.

Logo ele tomará conhecimento de que Thandal de Nargohr é mais forte e temível do que todos os piores reinos vilanescos juntos. Vendrix, o extinto dragão, não era nada comparado a mim. Meu nome será lembrado e propagado por todos os cantos, através das partículas do vento, levado em uma sinfonia épica de puro terror.

E, ao meu lado, haverá uma fada que se corromperá com toda a vilania que forma minha alma escura. Eu mostrarei que ninguém é capaz de resistir à escuridão. A fagulha iluminada de Giselle brilhará apenas para mim, no instante em que eu a possuir em meus domínios e minha alcova. Para todos os outros, deste momento em diante, ela será despojada de suas vestes cintilantes e passará a usar a cor que representa Nargohr, dos pés à cabeça. A princesa das fadas se tornará a minha dama sombria.

A rainha de Nargohr precisa estar à altura da minha magnitude. E, em minha mente, só existe uma pessoa que sou capaz de visualizar neste posto. As filigranas iridescentes do belo rosto, que mudam de cor de acordo com seu semblante e emoções, serão sombras belíssimas do mais profundo roxo e anil, combinando adequadamente com as pedras da coroa que guardo para ela há tantos anos.

Giselle pode até mesmo não ter a menor noção deste fato, mas darei o mundo a ela. Só o que ela precisa fazer é se entregar a mim. E pouco me importo se for por livre e espontânea vontade ou não.

Ela é minha e está para surgir um único obstáculo na Terra que me impedirá de tê-la.

# CAPÍTULO XII

## GISELLE

*Reino humano*

Bato suavemente no rosto do humano, em uma tentativa débil de acordá-lo, mas percebo que ele está realmente apagado. Por apenas um segundo sinto medo, pensando ter usado a palavra errada do encantamento, e ao invés de ter solicitado que minhas asas retornassem com toda a magia, ter proferido algo para fazê-lo dormir o sono eterno de Morguhr.

Hmm, não. Sacudo as asas e ali estão elas, imponentes. O humano é que não estava preparado mesmo para tamanha informação... Ou visão.

— Ei, Alaric... moço... — *Fada-mor, como ele é bonito.* Pode ser que eu tenha deslizado o dedo pelo contorno dos lábios bem-delineados... pelo nariz afilado... o maxilar definido. — Acorde para a vida.

Coloco o ouvido diretamente contra o peito do homem, a fim de conseguir detectar as batidas do coração e... *voilà*... aqui estão elas. Batendo aceleradas, por sinal. Bem, o cara é grande como um touro, logo o órgão tem que ser compatível com seu tamanho para bombear sangue para o corpo inteiro, não é?

Sinto uma mão pressionando minha cabeça contra o tórax poderoso e dou um grito mais parecido a um guincho nem um pouco feminino. Oh, sim. O som é realmente um guincho semelhante aos que as criaturas da noite dão no meio da floresta.

— Aiii... por que está tentando esmagar meu cérebro? — pergunto, com a voz abafada pelo braço forte que me mantém cativa.

— Quem é você, porra? — o homem retruca, e é nítido o tremor que vibra por todo o seu corpo.

Tento me colocar no lugar dele, lembrando-me de algum grande susto que tenha levado em minha longa vida como fada. Não. Não consigo pensar em nenhum que se iguale ao instante em que fui pega no flagra pelo homem em questão.

— Hmm... será que você poderia me soltar? Se continuar amassando meu rosto, não conseguirei dar explicação alguma.

Ele ainda me mantém ali por uns segundos, o que em outras circunstâncias eu poderia até mesmo achar um local confortável, já que o seu peito parece ser formado por duas almofadas fortes e rijas, e ele exala um cheiro amadeirado, mesclado a suor e... homem. Uh. Seria aquilo o tal feromônio? Estranho. Acho que dou uma breve cafungada pouco antes de levantar o rosto quando ele me solta.

Ainda deitado no chão, percebo que o cara está mortalmente pálido. Bem, não *mortalmente* no sentido literal, já que não se encontra morto. Mas sua pele possui uma coloração um pouco assustadora. O viço de momentos antes havia desaparecido.

— Quem... é você? O-o q-que é você? — gagueja.

Coloco a mão no queixo, pensativa. Estou ajoelhada ao lado de seu corpo, observando sua fisionomia assombrada. Os olhos percorrem a extensão das minhas asas, tentando catalogar cada detalhe.

— Essa pergunta: "o que é você" tem uma conotação muito pejorativa, sabia? Dá a impressão de que sou um bicho, ou algo sórdido — comento.

Ele tenta se sentar no chão, e quando estendo a mão para ajudá-lo, o homem se afasta de mim, como se estivesse com medo. Aquilo meio que me magoa.

— Quem é você? — exige saber.

— Bom, como medida de apresentação do seu reino, creio que já passamos das formalidades, certo? Sabemos nossos nomes e tudo mais — começo o assunto.

— Chega! Fale de uma vez! — grita e passa as mãos pelo cabelo. O resultado acaba ficando mais sedutor do que antes. Seus cachos agora estão bagunçados, e, por um instante, fico hipnotizada.

— Okay... Não precisa ser grosso ou mal-educado — resmungo.

— O que é... isto? — Ele acena para as imensas asas coloridas que levo às costas. — O que *é* você?

— Bom, acredito que você seja inteligente o suficiente para reconhecer a figura de uma fada quando vê uma, não é? — sondo, com um sorriso tímido.

A reação dele me pega de surpresa. Alaric Cooper, o bonitão, começa a rir descontroladamente. A plenos pulmões, daquele jeito que tira o fôlego e chega a dobrar o corpo. Fico preocupada que a pancada em sua cabeça tenha sido mais forte do que imaginei, mas acredito que o segurei antes que desabasse como um tronco de árvore abatido.

— Por que está rindo? — pergunto, e inclino a cabeça, entrecerrando os olhos, realmente sem entender.

— Fadas não existem — diz sem hesitar.

— Você tem uma diante de si, como pode dizer isso? — inquiro novamente.

— Não sei como fez isso, moça, mas vou ter que tirar o chapéu para a pessoa que elaborou sua fantasia. Realmente é primorosa.

Levanto-me do chão, irritada. *Okay, cara. Não é querendo me gabar, não, mas já me gabando...*

Agito minhas asas e flutuo por todo o seu escritório. O olhar de assombro em seu rosto vale por todos os insultos proferidos momentos antes. Ele se ergue de um salto e se recosta à parede oposta.

— Que porra é essa? — berra.

— A pessoa que fez minha fantasia é realmente muito boa, não é? Chama-se Fada-mor, idiota. E faça o favor de abrir aquela porta ali, porque sairei voando daqui agora mesmo!

Abano as mãos, fazendo com que vários papéis em sua mesa revoem e se espalhem pelo lugar, agitados com a fúria que minhas asas costumam promover durante meu "voo". O escritório é minúsculo... então, digamos que meu objetivo havia sido alcançado com sucesso, gerando uma pequena ventania.

— Desça daí! — ele brada, irritado.

— Não! — respondo no mesmo tom.

— Agora!

— Não!!!

O idiota então faz o impensável. Segura meu tornozelo e me puxa para baixo. Se eu estivesse em um lugar aberto, para um voo livre, teria conseguido escapar com facilidade, mas ali, confinada naquele cubículo, sou um alvo fácil. Perco o equilíbrio e acabo caindo sobre ele.

Nós dois desabamos no chão, e dessa vez aterrisso em cima do corpo forte. Posso sentir os braços ao meu redor, garantindo que esteja enclausurada em uma espécie de armadilha carnal. O que é até interessante e envia um milhão de arrepios pela minha pele, visto que nunca tive aquele contato tão intenso com outro corpo.

— O que está fazendo? — pergunto, revoltada. — Me solte agora mesmo!

O CINTILAR DA GUERRA

— Não até que me esclareça que loucura é essa! — responde e seus olhos parecem incendiados. Existe ali um quê de irritação, assombro, medo e... desejo. É isto mesmo o que estou sendo capaz de perceber?

— Não há loucura alguma. Vivemos à margem da existência de vocês... É meramente uma questão de não querermos que percebam nossa presença. Tipo... nunca — afirmo. — Até agora, pelo menos.

Nossos olhos se conectam e os dele fixam-se na minha boca. O que me obriga a fazer o mesmo, como um favor. Droga. Estou por cima do cara, quase como um cobertor. Em uma espécie de abraço íntimo.

— Por quê? — ele pergunta, mas sem afastar os olhos dos meus lábios que ressecam subitamente.

— Por quê, o quê? Meu Deus... você tem perguntas muito loucas... Qual o sentido do Universo? Existe vida em outros planetas? — declaro, e ele ergue a sobrancelha. — A propósito, eu creio piamente que sim. O que é a vida? Essas suas asas realmente estão coladas às suas costas?

— Essas perguntas não estão passando pela minha mente — ele diz.

— Não? E o que está passando pela sua cabeça de minhoca então?

— Estou me perguntando por que estou com vontade de beijá-la — responde e coloca a mão na minha nuca, puxando minha boca de encontro à sua.

Tenho certeza de que meus olhos estão arregalados, porque quase posso senti-los querendo saltar das órbitas. Eu posso ver meu reflexo nas íris azuis dos seus olhos à medida que meu rosto lentamente se aproxima. Quase que em câmera lenta. Posso sentir o hálito mentolado de sua boca antes que a minha se conecte à dele.

Assim como sou capaz de perceber o gemido que meu corpo libera ao sentir, pela primeira vez, do que se trata o beijo que tantos seres alardeiam aos quatro ventos.

Dizem que o coração de uma fada só se conecta realmente ao seu par uma única vez. Os humanos podem trocar de parceiros quantas vezes quiserem, mas as fadas trocam fagulhas e energia vital que vibram, aquecendo o ambiente, assim que o ardor de uma verdadeira paixão se acende dentro de seu corpo.

Também dizem que o despertar do primeiro beijo é como o estalo de uma estrela cadente, fazendo com que se rompam milhares de partículas nos reinos míticos, onde seres conectados à fada em questão sentirão a vibração da energia intensa do amor. Como um cintilar de sentimentos tão intensos que ecoam por todo o universo.

Meu peito se acende como se um rojão houvesse sido enfiado dentro da cavidade torácica. A sensação é como se a energia acumulada no meu corpo compacto fosse demais para absorver. Tudo por causa de um beijo. Consigo romper o contato, assustada com o que estou sentindo.

Livro-me do agarre de Alaric Cooper e voo para o canto da sala. Encaro minhas mãos, a pele dos meus braços, pernas. Viro o rosto e observo minhas asas. Quando olho de volta, Alaric está de pé, quase à minha frente, com a boca escancarada, tão aterrorizado quanto eu.

Estou brilhando de dentro para fora. Sinto meu rosto queimando. Meu corpo ardendo. Uma dor dilacerante percorre todas as minhas terminações nervosas, mas não é algo que me levaria à minha morte. A única coisa que sei é que o que está acontecendo agora é um evento definitivo.

— O-o que está a-acontecendo? — pergunto a ele, que também não faz a menor ideia do que seja esse fenômeno.

Alaric não tem respostas, assim como eu.

— Giselle? — Ouço meu nome sendo chamado ao longe.

— Oh, céus...

Sinto a onda de energia me consumindo quase que imediatamente e, como num passe de mágica, meu corpo simplesmente evapora.

*Puft...*

Desaparece... tal qual o pozinho mágico que as fadas são tão costumeiramente associadas, provavelmente o escritório de Alaric Cooper agora esteja brilhando com milhares de partículas de purpurina quando meu corpo se fragmenta em milhões de pedaços recém-despertados para um sentimento tão fugaz quanto o vento: eu havia sido despertada para a paixão.

Meu coração havia sido entregue ao meu par eterno.

# CAPÍTULO XIII

## ALANA

*Reino de Zertughen*

O jantar prossegue em um silêncio confortável e nobre. A corte dos Elfos de Luz é sempre tão cheia de pompa e frivolidades, que deixam qualquer outro reino boquiaberto diante de tamanha ostentação.

Olho para o lado, notando que Laurynn tenta se concentrar na comida à frente, sem fazer contato visual com nenhum dos presentes.

— Você está bem? — pergunto.

— Sim, Majestade.

Estou levando uma garfada do delicioso manjar à boca quando a dor em pontadas atinge primeiro meu coração, depois alfineta minhas têmporas.

— Oh, céus... — sussurro, sentindo meu sangue drenar do rosto. — Não... não...

— Majestade? — Laurynn vira-se de lado para me acudir.

Meu corpo já se encontra quase que em pleno colapso, inclinado para frente perante a dor dilacerante.

Afasto a cadeira, tentando sair dali em um voo atropelado, mesmo ciente de que trombaria com tudo o que estiver à frente.

— Laury... me tire daqui... — peço num fio de voz. Estou suando frio. Posso sentir o gelo querendo dominar os veios iridescentes das minhas asas.

— Com licença, gostaríamos de nos retirar — ela se desculpa e se levanta rapidamente, vindo em meu socorro.

Quando nos levantamos da mesa, voo uma curta distância e a onda vertiginosa vem de uma vez, varrendo meu corpo para longe.

— Nãããão... Giselle! Nãããão!!! — grito e caio de joelhos. Sinto as lágrimas escorrendo pelo rosto, pingando e se rompendo como cristais estilhaçados no assoalho lustroso do castelo.

Os passos ressoando ao redor indicam que o jantar fora interrompido e todos agora estão próximos, rodeando e testemunhando minha desgraça.

— Majestade? — Laurynn ajoelha-se ao meu lado. — O que houve?

— Le-le-ve-me da-daqui... — imploro, agonizando.

Para estar sentindo o que sinto neste momento só pode significar uma coisa: Giselle havia desencadeado o sentimento mais puro de seu coração para alguém. Ela havia sido despertada em seu íntimo, em seus anseios, com o mais belo de todos os sentimentos.

Mamãe havia me falado sobre aquilo. Papai também me alertou. Mas o que mais me atemoriza é que existe uma profecia que a anciã Mayfay sempre fez questão de alardear e que diz que *"haverá um tempo em que reinos distintos deverão se unir para salvar um só. Desiguais se emparelharão para forjar os ecos de uma promessa inquebrável, a fim de derrotar o maior inimigo de todos. Haverá amor, perdão, confiança e altruísmo. Quatro chaves necessárias para conquistar a vitória. A profecia será desencadeada pelo despertar do amor improvável. Pelo brilho das fagulhas do amor eterno de uma fada de coração puro por um humano. Quando a última centelha se agrupar, dar-se-á início ao maior desafio de todos. Para trazer a fada de volta, basta que tragam ao seu lado aquele que a incendiou e cintilou seu corpo. E o tempo do Timë'sGon terá início."*

Meus pais sempre disseram que essa profecia era a mais temida de todos. Quem, em sã consciência, gostaria de se ver vagando em pós cintilantes até que fosse restaurado do vale de Meilyn? Ainda mais em meio a uma profecia que prenunciava uma batalha élfica?

Meu pai dissera que a pessoa com maior vínculo com a escolhida saberia imediatamente o que havia acontecido.

E aqui estou eu. Enrodilhada no chão de alabastro do imponente palácio dos Zertughen, derramando lágrimas que nem ao menos sinto saírem de mim, porque tenho certeza de que Giselle agora está brilhando em milhares de centelhas neste instante. Seu corpo havia sido desfeito pela magia do amor verdadeiro.

Como um sentimento como este poderia ter sido capaz de despedaçá-la de tal modo? Seria o fato de ter que reconstrui-la um importante passo para entender que o amor é o maior e mais poderoso sentimento de todos?

Sinto os braços ao meu redor e posso perceber que meu corpo está flutuando – e não pela agitação voluntária das minhas asas, pois minhas forças foram drenadas –, mas meus olhos permanecem vítreos, focados no nada e na inconstante sensação de que Giselle poderá se tornar apenas uma lembrança caso eu não encontre aquele que fez brotar em seu peito o sentimento que a cintilou.

— Majestade? — Posso ouvir Laurynn me chamar, mas não estou apta a responder.

— Permita-me, Laurynn.

Franzo o cenho na mesma hora. Quem é o invasor de meus domínios? No meu torpor e estado débil, sinto que estou variando entre a consciência e o reino dos sonhos.

— Alana — ele me chama.

É ele? Alaihr? Meu Alaihr?

— Alana, olhe para mim.

A voz parece diferente. Alaihr tem o sotaque evidentemente escocês. E é o meu grande segredo. O mais pérfido e resguardado segredo. O mais mortal, talvez.

Sinto uma mão se apoderar de meu rosto, virando-o para o lado em que o vulto se encontra. Embora esteja com os olhos abertos, ainda assim, não consigo enxergar muito bem.

— Alana... olhe para mim — ele pede novamente.

Obrigo-me a focar e então o vejo. Não é o meu Alaihr. Mas, sim, o meu Zaragohr. Meu Z. O amigo do meu peito. Da minha alma. O que me manteve firme em noites em que precisei de apoio. O que me traiu.

— Fale comigo.

Tento virar o rosto, mas ele não permite. Sinto a lágrima gélida escorrendo novamente pelo canto do olho, e antes que ela chegue ao final, a gota se transforma em um cristal frio e translúcido. Z o coleta e segura entre as pontas dos dedos.

— Saia daqui, Z — sussurro, sem forças.

— Fale comigo, Alana. Depois de séculos. Apenas fale comigo.

— Não... não posso. — E não posso mesmo. Não ainda.

— Sim, você pode — ele insiste. Seus olhos estão perturbados. Há uma dor antiga ali, provavelmente refletindo a mesma que me atormenta por tantos séculos.

— Apenas me deixe aqui, Z.

— O que aconteceu?

Aquele é um segredo das fadas. E não posso revelar. Ao menos a parte da profecia. Não consigo proferir que Giselle agora não se encontra em um reino material e que o cintilar de seu corpo poderá desencadear o caos no reino mágico. Uma guerra sem proporções.

Lembro-me de meus pais dizendo que aquele segredo poderia colocar nosso reino em perigo mortal.

— Não po-posso dizer.

Ele segura meu rosto entre as mãos e agora nossos narizes estão quase colados. Seus olhos são como ferozes gemas azuis, quase cristalinas, como as lágrimas que derramei.

— Pode e me dirá, porque quero ajudá-la.

— Não me ajudou tantos séculos atrás, Zaragohr. O que mudou agora? — pergunto com a voz apática.

Ele continua mantendo meu rosto cativo entre as mãos quentes, e por um instante penso tê-las sentido trêmulas. O toque em minha pele envia ondas de calor pelo meu corpo frio.

— Mudou porque quero uma chance de me redimir ante seus olhos, Alana. Quero seu perdão. Para prosseguir minha jornada, preciso que me libere com o sentimento mais primoroso que guarda em seu peito e que se recusa a me conceder. O perdão irrestrito por aquilo que fiz, mesmo que tenha sido por uma causa maior.

— Não consigo perdoá-lo, mas não é sobre mim agora, Z — respondo, cansada. — É sobre Giselle. Nada é sobre mim. Nunca mais será.

Seus olhos atormentados varrem todo o meu rosto, em busca de redenção.

— Eu quero ajudá-la. Deixe-me ser o amigo que já fui um dia.

— Não. — Droga. A vontade de me curvar em uma bola e chorar até desaparecer é imensa. É um sentimento poderoso que espreme meu coração e estraçalha minha alma.

— Alana...

— Por favor, Z...

Sinto mais lágrimas se quebrando, estilhaçando como as lembranças de uma época feliz, como o prenúncio de tempos sombrios à frente. A cada uma que cai, ele colhe com os polegares.

— Não desistirei de tentar alcançar o que mais almejo, Alana.

O CINTILAR DA GUERRA

— Guarde seu fôlego para suas batalhas élficas, Z.

— Não. Eu tenho esperança naquilo que ainda não está escrito.

Z sempre teve palavras poéticas e enigmáticas em seus lábios. Nunca deixou de proferi-las, escrevê-las ou marcá-las em pequenos símbolos em sua armadura.

— O que a aflige? — insiste, com o olhar sério.

Talvez se eu externar minha dor e angústia, consiga ver com mais clareza para focar na solução. Talvez encontre forças para lidar com a verdade que agora sei de fato.

— Preciso encontrar alguém. E não faço ideia de quem seja.

— Não era Giselle a quem buscavas? — pergunta.

— Sim. Mas agora vejo que já não devo recear o local onde ela poderia estar.

— Você diz em Nargohr? — Suas sobrancelhas estão franzidas, e um desejo súbito em tentar desfazer o pequeno vinco me invade.

— Sim. Ela nunca poderia ter sido despertada por Thandal. — A profecia era bem clara a respeito dos pares que dariam início a tudo. Por um instante, me pergunto se deveria revelar toda a verdade a ele.

Ele franze o cenho ainda mais e, como um relâmpago, o conhecimento da verdade se apossa de sua mente.

— Você acha que Giselle se desmaterializou?

— Cintilou, você quer dizer? — confirmo seus temores.

— Sim?

— Pela dor que senti... sim. Ela cumpriu uma parte dos escrit... — Quando percebo que estou prestes a dizer, me calo de imediato. Z segura meu rosto e insiste:

— Que escritos? — Ele ainda tinha a maldita mania de saber exatamente o que eu ia falar, mesmo que eu não completasse a sentença.

— Não é nada...

— Sim, Alana. É. Você não tentaria manter todo esse sigilo se não fosse algo sério e de suma importância — ele alega.

Tento me levantar da cama, mas sou impedida pela vontade férrea de Z. Não quero expor nada do que nem mesmo eu tenho plena ciência. Seu profundo olhar azul é hipnótico. Um apelo silencioso para que eu volte a confiar nele.

Suspiro profundamente, desistindo de manter segredo. Que a fada-mor me ajudasse, mas, sozinha, eu não conseguiria lidar com o peso de todos os acontecimentos vindouros.

— A velha Mayfay mantém em seu poder um tomo que registra uma profecia antiga.

Z permanece com os olhos fixo em mim, mas logo cerro os meus, incapaz de encará-lo nesse momento. Começo a discorrer sobre a profecia que vem sendo mantida em segredo por tantos séculos.

Sei que um árduo caminho deverá ser trilhado de agora em diante. Pedras terão que ser retiradas como se fossem grandes obstáculos, outras deverão ser reerguidas, refazendo a estrutura de um reino único que é mantido pela união de vários que agora se encontram ameaçados pelo cumprimento das palavras fatídicas de algo desconhecido. O *Timë'sGon* representa a guerra élfica mais temida de todas, porque simboliza o duelo do bem contra o mal, travado em meio a enigmas, força bruta e perseverança dos envolvidos.

Mesmo pensando em tudo aquilo e no que Giselle havia desencadeado quando decidiu sair de nossos domínios para se aventurar como o espírito livre que sempre a precedeu, ainda assim, o único pensamento que registro em minha mente é:

*Isdarth Virg'h Luyar, moy'ahr?*
*Onde estará você agora, irmã?*

# CAPÍTULO XIV

## THANDAL

*Reino humano*

Não é difícil para nós, Elfos Sombrios, nos misturarmos aos humanos, porém, algo desse tipo só é feito quando estritamente necessário. Colocar nossos pés em solo tão imundo nos causa ânsias, inclusive em mim. Por mais que meu reino seja sombrio, até mesmo eu sei distinguir a soberania do poder que detenho ante a fragilidade e torpeza deste lugar que se diz civilizado.

Minha irmã, pobre coitada, não consegue sequer ocultar o asco por estar agora rodeada de seres tão patéticos e mortais. Mas confesso que vê-la sofrer só por estar aqui é estimulante. Eu me comprazo em saber que está se sentindo desconfortável e infeliz.

— Não poderíamos ter escolhido outro lugar? — pergunta, em um tom de voz que transmite toda a raiva palpável que vibra pelo seu corpo.

Ela observa tudo ao redor, da mesma forma que eu, ignorando qualquer sinal do que os olhos da humanidade veem como belo. A noite cobre o lado de fora deste prédio decadente como um manto, e mesmo as árvores se agitam diante do vento inclemente.

— Esse lugar — espio em volta para o bar decadente — é o mais próximo da fronteira com Glynmoor, e se a minha futura rainha resolveu se aventurar fora das asas de sua irmã, ela começou por esta vila.

— Sua rainha — desdenha — tem péssimos hábitos. — Ygrainne volta a olhar ao redor. — Não vejo nenhum humano que tenha potencial para nos passar qualquer informação concisa, Thandal. Olhe para eles. Homens bêbados sem qualquer tipo de modos. Porcos imundos.

Ygrainne parece estar tendo dificuldade de conter a vontade de cuspir no chão, tamanho o asco que sente pela espécie humana. Não a julgo, já que sinto o mesmo.

O homem atarracado que atende atrás do balcão mantém o olhar faminto no decote de minha irmã, e um sorriso sarcástico se forma em meu rosto.

— Não vamos sair daqui sem respostas, Ygrainne. Então sugiro que comece o seu trabalho.

Ela se vira de supetão para mim, com os olhos arregalados e uma atitude beligerante, como se estivesse afrontada pela minha ordem.

— Não ouse pedir que eu tenha algum tipo de contato com esses seres nojentos — murmura, mais do que irritada.

— Não estou pedindo nada, estou ordenando. Seja de alguma utilidade. Você sabe muito bem usar seus dotes a seu favor. — Mantenho a voz baixa, mas o recado foi dado. Minha irmã se encolhe, como se tivesse sido atingida por um golpe físico, porém respira fundo e se levanta para obedecer a meus comandos.

Cada homem no recinto vira o rosto para admirá-la. Ygrainne é bela, imponente, porém possui uma delicadeza ludibriosa. O cabelo escuro como a noite, associado aos olhos exóticos e desprovidos de alma, a tornam uma criatura atraente e interessante. Algo intocável e inacreditável.

*É isso mesmo, mortais idiotas, vocês não acreditariam em mitos nem se eles estivessem diante de seus narizes.*

Contenho o sorriso perspicaz quando a vejo se aproximar de um homem que está bebendo com outros quatro em uma mesa, no entanto, ele é o que parece ser o mais sóbrio no lugar. Bem sei como minha irmã gosta de se divertir com algumas criaturas, e acredito que ela tenha encontrado seu mais novo brinquedo. Pela forma com que o idiota desavisado a encara, tenho plena certeza de que havia sido fisgado pela hera venenosa.

Jogo algum dinheiro na mesa para pagar a bebida asquerosa que nem cheguei a tocar, e me retiro do bar. Agora só preciso ter paciência e aguardar as informações de Ygrainne. E se ela tiver um pingo de juízo em sua cabecinha, conseguirá extrair exatamente o que preciso saber sobre o paradeiro de Giselle.

Estou no meio de uma construção, próximo à ponte de Cálix, perdido em pensamentos. Depois de sair do bar imundo, deixando Ygrainne fazer seu serviço, decidi caminhar até o local onde consigo sentir um leve aroma da fada que se tornou minha obsessão.

Olhando ao redor, reflito, com certa ironia, que a Rainha das fadas tem falhado brutalmente em proteger Glynmoor. Ela não deveria permitir que os humanos chegassem tão perto de seus domínios.

O mais agravante ainda é que ela deveria guardar a entrada de todos os reinos feéricos, que se dá exatamente através dessa região. Sem controle e pulso de ferro, ela acabou permitindo que toda a nossa existência corra um risco desnecessário. Eu sempre soube que essa é uma tarefa a ser feita por nós, Elfos Sombrios, que temos muito mais ciência e maldade em nossas ações para conter o avanço da civilização humana.

Há séculos venho tentando convencer meu pai a avançar sobre as terras de Glynmoor, depondo a rainha do trono, ou obrigando-a a se aliar ao nosso reino sombrio.

Meu enlace com Giselle unirá o útil ao agradável. Firmará uma aliança irrevogável com as fadas, e me permitirá desfrutar da pequena atrevida que tem conseguido fugir de todos os meus ardis.

Chuto uma pedra ao longe, observando os maquinários que têm servido para destruir toda a área das cercanias, mais do que convicto de que as fadas da floresta precisam ser subjugadas a um reino superior – o mais rápido possível –, para que os reinos de Cálix se vejam protegidos dos olhares curiosos e perniciosos da humanidade. Aquela construção decadente está muito mais próxima do que as outras do Condado de Bedwyr.

Os homens que circulam por ali estão próximos demais das fadas. Muito próximos de Giselle.

Passado tempo mais do que o suficiente para que minha paciência tenha chegado ao limite, ouço a voz de Ygrainne ecoando na noite escura:

— Ninguém viu a fada — informa ao se aproximar.

Giro o corpo com tanta rapidez que ela mal tem tempo de registrar minha mão apertando sua garganta delicada. Sem o menor pudor, empurro seu corpo contra os dentes de uma escavadeira próxima.

Ela não morreria se eu cravasse seu corpo delgado em um desses dentes afiados, mas sentiria dor e agonia. Particularmente, gosto bastante dessa opção. Seria interessante ver o sangue escuro escorrer de suas feridas, manchando a terra que meus pés agora pisam a contragosto.

— Você demorou horas para não trazer nada de valioso! — rosno, mostrando as presas afiadas.

— Estava procurando respostas, Thandal — responde, por entre os dentes cerrados. Seu rosto está adquirindo uma interessante coloração carmesim.

— Não. Você estava se divertindo com o humano. Posso sentir o cheiro dele em você, vadia.

Ela sorri com malícia ante a minha afirmação.

— Não sou contra misturar trabalho com lazer.

Empurro ainda mais o corpo de Ygrainne até sentir sua carne rasgando. Os gemidos proferidos por entre os lábios viperinos me enchem de satisfação. O medo que posso contemplar em seus olhos faz com que eu sinta uma vibração única pelo corpo.

Sim. Adoro sentir-me energizado pela essência fétida que o medo provoca em alguém.

— Não brinque comigo, irmãzinha — resmungo, entredentes.

Meu temperamento tem sido difícil de ser contido ultimamente. Preciso de uma dose de Giselle para que possa me acalmar. Preciso reivindicar seu corpo, sua alma e coração, fazendo dela minha rainha. Preciso dar vazão ao desejo carnal que ela me desperta há tanto tempo, e que sempre me atormenta quando fecho os olhos para dormir.

— Pare de me ameaçar, Thandal. — Cravando as unhas afiadas em minha mão, ela consegue se soltar do meu agarre, em seguida caindo no chão, ofegante. — Isso vai demorar a curar, idiota.

Ignoro sua afronta, lambendo as gotas de sangue que escorrem da minha mão, e a encaro com ódio, ciente de que quando ela age com tamanha ousadia, é porque está se sentindo satisfeita.

— Então que bom que se divertiu, não é mesmo? — debocho.

— Você deveria parar com essa obsessão por aquela fada, isso, sim. — Ela permanece no chão. Pairo acima de seu corpo e sinto apenas repulsa. Quão fácil seria esmagá-la assim?

— Levante-se desse chão imundo, Ygrainne. Você não faz ideia do desejo que estou sentindo, neste exato momento, de enterrá-la abaixo deste solo agora mesmo. — Ela me encara com perplexidade ante minhas palavras, talvez compreendendo o tom de seriedade que fiz questão de imprimir, mas faz o que mandei.

— O cara com quem conversei — diz, levantando-se e tentando normalizar a respiração. — O nome dele é Keith. Li sua mente e não encontrei

O CINTILAR DA GUERRA 95

vestígios de qualquer lembrança da fada. No entanto, o irmão é o responsável pela construção. — Ela respira fundo algumas vezes antes de continuar: — Parece que vão construir um Resort, uma pousada, algo assim. — Acena com a mão, indicando o local da construção.

— Me poupe dos detalhes inúteis. — Sinto meus dentes rangerem de irritação.

— O nome do irmão dele é Alaric — ela diz, e umedece os lábios, piscando diversas vezes como se aquela informação fosse, de fato, importante.

— E o que isso me importa? — Arqueio uma sobrancelha.

— Pense, Thandal, sua memória não é tão ruim, meu irmão. Keith é um cara bastante falador quando estimulado, e vi fotos da família, você iria se chocar se as visse também. — Ygrainne me encara e tento puxar na memória. Alaric? Esse nome deveria ser familiar? — Veja.

Ygrainne então me entrega uma foto que deveria ter algum significado, ante o ar de expectativa que posso perceber agora em seus olhos. A foto está desbotada e gasta. Há três pessoas nela, uma criança, o cara do bar e...

Dou um passo para trás quando meu cérebro processa tudo e conecta as peças do quebra-cabeça do destino. O local, a cidade. O nome dele não me é conhecido, mas, sim, familiar. E a semelhança é impressionante.

— Merda — resmungo, agora andando de um lado ao outro. — Coincidência de merda! — rosno, enfurecido.

Só pode ser uma brincadeira de mau-gosto das putas Nornnes. Há milênios circula uma lenda que reflete diretamente nos reinos das fadas e dos humanos. Nunca se soube, afinal, se fazia apenas parte dos contadores de histórias, ou se, de fato, havia acontecido.

No entanto, aquela feição era distinta, e já havia surgido por entre a névoa dos meus encantos, numa época em que meu pai se afastou de Nargohr por meses com seus fiéis guerreiros sombrios.

— Sim, e pelo que me disse, ele não vê o irmão desde ontem, porém se falaram ao... qual é mesmo a palavra que ele usou? — Coloca a ponta da unha afiada no lábio inferior, pensando. — Telefone. Isso... Parece que estava à espera do tal irmão, que ainda não havia aparecido. Então...

— Ele pode ter visto minha Giselle — concluo. Porém, antes que possa dizer mais alguma coisa, um ruído nos deixa em alerta.

Mas não é a voz que nos assusta, e, sim, o nome que ressoa pelo lugar:

— *Giselle?* — Ouço passos se aproximarem, rapidamente. — Droga, garota, onde você se meteu? — o homem pergunta para ninguém em particular.

Ygrainne agora me encara com um sorriso malicioso, do tipo que sempre me faz ter vontade de arrancar de seu rosto a dentadas.

Sim, não encontramos minha fada fujona, mas suspeito termos encontrado algo valioso também.

Algo que poderia colocar fim aos temores de meu pai.

# CAPÍTULO XV

### ALARIC

*Reino humano*

Ela se foi. Desapareceu diante dos meus olhos, como naqueles filmes de ficção em que as pessoas evaporam em pleno ar.

Olho ao redor do escritório, atordoado. Não há nenhum sinal dela. Nada que indique que uma garota esteve aqui, o que dirá uma fada. Chego a passar as mãos pela parede, no exato local onde ela estivera escorada segundos atrás, mas não há nada. Nenhuma matéria.

Puta merda!

Giselle *é* uma fada. *Eu beijei uma fada?*

Toco meus lábios com a ponta dos dedos, e juro por tudo o que é mais sagrado que ainda consigo sentir seu gosto doce na boca. Isso foi real, tem que ser. Fora que agora, o aperto que estou sentindo no peito é diferente de tudo que senti antes.

Como se estivesse vazio, triste, sem vida.

Em um impulso, corro para fora do escritório, deixando a construção para trás. Preciso encontrá-la, ter certeza de que tudo isso não passa de um sonho louco.

Entro no bar em que normalmente os trabalhadores se reúnem, e percebo que não está tão lotado, talvez pelo horário. Ao ver Keith sentado à mesa, com um copo na mão e parecendo totalmente aéreo – o que me causa estranheza, já que não é do seu feitio fazer isso –, vou em sua direção para obter respostas.

— Você está bem? — pergunto ao meu irmão, vendo que ele parece assustado agora. Ele sequer havia se dado conta da minha aproximação.

— Sim, sim. — Keith passa os dedos por entre os fios do cabelo já bagunçado. Em seguida, coça a barba por fazer. — Onde você estava? — Enfim ele se vira para me encarar.

Havíamos combinado de nos encontrar aqui bem mais cedo, mas o aparecimento do pequeno intruso, não... da pequena intrusa, me tirara o foco. Agora, depois de todo o ocorrido naquele escritório, as pessoas podem até me abordar, porém, talvez eu seja incapaz de articular palavras coerentes. Meu cérebro ainda se encontra enevoado, buscando respostas que tenho pleno conhecimento de que não conseguirei por aqui.

— No escritório, estava resolvendo umas coisas. — Olho em volta e me aproximo mais, não querendo que o bar inteiro ouça o que tenho a dizer. — Escuta, você viu uma mulher, pequena, ela... ela... — Eu me atrapalho na descrição. Como dizer que ela tem asas? Que seu rosto possui traços como tatuagens? E que ela é linda, e eu a beijei?

Pegando o copo da mão de Keith, bebo todo conteúdo de uma só vez.

— Do que você está falando, Alaric?

— Nada, esquece. — Deixo o copo no balcão e começo a me afastar. — Preciso dormir, é isso.

Paro e me viro, olhando para o meu irmão com mais atenção.

— Tem certeza de que está bem? — Havia algo fora de lugar ali. Seu olhar nebuloso o fazia parecer ter saído de um transe.

Keith resmunga uma despedida ao acenar com a mão, me dispensando, e deixo o bar às pressas. Talvez, se voltar ao exato local onde a encontrei espiando, pode ser que ela tenha se desmaterializado para voltar para casa?

Merda, ela virou pó, na minha frente. O evento, por si só, foi assustador, e o olhar em seu rosto era... era... Esfrego a mão em punho no peito. Dói lembrar-me do seu olhar apavorado. Era como se nem ela mesma estivesse esperando por aquilo.

Percorro o caminho até a pousada olhando de um lado ao outro, chamando seu nome, sem obter resposta alguma. A noite já está avançada, e sei que amanhã terei que acordar de madrugada, pois os empregados da construção chegarão cedo e não será nem um pouco justo que encontrem o patrão dormindo, pois tudo o que mais quer é sonhar outra vez.

Volto para o meu quarto, sozinho e sentindo uma dor me queimar lentamente, irradiando por todo o meu corpo. Encaro minhas mãos, meus pés, temendo estar sofrendo algum estranho processo de desintegração, como o que vi acontecer bem diante do meu nariz, mas tudo ainda se encontra do mesmo jeito.

Arranco a camisa, a calça e entro debaixo do chuveiro escaldante, sentindo a aflição se alastrar. Algo não está certo, mas não consigo pontuar o que pode ser. Depois de me vestir, ando de um lado ao outro, como uma fera enjaulada, sem saber exatamente o que fazer, mas percebendo que minha inquietação será um empecilho para descansar.

Sei que minha sanidade virou pó, e ao me sentar na cadeira do escritório, contemplando a parede oposta, onde horas antes vi a fada acuada, rendo-me à garrafa de uísque maltado que guardo para ocasiões emergenciais.

Fecho os olhos por um instante apenas, mas tudo o que consigo ver são os olhos hipnóticos e em um tom inigualável da garota, chegando até mesmo a sentir a brisa suave que soprava do bater de suas asas de um tom azul quase translúcido. Vejo suas feições com clareza, bem como as marcas singulares que brilhavam em seu belo rosto, e, sem entender a angústia que me domina, largo a garrafa e saio em busca de uma resposta que nem ao menos sei qual é.

Rondo todo o terreno, desde o canteiro de obras até o local exato onde encontrei a garota misteriosa, e sigo até as cercanias da floresta de Glynmoor, na clareira além da margem do bosque. Aquela área sempre foi alvo de aventureiros curiosos, mas estranhamente, nunca se soube de alguém que conseguiu cruzar os limites da densa floresta ou atravessar a ponte rodeada por uma vegetação intransponível.

— Giselle? — grito, quando me aproximo do local em que a encontrei. — Droga, garota, onde você se meteu? — Meus olhos vasculham toda a área, tentando encontrar qualquer vestígio, mas estaco em meus passos quando duas figuras surgem do nada na minha frente.

Um homem e uma mulher, ambos vestidos de preto da cabeça aos pés – em um visual que poderia ser uma mescla de góticos com metaleiros –, estão bem diante dos meus olhos. No entanto, assim que me encaram, percebo que nenhuma das opções em que os classifiquei pode ser a verdadeira.

O olhar maléfico, especialmente do homem assombroso, evoca toda espécie de terror à minha mente. Eles não se parecem, de forma alguma, com qualquer morador da região.

Na verdade, acredito que sequer pertençam a este mundo.

# CAPÍTULO XVI

## ZARAGOHR

*Reino de Zertughen*

Ouvi atentamente cada palavra que Alana disse sobre a profecia. Mesmo que minha concentração tenha se esvaído assim que meus olhos contemplaram sua figura imponente no meu castelo, exigi o máximo esforço para que naquele momento eu fosse de alguma serventia.

Alana é dona dos meus pensamentos há séculos. *Oras, Zaragohr, a quem pretende enganar?*, sussurra uma voz na minha cabeça. Ela reina absoluta não só nos meus pensamentos, mas no meu coração. Desde o primeiro dia em que a vi e entreguei meu anel a ela.

Naquele dia, entreguei algo mais valioso do que uma mera joia. Mesmo que ela nunca tenha tomado ciência deste fato.

Agora, aqui estou eu, velando seu sono. A fada-lavadeira não gostou quando pedi que ficasse fora do aposento. Não é da minha índole dar esse tipo de ordem, ou me interpor nos protocolos de seu povo, mas Alana parecia cansada e necessitava de algumas horas de descanso reparador.

Fiz algo que há séculos não fazia. Fiz com que a minha Alana adormecesse, em um sono pacífico. Nossos poderes não podem ser usados de maneira displicente. Conheço as regras e nunca as infringi. Nem mesmo quando ela me implorou por isso e minha recusa causou seu afastamento em caráter definitivo. Mesmo quando, ao dizer não, eu tenha tido consciência de que partiria seu coração em pedaços.

Olhar para sua figura inerte, deitada na cama, dormindo serenamente, e ao mesmo tempo recordar da dor que vi em seus olhos, séculos atrás, faz um tremor surgir entre meus dedos.

— Você pode fazer isso, Z, por mim — implorou, enquanto lágrimas desciam livremente pelo seu rosto. As filigranas brilhantes adquiriram um tom cinzento, como um céu coberto por nuvens antes da tempestade.

Agachei-me para ficar mais próximo a ela e àquele ao qual é dirigido todo o seu desespero.

— Não posso, Alana, você conhece as regras — respondi com pesar.

— Por mim, Z... e-ele é... m-meu... — Sua voz vacilava cada vez que encarava o corpo deitado em seu colo. Ele mal respirava agora. — Você pode, Z, pode ajudá-lo. Por que não faz isso por mim? — Suas palavras saíram em um tom de voz mais alto dessa vez, fazendo com que as folhas das árvores caíssem como uma chuva caótica ao nosso redor.

A natureza estava chorando, assim como a sua rainha.

— As consequências, elas...

Não tive tempo para explicar tudo que poderia acontecer, caso minha resposta fosse positiva ao seu pedido. Nós, Elfos de Luz, possuíamos o poder de restauração, mas nunca deveríamos interferir no equilíbrio da vida. E aquele homem, que dava seus últimos suspiros, não deveria ser trazido de volta. Havia um ponto que nunca deveríamos ultrapassar.

E eu já havia feito isso muito tempo antes, sem o conhecimento da fada que agora chorava contra o corpo inerte do humano.

Um grito agudo ecoou pela floresta. As folhas das árvores caíram no chão como uma tempestade verde e furiosa. Não havia sequer uma árvore nas proximidades que não estivesse chorando junto à rainha de Glynmoor naquele momento de angústia e agonia extrema.

Sua dor me atingiu com brutalidade, me deixando sem forças. Suas lágrimas de desespero partiram meu coração. Em um ímpeto de arrependimento, estendi a mão para tocar no corpo desfalecido, mas Alana percebeu o movimento e se afastou, ainda com o humano nos braços, e com o rosto cheio de lágrimas, gritando:

— Nunca te perdoarei por isso, Zaragohr! — Levantei-me do chão, atordoado ao ouvir meu nome saindo de sua boca com tanta ira.

Mas somente no instante em que olhei para seu belo rosto, e vi cada uma de suas *lágrimas se transformando em cristais, foi que me conscientizei da verdade incontestável de meus atos. Eu a havia perdido.*

*Minha amiga.*
*Minha vida.*
*Minha luz.*

— Z? — Sua voz me traz de volta ao presente, e sem hesitar me aproximo de sua cama. Seguro sua mão delicada, contendo a vontade de beijar a palma ainda fria.

— Estou aqui. — *Minha vida.*

— Onde estou? — Alana senta-se na cama, atordoada, e ao perceber nossas mãos unidas, tenta sem êxito se soltar. Não posso perder aquele ínfimo contato. Não agora que a tenho tão perto.

— Você está no meu castelo — revelo. Alana pisca algumas vezes, confusa, como se estivesse tentando se recordar de algo. Vejo o momento exato em que a realidade a atinge, transtornando seu belo semblante. — Tristeza não combina com você. — Não resistindo mais, acaricio seu rosto com a mão livre. Meus sentidos despertam na mesma hora apenas com esse toque sutil.

Como ela não sente isso? Essa energia pulsante que vibra com um simples toque?

— Tristeza é tudo que tenho experimentado em muitos anos, e você sabe disso. — Seu tom é frio, e ela acaba afastando o rosto do contato do meu toque.

— Como está se sentindo?

— Descansada — responde, a contragosto. — Onde está Laurynn? — Alana olha à sua volta, percebendo naquele instante que estamos sozinhos no quarto. Seu corpo enrijece e o silêncio impera no aposento.

— Você precisava descansar. Pedi para Styrgeon fazer companhia à fada.

Soltando finalmente nossas mãos, Alana se levanta da cama com uma agilidade incrível. A beleza de suas asas iridescentes é simplesmente de tirar o fôlego.

— Estou bem, Zaragohr. — As mãos agora percorrem suas vestes, e vejo que ela está apenas evitando meu olhar. — Preciso ir.

— Alana... — Seguro seu braço com delicadeza, impedindo-a de dar mais um passo. — Deixe-me ajudá-la. — Percebo no instante em que digo isso, que não estou mentindo ou fazendo alguma promessa vã.

Durante os segundos em que meus dedos ainda estão impedindo sua fuga, percebo que Alana estuda minhas feições, talvez pesando minhas palavras. São segundos preciosos, mas que mais se parecem a horas intermináveis à espera de um veredito. Em meu íntimo, ainda tenho esperanças de que serei digno do perdão daquela fada.

— Acho que me precipitei quando vim até aqui. Como já disse, Giselle não está em poder de Thandal, nas terras sombrias de Nargohr, como pensei a princípio.

Sinto o fio da esperança se esvaindo como a areia fina de uma ampulheta.

— Mais uma vez, Alana, me deixe ajudá-la a encontrar sua irmã.

— Isso não é uma missão que tem por objetivo a sua redenção comigo, Zaragohr — Dói mais do que imaginei ouvi-la falar meu nome dessa maneira. Com tamanha seriedade. Como se houvesse um abismo entre nós.

Então meu próximo gesto acaba sendo o que nem mesmo ela espera. Faço o que nenhum elfo da minha linhagem jamais fez.

Eu me ajoelho diante de Alana.

Surpresa, ela ofega em total descrença, levando as mãos à boca. Se qualquer criatura feérica adentrasse aquele aposento, naquele instante, veria o herdeiro de Zertughen completamente entregue, rendido, à Rainha das fadas. Minha lealdade está sendo dedicada a ela, da forma mais pura e real. Uma promessa infinita.

Estendo a mão, esperando que ela aceite a oferta. Alana hesita e isso é o bastante para me fazer sentir o coração quase saltar do peito. Estou a ponto de implorar.

— Não faça isso, Zar...

— Z — corrijo meu nome em sua boca, ainda com a cabeça baixa, olhando para o chão. — Você costumava me chamar de Z. Aceite minha oferta, Alana. Estou oferecendo ajuda e a garantia de que não vou decepcioná-la.

*Não de novo.*

E quando penso que nada mais poderia me surpreender, percebo que estou errado... Alana se ajoelha também, à minha frente.

Levanto a cabeça de forma brusca, para encará-la, tomado de emoção com o gesto.

— Você sempre foi meu melhor amigo, Z — ela diz, com a voz embargada. — Não posso segurar sua mão, não devo fazer isso com um elfo como você. — Ela sabe que se aceitar a mão ofertada, será como uma ligação inquebrável, e estarei sob suas ordens a partir dali. — Mas vou acreditar em sua palavra. — Algo semelhante a um sorriso surge em seu rosto, e uma pergunta silenciosa brota em minha mente: há quanto tempo Alana não sorria?

— Não vou decepcionar você — declaro com todo o meu coração.

— Vou acreditar nisso; preciso acreditar nisso, Z. — Nós nos levantamos, e meu olhar em momento algum se afasta do dela. Nem o dela do meu. — Agora vamos, preciso encontrar a pessoa responsável pelo cintilar da minha irmã.

Sorrio, embevecido, e estendo a mão, mostrando a saída dos aposentos. Alana caminha ao meu lado, com uma nova determinação brilhando em seu rosto. No percurso do longo corredor do palácio, deparo com Zoltren e seu lobo fiel, e é necessário apenas um olhar para que meu irmão entenda a mensagem e se junte a nós. Assim como Styrgeon e Laurynn.

Caminhamos em silêncio até o salão oval, onde minha intenção é informar aos nossos pais os planos que nos afastarão de Zertughen por um tempo.

Há algo primordial agora a ser feito. Algo que poderá definir as novas tramas que o destino traçou há milênios para os reinos encantados.

Um simples cintilar gerido por um sentimento nobre poderia explodir em uma guerra sem precedentes.

# GISELLE

*Iardhen, Vale de Meilyn*
Droga. Onde estou?

Quando consigo abrir os olhos para lidar com a claridade absurda que quase me cega, vejo apenas flores. Flores e mais flores. E centelhas de cores no céu. Como um manto que me recobre e aquece.

Olho à minha volta e percebo que estou deitada em uma cama de vidro. Uma espécie de cúpula. *Mas que merda é essa?* Tento erguer o punho para bater e dizer: "Olá, alguém em casa?" ou "Olá, alguém de fora que possa me retirar dessa caixa?", mas meus membros lânguidos não me obedecem. Eu pareço estar congelada.

O máximo que consigo fazer é girar a cabeça e manter os olhos abertos por alguns instantes. A impressão que tenho é a de que estou em um reino distinto, fora do meu corpo, apenas observando de cima um acontecimento estranho.

Se não estiver enganada, já ouvi falar deste lugar, nas longas histórias de Alana, quando a questionava a respeito de tudo. Lembro-me de que minha irmã narrava sobre um belíssimo lugar, adornado de todos os tipos de flores, com um céu mais estrelado do que jamais havia sido visto, e milhares de pontos de cristais coloridos flutuando como centelhas por todo o lugar. Ela só havia se esquecido de narrar a parte que relatava a presença de uma caixa toda de vidro, local exato em que me encontro neste instante.

Obrigo minha mente a reviver as lembranças, trazendo à memória o momento exato em que meus lábios tocaram os de Alaric Cooper. A sensação de queimação, prazer, langor e algo mais, seguido das faíscas que tomaram conta do meu corpo.

Posso vê-lo nitidamente em minha mente e somente em me lembrar dos olhos tormentosos e da boca ansiosa sobre a minha, sinto o calor aquecendo novamente cada uma das minhas terminações nervosas, fazendo com que uma sensação de letargia domine meu ser, levando-me a uma terra de sonhos.

Aqui neste lugar posso apenas sonhar e desejar que Alaric me mantenha em constante estado de felicidade e plenitude. Um sorriso embevecido se alastra e toma conta do meu rosto no mesmo instante em que um breve sussurro deixa meus lábios:

— Alaric.

Meu Alaric.

# CAPÍTULO XVII

### ALANA

*Reino humano*

É difícil até mesmo atravessar as cercanias da região onde os humanos residem e fazem de seu habitat uma espécie de reino do terror. E digo isso porque somente em vislumbrar a natureza esfacelada ao redor corrói meu coração de tal forma que cada passo dado custa um fôlego em meu peito.

Já é noite avançada e acabamos de deixar a ponte de Cálix para trás. Zaragohr me segue de perto, olhando atentamente ao redor. Zoltren caminha próximo, com o lobo que nunca se afasta de seu lado em momento algum.

Em nossa pequena comitiva, Styrgeon também nos acompanha, e a muito custo consegui convencer Laurynn de permanecer em Glynmoor, por motivos óbvios. Seres sobrenaturais invadindo o reino humano será mais do que eles podem aguentar. Manter a magia de nossos poderes às escondidas exige um esforço descomunal e Laury não é uma fada preparada para batalhas ou duelos onde o risco à sua vida imortal poderia estar mais do que evidente.

O percurso de nossas carruagens, durante a travessia pelo reino de Zertughen até a fronteira de Glasnor – que separa as terras dos elfos, de Glynmoor –, fora feito em total silêncio. Cada qual em seus devidos veículos.

Depois de abandonar nosso meio de transporte em minhas terras, acabamos pegando o rumo da floresta que nos guiava até a ponte de Cálix. E agora, estamos devidamente pisando as terras do reino humano.

Naquele estranho grupo, a figura mais misteriosa, em minha opinião, é a garota silenciosa que todos chamam de Star. Ouvi Zaragohr a chamar de Aer por duas vezes. Sei que, possivelmente, seja parte de seu nome verdadeiro e tenho plena noção de que saber sua identidade de fato poderia trazer riscos tanto a mim quanto a ela.

No entanto, o que mais me surpreende é o cuidado que o irmão mais novo de Z parece lhe dedicar. A preocupação em seu semblante é algo nítido e resoluto. Zoltren anda sempre paralelo a ela, protegendo-a com seu próprio corpo, enquanto o lobo de pelagem escura como a noite a acompanha pelo outro lado. Por várias vezes pude ouvi-los discutir, baixinho, e este é mais um momento dentre tantos.

— Zoltren, mande Thron sair da minha retaguarda. Não estou aguentando o resfolegar do seu animal — diz ela, em um sussurro irritado.

É até estranho ouvi-la proferir uma sentença tão longa. A garota manteve-se quieta durante todo o percurso, salvo à exceção quando se comunicava com o irmão mais novo de Z.

— Star, deixe de ser implicante. Ele quer apenas assegurar que você está protegida. — O tom divertido indica que ele não está nem um pouco preocupado com a irritação da amiga.

— Não preciso de proteção. Minha espada me protege, Zol. Sou uma guarda de elite por razões óbvias, acredito eu — continua, com um tom orgulhoso.

Dou um sorriso, percebendo que a juventude daqueles dois os faz parecer mais teimosos do que imaginem ou gostariam de demonstrar. Ambos estabeleceram uma relação em que batem a cabeça um contra o outro a todo o momento, talvez sem nem ao menos perceber.

Quando chegamos à clareira, já divisando as imensas máquinas que os humanos utilizam para destruir tudo ao redor, Zaragohr ergue o punho, exigindo silêncio e atenção.

— Sinto cheiro de magia de Nargohr aqui. Exatamente nesse ponto — afirma.

Olho ao redor, vendo a escuridão como um breu dominar toda a área. Não poderíamos nos arriscar e entrar no território da civilização durante o dia. Ando até um lado e tento captar qualquer traço da essência de minha irmã, mas não sou capaz de sentir nada.

— Não detecto a presença de Giselle nesse ponto — alego, sentindo meu coração retumbar em meus ouvidos.

— Possivelmente ela cintilou em outra parte, mas uma coisa é certa — Z anda à minha volta e encara o vazio —, mais de um elfo sombrio esteve aqui.

Olho para Z, com preocupação.

— Também acreditas que pode ter sido Thandal?

Ele acena, ainda varrendo todo o perímetro com o olhar.

— Vocês realmente acreditam que o príncipe arrogante dos Nargohr teria ousado sair de seus domínios? — Zoltren indaga.

— Dada a obsessão que ele sempre alimentou por Giselle... Sim, acredito que possa ter sido ele — interpelo, antes que Z possa responder.

— O que faremos? — Styrgeon pergunta.

— Não sei quanto a vocês, mas preciso checar onde a construção humana se localiza. Conhecendo minha irmã, existe a grande possibilidade de ela ter se aproximado o suficiente daquele local — digo, apontando para a imensa construção parcamente iluminada.

— E como faremos? Podemos nos disfarçar por alguns instantes, mas não muito. — Zaragohr mostra-se cada vez mais inquieto.

— *Duilich* — profiro a palavra que oculta minhas asas como um passe de mágica. Olho por cima do ombro e imediatamente sinto a ausência daquilo que me dá a identidade de quem sou. A Rainha das fadas.

— Alana, você pode até ocultar suas asas, mas não consegue disfarçar e camuflar quem é — Z adverte. — Qualquer humano com um pouco mais de inteligência saberá que você não pertence a este reino.

Isto é um fato. Minhas feições características não me permitiriam passar despercebida por qualquer lugar, mas preciso descobrir algo sobre o paradeiro de Giselle, e nada ficaria no meu caminho em busca de respostas.

— Não importa, Z. Ela esteve aqui. Preciso descobrir o que aconteceu. Deve haver uma explicação.

— Como faremos? — Zoltren indaga.

— Você e Starshine manterão a guarda neste ponto em específico, apenas esperando nosso retorno. Nada passa daqui, tanto para ir ou vir, compreendido, Zoltren? — Z pergunta e o irmão acena afirmativamente com a cabeça. — Sinto cheiro de magia feérica no ar e ela ainda não se desfez, o que significa que não ocorreu há muito tempo. Resta saber se voltarão ou não.

Começo a caminhar apressadamente até que a mão de Zaragohr me impede de prosseguir.

— Ei, espere. Aonde pensa que vai? — ele exige saber.

— Tenho que entrar ali — indico e sacudo o braço para afastar-me de seu toque —, e não tente me impedir, Z.

— Não é isso o que pretendo fazer, Alana. Mas devemos ser cautelosos.

— Cautela sempre foi o meu nome do meio, e não adiantou de nada para manter Giselle longe de problemas. Veja onde estamos agora, neste exato momento... — comento e suspiro em amargura.

Styrgeon chega ao nosso lado, depois de ter conferido tudo ao redor, averiguando se havia presença de pessoas por ali.

O CINTILAR DA GUERRA

— Pelo adiantado da hora, há poucos humanos no local. Sinto a presença de apenas dois dentro da construção.

— Ótimo — Z estala. — Assim será mais fácil conter os possíveis danos colaterais.

Sabemos que uma aparição em massa poderá gerar certo alvoroço. Humanos tendem a ridicularizar seres sobrenaturais ou enaltecer de tal forma que transformam tudo em um grande circo. Não queremos contemplar a última situação. Glynmoor serve como passagem para vários reinos. A floresta abriga mistérios até então desconhecidos ao homem e é assim que deve permanecer. Era assim que queríamos que continuasse a ser.

Z sinaliza para o irmão mais novo, que ainda se mantém em um embate acalorado com a pequena elfa guerreira, mas vejo o instante em que ele se coloca em prontidão.

Caminhamos os três rumo à enorme construção que ganha vida mais à frente. O prédio é imponente e muito possivelmente deve estar visando lucro com turistas, ao invés de ser uma simples residência familiar.

Quando chegamos ao umbral que indica a entrada do lugar, nenhum de nós sequer hesita. Simplesmente pulverizamos a porta, sem grande alarde. Digo, Z pulverizou a porta com um simples manejar de seu cetro.

Entramos na residência imersa em penumbra, sem mais demora. Sinto que a cada segundo que passa, me distancio ainda mais de Giselle. Depois de cruzar uma área abarrotada de detritos e materiais que os humanos usam para construir seus prédios, avançamos até os fundos, onde parece haver uma ala isolada. Os passos de Zaragohr e Styrgeon ecoam agora pelo assoalho de madeira, enquanto os meus são praticamente inaudíveis, já que nem sequer toco o piso escuro.

Uma luz repentinamente se acende e nós três nos viramos ao mesmo tempo para identificar a fonte.

— Mas que porr... — Uma garota de pouco mais de meio metro prepara-se para gritar, com os olhos arregalados, mas com um simples acenar do cetro de Z, fica congelada no local.

— Era necessário isso, Z? É apenas uma criança — ralho e me aproximo da jovem garota ruiva.

— Você preferia que ela gritasse e alertasse quem quer que fosse? — resmunga ele.

— Não é esse nosso objetivo, irmão? Atrair a atenção de quem reside aqui? — Styrgeon caçoa, e um sorriso surge em meus lábios.

Nossa pequena interação acabou nos distraindo para outros ruídos que poderiam indicar que nossa presença havia sido percebida.

— Viola, que grito foi esse? — A voz de um homem ecoa escada acima. — Violet?

Observo a cena com atenção e reparo que a garota tem um copo de leite em sua mão. Possivelmente, tenha ido buscar uma refeição tardia, sem nem ao menos imaginar que se depararia com três figuras misteriosas e sorrateiras em seu caminho. Três figuras de um mundo até então desconhecido para ela.

Os passos se tornam mais altos, alertando-nos da aproximação de alguém.

— Viola?

Styrgeon puxa sua lança e se prepara para um eventual perigo. Zaragohr cruza os braços à frente, em uma atitude beligerante e desafiadora.

Eu apenas me posiciono ao lado da garota, à espera daquele que chama seu nome com tanta ansiedade.

— Vio... mas que porra é essa? — o homem pragueja, chocado. Possivelmente essa é a sequência frasal que a menina proferiria se o cetro de Z não a tivesse paralisado. — Quem são vocês? E... o-o que querem?

Podíamos detectar o cheiro do medo exalando do humano. Percebendo as nuances das emoções mais derradeiras, a que se sobressai é a preocupação por estarmos tão pertos da garota.

— Viemos em paz — digo, em um tom de voz brando. Prefiro assumir as rédeas antes que Z estrague nossa abordagem. — Estamos apenas em busca de respostas, humano.

Ele avança mais alguns passos, mas Z o bloqueia com um aceno de mãos.

— Que porra de respostas?! Vocês entram na minha casa, e... o q-que está acontecendo com minha filha? Viola? — ele a chama, desesperado. Vendo que a menina ainda não se movia, encaro Zaragohr acintosamente, a fim de que ele entenda a mensagem. — O que fizeram? Por que não consigo me aproximar dela?

— Z, será que poderia liberar a garota para que possamos conversar civilizadamente? — pergunto com ironia.

Z acena o cetro em direção à garota, que larga o copo de leite, fazendo com que o vidro se espatife aos nossos pés. O líquido branco se esparrama pelo assoalho, reluzindo o medo claro dos humanos ali presentes.

A menina olha para os lados, encarando a todos que a rodeiam e corre para os braços do pai, agora que Z também o liberta de sua magia.

O CINTILAR DA GUERRA

— Vou chamar a polícia. Quem diabos são vocês? — esbraveja o homem.

— Em primeiro lugar, vou repetir: viemos em paz. Apenas estamos procurando por alguém. Não queremos machucar qualquer pessoa ou criar confusão com seu reino — atesto. Tento aproximar-me deles, mas Z estende o cetro à frente do meu corpo, criando um bloqueio imediato.

— Reino? Moça, por mais gata que você seja, acredito que está mais chapada que um drogado de beco, então... — Antes que ele termine de proferir a sentença, Zaragohr já está colado nariz a nariz com o homem, imobilizando-o apenas com a força de seu olhar.

— Maneire o tom de voz e tenha respeito ao falar com a Rainha, humano — resmunga, rangendo os dentes.

Reviro os olhos diante da demonstração de territorialismo, mas ainda assim sinto-me lisonjeada pela defesa tão eloquente.

Chego perto o suficiente para segurar o braço de Z, atraindo sua atenção. O tremor que percorre minha pele não deve ter passado despercebido por ele, pois, franzindo o cenho, seu olhar percorre desde o ponto em que minha mão o segura diretamente até os meus olhos.

— Apenas deixe-os — sussurro.

Volto minha atenção aos humanos que nos encaram com pavor e assombro. A garota parece assustada, mas encantada ao mesmo tempo. O homem está irritado, porém posso deduzir que o fato de ter sua casa invadida na calada da noite não seja nada agradável.

— Senhor...

— Keith... Keith Cooper — ele diz e sinto o baque surdo no coração. Dou um passo atrás e coloco a mão no peito, tentando garantir que o órgão que há muito tempo não sinto tão agitado, não resolva pular fora pela garganta.

— Bem... s-senhor... Cooper... estamos procurando uma pessoa — repito, tentando conter o tremor em minha voz.

— Você já disse isso, moça. Mas não justifica que possam invadir a minha casa no meio da noite, ainda mais com esse dia fodido de merda onde meu irmão desapareceu.

Sinais de alerta vibram em minha cabeça. Não sei o porquê, mas sinto que o sumiço do homem referido tem alguma ligação com o desaparecimento de Giselle. Zaragohr olha para mim e nos comunicamos apenas pelo olhar.

— Seu irmão?

— Sim... olha... o dia foi todo estranho. Então... essa invasão de vocês aqui só completa a esquisitice — ele comenta e só naquele momento parece reparar em nossos trajes. — Puta merda... que espécie de roupas são essas? Ou melhor... quem são vocês?

— Então, senhor Cooper... creio que a essa resposta, a explicação seja um pouco incompreensível, mas faremos de tudo para que alcance seu entendimento — digo, com bastante calma. — No entanto, preciso lhe perguntar: o senhor viu, por algum acaso, uma garota miúda, de cabelo castanho e comprido, olhos azul-esverdeados, com uma fisionomia única e peculiar, um sorriso debochado e matreiro?

Penso em perguntar se ele havia notado um par de asas, mas conhecendo Giselle, é bem capaz que ela tivesse dado um jeito de fazê-las desaparecer com o encanto das fadas. Minha irmã não poderia ser tão desmiolada assim, a ponto de ir para o reino humano da exata forma em que nasceu...

— Olha, moça... você é a segunda pessoa que me pergunta se vi uma moça com características parecidas — ele admite. O braço mantendo-se o tempo todo sobre os ombros da filha, que agora nos encara com curiosidade.

Zaragohr, Styrgeon e eu nos entreolhamos. Meus piores medos começam a ganhar vida.

— A segunda? E você poderia nos dizer quem foi a primeira pessoa que perguntou?

O rosto do homem parece ficar vermelho, como se estivesse embaraçado, mas finjo não perceber o desconforto.

— Será que podemos nos sentar? E será que aquele loiro ali pode abaixar a lança? — o humano questiona.

Olho para Styrgeon e para Z, suplicando com o olhar que ele ordene ao irmão que baixe a guarda. Céus... ainda bem que Zoltren não veio junto, ou seria bem capaz de o humano morrer de um possível ataque cardíaco.

Nós nos encaminhamos até uma área com sofás e cadeiras, e ao passar por uma porta, estaco em meus passos. Sinto a vibração da presença de Giselle ali. Sim. Minha irmã esteve naquele exato local. Desvio do grupo e entro no aposento, passando a mão na parede, e agachando-me no canto do recinto, sentindo e tocando algumas centelhas que são invisíveis aos olhos humanos.

Giselle havia cintilado naquele exato local. Sinto meus olhos se encherem de lágrimas. Esfrego o centro do meu peito, tentando conter a súbita onda avassaladora de pânico.

O CINTILAR DA GUERRA

Preciso dar um jeito de resgatar Giselle onde quer que ela esteja. Se minhas previsões estiverem certas, possivelmente ela se encontre, neste exato momento, no local de tantas fábulas e histórias para dormir que eu lhe contava quando pequena. Iardhen, no Vale de Meilyn. Em um local nunca identificado, várias vezes ansiado, mas temido pela intensidade do que era despertado somente por ter chegado até ele.

Saio do recinto sentindo uma dor descomunal. Tentando disfarçar minha reação, vou até onde Z e Styrgeon se encontram, e nos sentamos nos locais onde o homem, Keith, havia indicado.

— Comecem do início. Quem são vocês? — ele pede.

— Pai, será que o senhor não percebeu que eles não são humanos? — a garota diz, em tom irônico mesclado ao fascínio.

Mais uma vez, nós três nos entreolhamos. Ela é perspicaz. Podia até ser por nossas roupas peculiares, mas talvez a aura ao redor indique à humana que nossos genes não são compatíveis e somos seres milenares em comparação a eles.

— Deixe de besteira, Viola — o pai admoesta.

— Pai, é sério. Desde o momento em que pisei o pé aqui, eu te falei. Tinha magia no ar. Não falei?

*A menina era sensitiva, será?*

— Violet, pare de besteira — o homem repete. Ele está irritado e o tempo todo mantém o olhar correndo de um para o outro. Até que se depara com o meu.

— O maior erro da humanidade, senhor Cooper, é não acreditar, muitas vezes, em coisas que estão bem debaixo de seus narizes — digo, de maneira singela. — Não gostamos de nos expor e nem fazemos questão alguma que sua espécie nos conheça, mas os mitos de sua cultura falam sobre nós exaustivamente. Cada um de uma forma. Às vezes, com beleza sufocante, outras vezes com características aterradoras, associadas a histórias que assustam as crianças na hora de seu sono...

— Como assim?

— Somos aqueles que compõem os Contos de Fadas que tanto amam... somos os personagens que ganham vida de maneira torpe em suas histórias e contos da carochinha, transformando-nos em mitos e lendas, mas tão reais quanto a mão de sua filha que está entrelaçada à sua nesse exato momento.

Ele parece desnorteado com minhas palavras veementes.

— Você... está dizendo que...

— Que ela é uma fada, pai! Supermassa demais!!! Tipo... Caracas! Isso é muito irado! Mas espera... cadê suas asas?

— Estão escondidas para que vocês não se assombrem — afirmo. Quando me viro para Z, vejo que está revirando os olhos.

— E eles são então... tipo... elfos? É isso? Caracas... tipo... manooo... ele é muito Légolas! — ela diz, exultante, apontando para Styrgeon.

O olhar do irmão de Z se intercala entre mim e ele, e se volta para a garota excitadíssima, então ele apenas dá de ombros.

— Sério! Isso é muito legal!

— Ficamos honrados que esteja achando tão vibrante nossa presença, menina, mas precisamos de respostas — Z interrompe o devaneio juvenil da garota.

— Z, por favor. — Levanto-me de onde estava e paro à frente dos humanos. — Minha irmã, Giselle, desapareceu. Em um processo que não nos cabe explicar agora, mas estamos crendo que tenha algo a ver com este lugar ou com alguém que aqui reside. Você disse que seu irmão... também se encontra ausente?

— Sim... Alaric simplesmente evaporou. E estava procurando uma garota também. — Ele coça a cabeça. — Ontem à noite, era para ele ter me encontrado mais cedo no pub da Vila, mas ele chegou atrasado, e já em busca de alguém. Espera... — Parece estar se esforçando para se lembrar de algo. — Cheguei hoje aqui e soube pelos empregados que meu irmão nem ao menos apareceu na obra. O que ele nunca deixa de fazer — emenda.

O nome que ele mencionou fez com que eu tropeçasse um passo para trás. É isso. Alaric Cooper. Não há mais dúvidas. Se antes cheguei a suspeitar de que aquela poderia ser a parentela de Alaihr, seus descendentes, agora já não me restam dúvidas.

São eles. O que mostra, com uma nitidez assombrosa e aterradora, que a profecia estava prestes a se cumprir através de Giselle e do tal Alaric Cooper, e não da forma como cogitei centenas de anos atrás.

— Precisamos encontrar o seu irmão — digo, ofegante. Tenho medo de que meus piores temores estejam expostos aos olhos de todos nesse momento.

— Moça, eu preciso encontrar o meu irmão. Sem ele essa obra não anda, entendeu? E ele simplesmente desapareceu.

Olho para Z e creio que meu medo esteja refletido em meus olhos.

O CINTILAR DA GUERRA

Outra emoção irradia de seus magnéticos olhos azuis, mas não tenho tempo ou estrutura para analisá-la agora.

— Ele é o único capaz de trazer Giselle de volta, Z. Ou ela estará perdida em Iardhen para sempre.

O humano se levanta quando vê que nossa intenção é deixar sua morada imediatamente.

— Ei! Moça... vocês não explicaram nada. Entraram na minha casa, como quem não quer nada, contaram um conto da carochinha mirabolante e agora dizem que precisam do meu irmão para resgatar sua irmã. Que porra é essa?

Chegando próxima de Keith Cooper, fico perto o suficiente para que ele veja bem minha fisionomia única no momento exato em que pretendo voltar a resgatar minha essência total.

— *Duilich* — murmuro simplesmente.

As asas surgem, então, gloriosas. Minhas vestes acompanham a transformação, bem como a coroa que me torna a Rainha das fadas, evidenciando o peso inglório, pela primeira vez, em minha cabeça. Os olhos assombrados de Keith Cooper mostram que a humanidade nunca estaria preparada para a suntuosidade dos reinos feéricos surgindo diante de si, como num piscar de olhos.

— Não é um conto da carochinha. E pelo que posso deduzir, seu irmão teve uma dose singular disso. Nossos mundos foram unidos de uma maneira que não deveria ter acontecido, mas que é o prenúncio de uma guerra entre reinos que você desconhece. Ninguém é mais contra a união de espécies do que eu, e tenho minhas razões, mas nesse momento, tudo o que mais quero, senhor Cooper, é encontrar seu irmão, seja para deixá-lo satisfeito em voltar a ter alguém que coloque sua obra em andamento, seja porque ama seu parente de tal forma que está se corroendo de preocupação... mas o principal: ele é a chave para que a vida da minha irmã esteja a salvo e para que todos os reinos não sejam subjugados por uma força muito maior.

Com meu discurso inflamado, simplesmente afasto-me dali.

Zaragohr e Styrgeon seguem em meu rastro, agora com um pequeno voo acima do solo de pedregulhos.

O humano corre para fora da construção, junto com a garota que ainda parecia extasiada em nos conhecer.

— Eu quero ajudá-los. O que posso fazer? — pergunta, aflito.

Viro o rosto e apenas digo em um tom que não admite argumento:

— Mantenha-se vigilante e não se aproxime da floresta de Glynmoor mais do que o necessário. O sangue dos Cooper é valioso nessas terras. Entenda que seres mitológicos existem e estão ao redor. E saiba que faremos de tudo para trazer seu irmão são e salvo.

Eu só esperava que Giselle também tivesse a mesma sorte.

# CAPÍTULO XVIII

## THANDAL

*Reino de Nargohr*

— Você vai falar, humano, ou perderá cada gota que julga preciosa desse sangue que corre em suas veias, entendeu? — grito, sem conseguir conter a irritação e euforia por ter um ser ínfimo ao meu dispor.

O idiota é tão insignificante que pode ser esmagado com apenas um estalar dos meus dedos, mas que graça isso tem? Absolutamente nenhuma. Meu nível de rancor pelo desaparecimento de Giselle está em um grau elevado, logo, preciso desafogar a frustração em algum lugar. Resolvi que o humano que expele o cheiro de minha fada seria mais do que o suficiente.

— Por que você está exalando a essência de Giselle de Glynmoor pelos poros torpes do seu corpo débil? — questiono, mostrando as presas.

Torço as cordas élficas que mantêm o idiota preso ao teto cavernoso do calabouço.

— Aaargh! Não sei quem é você, imbecil, mas não tenho que te dar satisfações... — responde, de maneira rude.

Preciso admitir que o humano tem coragem. Responder com tal desrespeito à minha pessoa, sem medo algum? Bem, que ele sente medo, isso é mais do que óbvio. O cheiro de seu terror está impregnando o ambiente de tal forma que chega a me dar náuseas.

Cravo os dedos em garras nas têmporas do homem agora maltratado pelas torturas que lhe infligi e resolvo apelar para algo mais radical. Se ele não quer me contar por livre e espontânea vontade, me contará a pulso. Arrancarei a informação, a memória, cada partícula que quiser deste verme repugnante e que agora havia acabado de cuspir sangue em minha direção.

Limpo a saliva nojenta e aperto com mais força os dedos em seus ossos. A dor que ele sente me traz um prazer imenso. Indescritível.

— Perguntei de forma até educada para os meus padrões... mas você, em sua ousadia, preferiu apelar para a ignorância tão característica de sua raça. Não vejo problema algum nisso, no entanto.

Quando fecho os olhos, sou capaz de ver através das lembranças do homem abatido sob meu domínio.

Minha Giselle.

Deitada acima de seu corpo, no chão pútrido de algum lugar da civilização, possivelmente na área onde estivemos em sua procura. Os lábios se aproximando cada vez mais, seu belo rosto refletido nas memórias do infeliz.

Não... não... não...

Nãããoooooooooo!!!

Traição! Um sentimento vil de traição vibra com intensidade em meu peito ao ver os lábios daquela que é minha sendo maculados por outro ser. Ninguém tem esse direito, que não eu! Giselle me pertence! Nenhum ser deveria ter coragem para sequer chegar perto daquilo que me pertence, muito menos da minha rainha. O humano fora longe demais.

A memória vívida mostra que ele ficou tão assombrado quanto Giselle, que se afastou para o canto do aposento em que estavam. E como num passe fodido de mágica, meu objeto de adoração se desfez em centelhas brilhantes, desaparecendo no ar, transformando-se em partículas minúsculas dos pós mágicos que as fadas exalam na floresta.

— O que fez? O que fez, humano?! — grito e comprimo mais ainda o cérebro do infeliz. Vejo o sangue começar a injetar o branco de seus olhos, uma gota ameaçando cair pela curvatura de sua orelha.

— Solte o homem ou vai matá-lo, Thandal — Ygrainne ralha e tenta afastar minhas mãos. Ainda mantenho o controle por um tempo até que ela consegue me empurrar para longe do humano praticamente morto.

— Idiota! Por que me impediu? — esbravejo, precisando estraçalhar qualquer coisa ao meu alcance.

— Porque se você quer respostas, um defunto não poderá fornecê-las. Pense com clareza, Thandal.

Afasto-me do local onde o ser desprezível agora jaz inconsciente. Ele havia beijado minha fada. Minha Giselle. Seus lábios nojentos tocaram em algo que eu ainda não havia me aproximado.

— O que viu em suas memórias que o deixou tão aflito? — Ygrainne pergunta.

— Nada que te interesse! — grito. Movimento as mãos e uma rajada de vento intensa vai em sua direção. Ygrainne voa pelos ares até colidir com a parede do canto oposto. — Suma daqui!

O choque contra a rocha envia milhares de pedregulhos e estilhaços das estruturas próximas.

— Não posso, Thandal. Você matará esse humano, e se arrependerá depois... e então, colocará nosso reino em perigo por um capricho... — responde, assim que consegue se levantar.

Ygrainne mal fica de pé e eu a agarro pelo pescoço, cravando as unhas afiadas em sua pele e erguendo seu corpo acima do meu, pregando-a na parede.

— Não me irrite, irmãzinha. O que julga ser um capricho pode ser muito bem o destino glorioso de um reinado definitivo e imerso em tempestades sombrias, algo nunca visto por nenhum ser nos reinos élficos... — digo, arreganhando os dentes. Minha vontade é rasgar a garganta de Ygrainne e do humano como sobremesa.

— Você... está lo-louco, Thandal. Essa fa-fada nunca será sua... — A descompensada tem a ousadia de dizer.

Aquilo foi mais do que o suficiente para desencadear minha ira. Solto seu pescoço e vejo seu corpo cair mole no chão; minha irmã leva as mãos à garganta, buscando por ar. Movendo meu pescoço de um lado ao outro, lentamente, respiro e fecho os olhos, ouvindo-a suplicar:

— Thandal...

Tarde demais, um redemoinho denso e escuro se forma do chão, circundando o corpo de Ygrainne. Não há mais um grama de controle sobre minhas ações. Não vejo o sangue que compartilhamos através de nossos pais, não vejo as lembranças de nosso tempo juntos.

— Thandal! — O medo parece chegar aos seus olhos vermelhos e assombrados agora. — O que... o q-que está fazendo?

— Vou mostrar a você quem manda nesta merda, Ygrainne... Você ficará aqui na companhia deste inseto. — Viro a cabeça e contemplo a figura infame pendendo de seus grilhões. — Só sairá quando eu permitir. Você sabe que não adianta tentar se libertar, pois a bruma não te permitirá e ainda a sufocará até a morte. Não teste sua imortalidade, irmã, não comigo — saliento, cuspindo ódio por todos os lados.

— Thandal... não faça isso...

— Você quer minha misericórdia? — questiono, e ela sacode a cabeça de maneira frenética. — Dê um jeito de merecê-la. Arranque a informação do humano. Quero que descubra tudo o que puder. Da forma que você faz melhor.

Seduza. O reduza a nada. Corrompa o corpo dele. Deixe-o no pó. Somente assim você terá o meu perdão.

Ao dizer aquilo, saio do calabouço sem nem ao menos esperar por sua resposta. Ela faria aquilo ou morreria. Ygrainne dá valor demais à sua vida para perdê-la.

Xingo todas as gerações dos Elfos Sombrios, que nos incapacitaram de simplesmente chegar e tomar posse daquilo que quiséssemos quando bem entendêssemos. Se assim fosse permitido, Giselle já teria sido minha há muito tempo. Mas dei-lhe tempo e agora o que havia acontecido? Ela tinha sido contaminada pelos lábios daquele graveto em forma humana. Porque é isso o que os humanos são: gravetos frágeis, inúteis. Não é preciso muita força para quebrá-los ao meio. São dejetos humanos, tão débeis que poderíamos nos livrar deles com muita facilidade, mas esse, em particular, além de fornecer as informações que preciso, tem ainda algum valor.

Quando adentro a sala do trono, dou de cara com meu pai, mais embriagado pelo néctar-flúor de Xanthyr do que já o tinha visto.

— Pai — cumprimento, sentindo completo desprezo pelo ser fraco em que havia se tornado.

A época em que ele era temido em todos os reinos ficou no esquecimento. Todas as interações de Nargohr com outros reinos foram feitas através dos meus feitos, e somente assim conseguimos manter certo respeito.

— Thandal... por onde esteve? — pergunta, tentando manter-se em equilíbrio no grande trono forjado de espectros de *Argon*. Eles reluzem uma cor única: um tom escuro nunca visto em qualquer esfera. É como olhar para um espaço vazio. Um buraco negro.

— Resolvendo questões importantes que já deviam ter sido resolvidas há muito tempo — informo, sucinto.

— Tais quais?

— Tais quais a descendência do Reinado de Nargohr — respondo com irritação, esperando que sua mente entorpecida compreenda o significado de minhas palavras.

— Como assim? — pergunta, sem entender nada. Isso já era esperado.

Aproximo-me de meu pai e o encaro, curvando a cabeça, em uma pose de pura condolência pelo destino que estou prestes a lhe impor.

— Estou escolhendo minha rainha, para assentar-se ao meu lado. Exatamente onde o senhor está neste momento — digo e observo seus olhos se arregalarem.

— Estás louco? Não abdiquei do trono ou o farei tão cedo, Thandal. O que o leva a pensar em tal absurdo? — Seu estado de embriaguez ainda lhe permite algum pensamento coerente em sua mente.

Passo a mão pelo trono, logo depois arrasto um dedo com meu anel em garra pela mão do meu pai que se encontra pousada em seu cetro. Não é um gesto de carinho de um filho amado, já que chego a arrancar-lhe umas gotas de sangue. O rei de Nargohr retira a mão do meu alcance e me encara com total espanto.

Os lacaios de meu pai tentam se aproximar, mas com apenas uma rajada do meu poder, os pulverizo sem piedade.

— Thandal? — Seu rosto agora tem um estranho tom de vermelho.

Com apenas um assovio, invoco a presença dos meus Ysbryds, que entram na sala do trono, um a um, formando um círculo ao redor de onde estamos parados e nos digladiando com o olhar.

— É chegada a hora de mostrar aos elfos sob seu comando, que, na verdade, quem esteve governando este povo por todo este tempo fui eu, pai, já que você nunca foi um rei digno de sentar-se nesse trono.

Minhas palavras causam o efeito desejado no homem que simplesmente me deu a vida, mas que nunca representou nada na formação do meu caráter. Não, isso não é totalmente verdade. Irdraus teve influência com sua brutalidade enquanto eu crescia. Ele só não imaginava que eu me alimentava de cada uma de suas surras, e que isso me fortalecia ainda mais.

— Você vai se arrepender disso, Thandal. — Ele tenta se levantar, mas o impeço, pousando a mão espalmada em seu peito. Deixo que um poder antigo flua de meus dedos e o paralise por um instante.

— Você é o rei mais fraco que Nargohr já viu em milênios. Está na hora de colocá-lo em seu devido lugar de respeito — exalto e dou um sorriso de escárnio. — Eu poderia extinguir sua vida agora, mas prefiro saber que passará um bom tempo deleitando-se nas cavernas sombrias de Cossark, observando as estalactites, sonhando com todas as fêmeas que poderia ter, mas não será mais capaz de tocar a mão.

— Thandal... meu filho... o que é isso? — Sua voz é apenas audível para os meus ouvidos.

— Isso se chama reivindicação do trono, pai. Nargohr agora é meu! Não ficaremos mais nas sombras como fracos, como tens feito por milênios. Governarei todos os reinos feéricos de agora em diante. Farei minha comunhão com Giselle, a princesa das fadas, e não haverá limites para este reinado. Zertughen cairá e cada reino que ousar se voltar contra mim também terá o mesmo destino!

Posso sentir que estou exalando um poder que nunca havia experimentado. Não tenho mais domínio do meu próprio corpo. Algo me domina, amplificando o desejo por mais, muito mais.

Meus servos levam meu pai sob minhas ordens, e suas maldições podem ser ouvidas por todo o castelo. Um sorriso macabro e doentio se alastra pelo meu rosto. *Que inútil.*

Olho para o trono em que muitas vezes me sentei enquanto aproveitava as ausências constantes de meu pai. O trono cobiçado por tanto tempo e que agora é meu. O lugar que pertence àquele que agora se autoproclama o novo rei de Nargohr.

Nargohr não conta com uma corte ou com regras impostas por conselheiros e essas bobagens, como outros povos. Irdraus veio de uma linhagem milenar, e nunca houve qualquer elfo sombrio que tenha se atrevido a questionar sua liderança. Tomar o que me pertence antes de sua morte foi apenas um detalhe. Meus elfos sabem, há muito tempo, que quem manda aqui sou eu, e não este projeto de rei.

Tendo resolvido esta pendência, o que preciso, a partir daqui, é encontrar a minha rainha. Nenhuma outra se sentará ao meu lado. Somente ela. Giselle de Glynmoor. Que passará a ser chamada de… Giselle de Nargohr.

— Informem ao mundo mágico a respeito da morte repentina do rei Irdraus e digam que o novo rei de direito assumiu o trono. Seu filho: Thandal.

Minhas palavras ecoam pelo salão. Os guardas batem continência, inclinando o corpo em uma reverência bem-vinda, e saem para espalhar as boas-novas.

É chegada a hora de Nargohr ascender, junto com seu novo rei.

## ALARIC

Depois de muito ofegar, consigo erguer a cabeça, percebendo que ainda estou amarrado a cordas estranhas que mantêm meus pulsos e tornozelos atados como um bezerro pronto a ser assado. Sinto uma dor perfurando meu cérebro e a lembrança do cretino louco de asas estranhas e caninos aterradores me sobrevém como uma puta enxurrada de imagens fúnebres.

Estou em uma merda de pesadelo insano. Como se, de repente, eu fizesse parte do elenco de um filme *trash* de fantasia onde meu personagem não passa do ser mais insignificante da história. E, pelo andar da carruagem, esse sou eu mesmo.

Um gemido atrai minha atenção, fazendo com que a muito custo eu consiga olhar para o local de onde o ruído viera. A moça que acompanhava o gótico maluco, a mesma que possui uma beleza radicalmente aterradora e assombrosa, está estatelada no chão de pedregulhos. Parece ter sofrido um pequeno embate, ou então decidiu tirar um cochilo em um péssimo lugar, a julgar pelos resmungos que agora profere.

— Meeerda...

Quero concordar com ela, em uníssono, mas não estou a fim de fazer amizade e estabelecer um papo no momento. Meu desejo, neste instante, é encontrar uma alternativa para sair daqui. Preciso descobrir o que aquele ser assustador e com a aura mais maligna que já pus os olhos quer com Giselle. E, verdade seja dita, preciso saber onde Giselle está.

Na verdade, para qualquer pessoa de bom-senso, o que eu deveria fazer era correr para as montanhas mais longínquas. Fugir para a Irlanda, cruzar as fronteiras oceânicas e me refugiar em algum continente distante de toda esta loucura. Isso seria o mais sensato. Quem, em sã consciência, entra de cabeça em uma história sem fundamento, inexplicável e com personagens mais assustadores que o bicho-papão?

Mas é isso o que meu coração quer, o que ele anseia? Não. Ele quer que eu descubra, em uma agonia perturbadora, onde Giselle está. Neste exato instante... Com tal ansiedade brutal que faz com que meus batimentos quase martelem a caixa torácica, causando uma dor surda nunca sentida. É como se, para mim, fosse mais do que vital saber onde a garota se encontra. Meu corpo anseia pelo dela, não de uma forma física e carnal, mas de uma maneira emocional e indelével. Em meu âmago, posso sentir que ela precisa de mim. Assim como tenho necessidade dela.

E essa percepção é muito louca. Porque é altamente surreal e que foge à razão. Já havia me apaixonado, uma vez apenas. Talvez não ao ponto de dedicar as palavras com A, mas havia sentido uma paixão avassaladora por Meredith Fisher, que chegou a me levar a pensar em casamento. Anos atrás...

Agora o sentimento é outro. É algo tangível, quase palpável e pulsante... Na verdade, de dimensões tão extensas que ultrapassam o entendimento do meu pensamento humano e racional. Onde, em sã consciência, eu me veria assim, dominado por um sentimento inominável por uma fada? Um ser tão mágico que chega a ser risível?

Eu diria a Keith: *olá, Keith, deixe-me te apresentar a garota pela qual pareço estar rendido de um sentimento inextinguível... Ah... ela é uma fada. Veja... tem asas e tudo mais!*

Até mesmo eu riria da minha cara. E em seguida ligaria para o sanatório mais próximo, solicitando uma viagem só de ida.

Testo as amarras e percebo que, quanto mais tento rompê-las, mais elas se agarram aos meus membros, puxando-os em um alongamento que quase me faz sentir no filme *Coração Valente*, onde Mel Gibson interpretou William Wallace.

— Não tente puxar, humano... ou você será esquartejado — a moça diz, em uma voz rouca.

Olho para o lado e noto que ela agora me observa da mesma forma que estudaria um inseto pelas lentes de um microscópio.

— O que vocês querem comigo? — pergunto, afinal.

— Com você? Nada. Queremos saber da fada que esteve em sua companhia — ela informa e tenta se levantar. Sangue escorre de feridas profundas em seu pescoço.

— O que querem com essa fada? — sondo.

— Você a conhece? — ela retruca.

Sei, em meu íntimo, que não devo dizer nada. Algo em um nível subconsciente sabe que é preciso proteger Giselle daquelas... pessoas... Se é que posso chamá-los assim.

— Não — minto, descaradamente.

— Mentes muito mal, humano. Sinto o cheiro de sua mentira daqui de onde estou — murmura e dá um riso de escárnio.

— Se sabe que estou mentindo, por que pergunta então? — replico, sem paciência.

Meu olhar não se desvia do rosto da mulher, em busca de qualquer sinal de simpatia.

— Porque quero ver até onde é capaz de ir para proteger a fadinha... — debocha.

Sem entender o motivo, não gostei da forma como se referiu a Giselle.

— O que vocês querem com ela? — A figura estranha me encara por um segundo antes de começar a rir sem qualquer controle. Ela parece mais louca do que pensei.

— Perdão — ela ofega —, *eu* não quero nada com a fada, infelizmente meu irmão não compartilha o mesmo sentimento. — Sua amargura ante tal fato é nítida.

— Seu irmão? O maluco que esteve me torturando?

— Não ouse falar assim do seu futuro Rei, humano. — Seu olhar é ameaçador e, mesmo aparentando estar debilitada, feroz.

— Rei? Porra, não faço a menor ideia do que você e seu irmão maluco estão fazendo ou querendo. Apenas quero sair desse inferno. — *E procurar Giselle*, penso.

Meus olhos catalogam todo o lugar, tentando pensar em alguma alternativa de fuga. Infundada, obviamente. Nenhum conhecimento humano seria capaz de vencer o que parece estar sendo tecido em magia. Sacudo a cabeça tentando afastar os pensamentos tortuosos. Uma gota de sangue escorre e obstrui parcialmente minha visão já nublada.

— Diga o que aconteceu com a fadinha, e podemos chegar a um acordo.

Olho para ela por alguns segundos, percebendo que a mulher parece ser mais maluca do que o irmão; seu olhar é ardiloso, e é fácil reconhecer essa característica, já que é o mesmo que vi em muitas mulheres durante a minha vida.

Ela é uma jogadora, mas eu não me chamo Alaric Cooper se também não posso ser capaz de executar jogadas melhores ainda.

— Não faço a mínima ideia.

— Você está mentindo! — grita e cospe sangue. A mulher se levanta, faz uma espécie de movimento sinuoso com as mãos de maneira surpreendente, e a maioria de seus ferimentos começa a desaparecer. — Não entende que pode ter sua vida poupada se cooperar?

Caminhando em minha direção, com bastante dificuldade por conta da névoa escura que se mantém ao redor de seu corpo, ela para à minha frente, me encarando por longos segundos, esgueirando a mão por entre bruma pegajosa até segurar meu rosto. As unhas longas perfuram por baixo da minha barba rala de dias sem fazer, e posso assegurar que este não é um gesto nem um pouco carinhoso. Embora ela queira demonstrar uma gama de sedução no olhar, tenho certeza de que seu intuito é elaborar um ardil para obter as informações que parece necessitar com tanto fervor.

— Diga o que quero saber, humano... e farei seus momentos aqui serem tão agradáveis que pedirá para se manter sob meus domínios pela eternidade... — ronrona. A gótica louca lambe os lábios e os aproxima dos meus, o que só faz com que eu sinta vontade de vomitar. Ela exala um odor pútrido de pura maldade.

— Terá que fazer isso com um cadáver, moça. Só assim vai conseguir alguma participação minha no processo — rosno de volta. Além de estar com nojo de seu toque, ainda sinto a irritação na minha pele e olfato por conta da bruma densa que agora me circunda.

Ela arreganha os dentes, revoltada com a minha resposta, e num ato de completo furor, morde minha boca, sem piedade alguma. Isto nunca poderia ser considerado como um beijo. É um tormento. Um castigo por tê-la desafiado tão abertamente. Cerro os lábios firmemente na tentativa de impedi-la de enfiar a língua pela minha boca, assaltando as memórias do beijo puro que eu havia trocado tão recentemente com Giselle. Tento bloquear a lembrança da fada atrevida, com medo de que a bruxa à frente detecte qualquer coisa através de magia, ou seja lá que merda fora aquela que a outra criatura pareceu fazer para mergulhar em minhas lembranças.

Estou inserido em um mundo estranho, alheio ao meu total entendimento, mas sei que tudo pode acontecer. Somos tachados de seres racionais por razões óbvias. Tentamos racionalizar tudo, colocando lógica e explicações naquilo que não pode ser passível de compreensão. E ali está um fato que deveria estar sendo visto com a mente racional de um humano de mente sã. Seres de outro mundo não existem. Magia e elementos míticos não coexistem na mesma esfera que a nossa.

Porém tudo caiu por terra assim que a fada se apresentou em seu lado mais límpido para mim, ficando mais claro ainda no instante em que nossos lábios se tocaram. Não há razão lógica, racional, plausível, o que queira... para explicar o exato momento em que meu corpo praticamente entrou em combustão como se milhares de fagulhas cintilantes estivessem deslizando pelas minhas veias.

Nada poderia se equiparar àquilo que senti.

E nada poderia se igualar ao total repúdio e nojo que sinto pela mulher que agora tenta arrancar de mim a dignidade que ainda me resta. Consigo afastar o rosto para longe de seu agarre, fazendo com que seus dentes afiados rasgassem a pele dos meus lábios. Na altura do campeonato, pouco me importo com um ferimento a mais. Só não a deixaria "brincar" com a mercadoria sem lutar.

— Você tem guelras, humano. Mais do que imaginei. Será maravilhoso passar um tempo contigo aqui, tentando arrancar os segredos que tão bem esconde... — ela diz, arrastando as unhas pelo meu tórax agora tomado de hematomas da surra que o gótico louco me deu.

Fecho os olhos e rezo, pedindo forças para resistir não à tentação que a criatura imaginava que me imporia, mas à tormenta que sei que sobrevirá. Também oro para que, de alguma forma, uma ajuda providencial venha, para que dessa forma eu possa descobrir o que, afinal, havia acontecido com a fada que agora tenho tanta certeza no meu coração que é... *minha*.

*Minha fada*. De mais ninguém.

# CAPÍTULO XIX

### ZARAGOHR

*Reino humano – Fronteira*

Saímos da residência do humano, que ainda parecia não crer em todas as nossas palavras. Apesar de Alana ter voltado à sua forma majestosa – o que fez meu coração bater um pouco mais forte –, o humano ainda estava em dúvida.

E é por isso que nossa existência se mantém em segredo por séculos. As pessoas ainda não estão preparadas para conviver pacificamente com seres como nós, muito menos com os poderes dos quais fomos dotados. Houve um tempo, muito distante, em que seres míticos conseguiam conviver de forma pacífica entre os humanos.

Porém, a ganância entre os mundos começou a crescer, inúmeras guerras foram travadas, e para preservar nossos reinos e a magia, tudo se manteve apenas nas histórias contadas pelos humanos.

Mas não é isso que atormenta meus pensamentos nesse momento. Styrgeon anda à nossa frente, seguido de Alana, enquanto me posto às suas costas. O que aconteceu naquela casa não passou despercebido por mim, e sou capaz de sentir a tensão exalando da Rainha das fadas. A mesma tensão que exala do meu corpo, neste instante.

Não sou tolo para não ter percebido a coincidência e leve semelhança dos Cooper com aquele que roubou o coração da minha amada há mais de um milênio.

— Podemos ter um minuto? — Segurando seu braço com delicadeza, consigo fazê-la interromper o voo baixo e constante.

— Não é hora de jogarmos conversa fora, Z. Precisamos voltar e decidir o que fazer — Alana responde com altivez e calma, mas sua expressão não condiz com o último sentimento, já que ela está claramente preocupada.

— Irmão? — digo, e Styrgeon estaca em seus passos na mesma hora.

Alguns pássaros noturnos revoam à nossa volta, atraindo minha atenção. A alvorada se aproxima, e o momento não poderia ser mais perfeito para o que tenho em mente.

— Sim, Zaragohr?

— Vá até Zoltren e Starshine, e em seguida, voltem para o palácio e reúna nosso exército.

É necessário que todos se preparem o quanto antes. Posso sentir os ventos de uma tormenta se aproximando, e não estou falando sobre o tempo em si.

— Não vou voltar a Zertughen sem você, irmão — Styrgeon responde, sem sequer piscar, mesmo sabendo que deveria obedecer às minhas ordens.

— Não é um pedido, Styr. — Sinto a irritação se avolumar em meu peito.

Dificilmente meus irmãos contestam uma ordem minha, mas pela expressão de Styrgeon, ele parecia estar disposto a entrar em uma briga para manter sua decisão.

— Pouco me interessa se está na posição de comando, neste exato instante. Se o que precisa fazer requer tempo para executar, o esperaremos mais adiante para que possamos seguir juntos.

Aceno com a cabeça, entendendo seu ponto de vista. É arriscado separar o grupo, ainda mais com o pouco que sabemos sobre os desaparecimentos da irmã de Alana e do humano que a cintilou. Antes, porém, preciso clarear minha mente para me preparar para o que virá.

— O que vai fazer? — Alana recua. O olhar assustado mostra que ela havia percebido que minhas resoluções poderiam não a incluir no momento mais sombrio.

— Acabar de uma vez por todas com essa confusão.

— Z, você está planejando uma guerra? — Segurando meu braço, para atrair minha atenção, Alana sequer percebe a onda de eletricidade que se irradia ante o mero toque. Ou, se percebeu, resolveu não prolongar o contato, retirando a mão de imediato.

— Styrgeon? — Ignoro Alana e seu tom interrogativo. — Atacaremos Nargohr aos primeiros raios do sol. Nos encontraremos logo após a ponte de Cálix.

Meu irmão apenas inclina a cabeça em um sinal de reverência e sai de perto, para alertar Zoltren e Star. Se há algo que sei que meus irmãos jamais se recusariam a entrar, é em uma guerra iminente. Somos um povo pacífico, mas o sangue de guerreiros lendários flui em nossas veias como rios revoltos.

— Z, isso é imprudente. Posso falar com o Rei Irdraus e tentar negociar o humano — Alana diz, entre desesperada e resignada.

— Então você também acha que ele está com Thandal?

Olho para a rainha belíssima que tenho tão próximo a mim. Não há sequer uma partícula daquela fada que não seja perfeita, e embora não devesse estar atrelado a estes pensamentos, é difícil resistir à necessidade de observar cada uma de suas curvas.

— Não tenho dúvidas sobre isso.

Ela apenas confirma o que todos já sabíamos.

— Nesse caso, sabe o que ele fará assim que souber quem ele é?

Alana vacila antes de responder:

— Sim. — Ela abaixa o rosto, desviando o olhar tão revelador do meu que a perscrutava. Não é comum ver a Rainha das fadas baixar o olhar, mas conheço a sua dor, pois estive presente quando ela se originou.

— Vamos recuperar Alaric. — O nome dele sai com um gosto amargo dos meus lábios. — E vamos recuperar Giselle.

A menção da irmã a faz suspirar.

— Só espero que não seja tarde demais, Z. — Sua voz está embargada pela emoção e o temor pela vida de Giselle.

— Não será, o universo não poderia me castigar dessa forma, Alana. — Eu me aproximo perto o suficiente para tocar seu rosto, vendo que ela havia cerrado suas pálpebras, impedindo que pudesse vislumbrar os sentimentos refletidos em seus olhos. — Não posso falhar mais uma vez com você.

— Z...

Decidido a acabar de vez com o sentimento que me atormenta, digo:

— Quero que venha a um lugar comigo.

— Que lugar? — pergunta, ao abrir os olhos.

— É onde costumo ir quando preciso ficar sozinho.

— Se é um local particular, não quero interromper sua intimidade.

— Não irá, até porque algo me diz que não vou mais querer ficar sozinho. — Seus olhos me encaram com curiosidade, mas não dou tempo de ela questionar, segurando sua mão e começando a caminhar para o lugar contrário de onde deveríamos ir. Longe o suficiente dos ouvidos astutos de meus irmãos.

O CINTILAR DA GUERRA

Eu não deveria usar magia ainda no reino dos humanos, mas me valho do poder que percorre minhas veias, assim como de milhares de gerações de Elfos de Luz através de milênios.

Segurando as mãos de Alana entre uma das minhas, e erguendo o cetro entre nós, fecho os olhos e sussurro contra o vento:

— *Hyu'n Artik'var...*

Em segundos incontáveis, nossos corpos transcendem da clareira onde estávamos, para o local onde sempre sonhei em levá-la, em minhas mais secretas fantasias.

Chegamos a um bosque denso e rodeado de árvores mágicas, nas terras de Solros, que brilham à medida que o vento sopra. Eu não sei se Alana tem conhecimento daquele lugar, mas espero que ele se torne tão precioso para ela quanto para mim.

— Recolha suas asas e sua coroa, rainha — peço, com humildade, enquanto caminhamos.

Ela bufa em resposta, mas atende ao meu pedido.

Um sorriso se espalha pelo meu rosto com seu gesto impertinente, no entanto, faço o mesmo em seguida. Meu cetro desaparece com apenas uma palavra, e por alguns momentos, desejo que sejamos só Alana e Zaragohr. Não a Rainha das fadas. Não o príncipe herdeiro dos Elfos de Luz.

Apenas nós dois. Como amigos. Como... amantes.

Alana não faz nenhuma pergunta durante o percurso. Mesmo que tenha plena consciência de que não utilizei o trajeto que ligava o reino humano com Glynmoor. Para as fadas, a ponte de Cálix é o bem mais precioso e de orgulho extremo, já que é a única alternativa de cruzarmos a fronteira, trespassando para a floresta encantada. Ainda assim, mesmo ciente de que agora estamos nos domínios das terras feéricas que protegemos com nossas vidas, ela não questiona meus atos.

Confesso que meu peito chega a estufar de orgulho. Se ela não está disposta a questionar nada, significa que confia em mim. Se não está argumentando, é porque também anseia pelo que poderá acontecer.

Levamos cerca de alguns minutos para chegar ao nosso destino. Nem mesmo a floresta densa foi capaz de nos atrasar. O campo de girassóis, a essa hora da madrugada, mais se assemelha a um pasto de tom verdejante escuro. Para quem olha de longe, não passa de um descampado.

No entanto, Solros é muito mais do que isso. E por ser um local pouco conhecido entre os elfos e fadas, tornou-se o meu lugar favorito entre os reinos.

Bastava que fosse o meu desejo estar ali, e meu corpo transcendia para chegar ao local que sempre me trouxe a paz tão necessária.

É bem aqui, neste exato lugar, que somos capazes de ver todos os reinos féericos, como se fossem um só. Ar, água, terra, fogo. Todos os elementos da natureza em harmonia. Compondo a magnificência que o universo havia criado. Também é ali o território que sempre me deixava próximo a Alana, naqueles séculos e séculos de silêncio e mágoas. Mesmo que ela não soubesse, estar neste reduto me fazia senti-la de alguma maneira.

Agora, não passa de um vasto horizonte e sob o manto da noite... mas dentro de algumas horas...

— Chegamos. — Com relutância, desentrelaço nossas mãos. Alana olha em volta e sorri com suavidade.

— Que lugar é este? Um campo? — questiona.

— Basicamente. Venha, por aqui. — Ela me segue por um pequeno declive, onde a grama se torna cada vez mais suave, como um tapete de veludo. Eu me sento e espero que me acompanhe, fazendo o mesmo.

— É lindo aqui. — Alana olha para o céu, contemplando as estrelas que parecem estar dançando acima de nós. — Calmo.

— Sim, mas não é só por isso que gosto tanto de vir a este lugar — revelo, admirando seu perfil, embevecido.

— Não?

Meu coração retumba no peito, tamanha a emoção e o temor. Há algo, sim, muito lindo, que quero lhe mostrar. Algo tão belo que poucos olhos já viram. Mas é mais do que isso.

— Você verá em breve. — Sorrio de forma enigmática. — Mas antes, quero conversar com você.

— Z, não precisamos fazer isso — diz ela, sabendo exatamente o que pretendo falar.

Percebo naquele instante o quanto Alana parece estar desconfortável. Sou capaz de farejar a fagulha de seu medo mais intrínseco. Mas... medo do quê? Não posso atinar que ela sinta tanto medo assim de mim. Ou dos meus sentimentos.

— Sim, Alana, enterramos esse assunto por séculos. Eu convivo com a culpa, e com sua ausência, durante muito tempo já. Um tempo interminável. — Giro meu corpo para ficar frente a frente e seguro as mãos delicadas entre as minhas. — Não suportarei nem mais um dia sem você, que dirá uma década. — *Ou séculos*, penso em desespero.

O CINTILAR DA GUERRA

A Rainha das fadas nunca transpareceu seu lado frágil a ninguém. Nunca o demonstrou. Somente naquele dia longínquo. E agora. Ao virar o rosto para o lado, percebo que ela evita olhar diretamente em meus olhos, o que faz com que meu coração agonize em angústia, saltando uma batida.

— Eu morri por dentro naquele dia, Z — sussurra, com a voz melancólica. — Alaihr era... — Ela sufoca um soluço.

— Não, Alana, ele não era. — Seus olhos se alargam com surpresa ante a ferocidade das minhas palavras. Ela tenta soltar suas mãos das minhas, mas a impeço. — Me deixe te provar que estou certo.

— Como? Me diga como, Z, como fará com que eu deixe de amar Alaihr? Como fará meu coração se esquecer daquele que foi meu único amor?

Posso notar de imediato que a ira começa a assumir o lugar da fragilidade que a dominava. Tento controlar a todo custo meus próprios sentimentos. O rancor, os ciúmes... a ardência de anos tendo que conviver com o que eu conhecia como uma verdade absoluta, mas não permitindo que ela fosse privada do livre-arbítrio de escolher a quem quisesse.

Porém, já é hora.

— Provando a você que o seu verdadeiro amor é outro. Provando a você que seu coração nunca parou de bater, que tudo apenas estava adormecido por causa de mágoas. Apenas me deixe provar, Alana.

— Z... o que... — Antes que ela possa completar a sentença, levo minha mão ao seu rosto, tocando suas marcas reais com a ponta dos dedos.

Elas se acendem, gloriosas, conforme meu polegar desenha seus traços, como um rastro dourado, azul, em seguida vermelho.

— Consegue sentir isso? — pergunto, e mesmo que ela pareça assustada, concorda com um aceno de cabeça. — Preciso da sua permissão agora.

— Permissão para o quê? — indaga em uma voz inaudível.

Aproximo meu rosto ao dela, nunca deixando que nosso olhar se desvie.

— Para beijá-la. Para provar que tudo o que eu disse é verdade. A mais absoluta e pura verdade. Para te mostrar que você amou Alaihr com tudo o que pensava ter, mas que pode me amar com tudo que acredita não possuir mais.

Alana pisca, descrente, e, com um pequeno gesto, quase imperceptível, assente. Meu coração dispara, errático, sabendo que dali em diante não bateria mais sozinho. Essa é uma certeza que sempre levei em meu coração. Sempre cultivei, desde o instante em que meus olhos se conectaram aos dela.

E, assim, depois de séculos de espera, cumpro o que estava destinado a ser desde o início. Eu a beijo, com tanta intensidade, tão apaixonadamente, que nada mais permanece imóvel ao nosso redor.

As estrelas que antes permaneciam com suas luzes brilhantes, começam a piscar de forma intermitente até que, uma a uma, se apagam, deixando o véu da noite começar a clarear o céu dos reinos de Cálix ante a alvorada iminente. E quando Alana suspira em meus lábios, retribuindo o beijo com igual intensidade, nossos corpos se elevam do chão em alguns metros.

O primeiro toque de nossos lábios gera uma explosão cósmica que aquece todos os elementos do universo. E, nem em meus mais selvagens sonhos, pude imaginar que seria algo assim. Tão intenso. Com uma magnitude indescritível, partindo do toque de uma leve pluma ao fervor de uma fogueira. E é dessa forma que nossas línguas dançam em um baile, agitando-se, reconhecendo-se mutuamente.

Envolvo seu corpo esguio com meu braço livre, sem retirar a mão do seu rosto, e sem interromper nosso beijo avassalador. Como poderia?

Estamos a poucos metros do chão, flutuando, quando começo a sentir meu peito pesar, uma compressão que aquece minha alma e conforta meus anseios.

— Z! — Alana interrompe nosso beijo, de forma brusca, e somos lançados de volta ao solo gramado com uma força brutal. Com rapidez, ainda consegui cair em uma posição em que Alana aterrissasse em cima do meu corpo, evitando o choque de sua estrutura delicada com o chão.

Perco o fôlego de imediato e começo a ofegar, como se o ar em meus pulmões estivesse escasso, como se mãos invisíveis o estivessem roubando.

— Não estou me sentindo bem, Z — ela sussurra, com medo. Sinto uma vontade imensa de confortá-la naquele instante. — O que está acontecendo?

Olhando para o céu, vejo as estrelas restantes perdendo o brilho, deixando de iluminar o céu como uma cortina cintilante, rendendo-se à manhã que se aproxima a galope. E, no momento que sinto meu coração bater com mais lentidão, um sorriso radiante surge em meus lábios.

— Deixe acontecer, minha rainha. — Com esforço, coloco a mão no rosto delicado. O rosto que tanto amo. — Deixe acontecer e me beije mais uma vez.

Alana faz o que pedi, e no segundo em que seus lábios tocam os meus... Os batimentos do meu coração cessam.

O CINTILAR DA GUERRA

# ALANA

TUM...
TUM...
TUM, TUM...

Ouço um barulho surdo ao longe, e meu corpo parece pesar mais do que o normal. Tento me mover, mas braços fortes me seguram no lugar. Ao abrir os olhos, vejo Z diante de mim, porém ele parece estar dormindo.

Por quanto tempo havíamos dormido?

TUM, TUM, TUM.

O barulho novamente se faz ouvir e me assusto ao perceber que é som de seu coração, retumbando com batidas singulares. Levo minha mão até seu peito, no local onde seu coração repousa e sinto a agitação. Ofego ao perceber que a mesma vibração também vibra dentro de mim.

No mesmo ritmo. Com a mesma intensidade. Nossos corações estão batendo juntos. Em uníssono.

— Z? — Tento acordá-lo, sem sucesso.

Nenhuma resposta. Como ainda estou deitada acima de seu corpo, me ergo um pouco para vê-lo melhor, sentindo uma fagulha de medo preencher meu peito. Mesmo assim, o ritmo do meu coração não se altera em nada.

Sacudo seus ombros com um pouco mais de força, sentindo um frio se instalar em meu âmago.

— Z! Por favor, acorde!

Depois de alguns segundos, seus olhos se abrem devagar e nublados pela confusão.

— O quê? — Ele pisca algumas vezes e olha para os lados; seus braços protetores ainda me envolvem, limitando meus movimentos. — Dormimos?

— Acho que... desmaiamos — respondo, sem tanta convicção. Ainda estou sem entender ao certo o que aconteceu e meus olhos não conseguem se afastar da boca sedutora de Z, enquanto ele me encara.

— Eu senti... o meu coração... — Ele me liberta do calor de seus braços e coloca a mão sobre o próprio peito, como se precisasse desse gesto para se assegurar de que ainda podia sentir seus batimentos.

Aproveito o momento e saio de cima dele, mas esse movimento me causa uma leve tontura, e antes que eu caia no chão, Z me ampara.

O movimento foi súbito e feito com agilidade, e mesmo para um elfo de seu gabarito, com suas habilidades, foi rápido até demais.

— Mas o que está acontecendo? — pergunto, confusa.

— Algo me puxou para você — constata. Em seguida, olha para o campo e um sorriso surge em seus lábios. Eu apenas o observo admirando algo ao longe por um segundo, sem conseguir afastar o meu olhar de seu semblante. — Veja, é isso que eu queria lhe mostrar.

Ele aponta para o horizonte e preciso me segurar a ele para não cair diante de tamanha beleza.

Girassóis. Milhares e milhares de girassóis erguendo-se majestosamente conforme o sol desponta ao nascer no céu agora cada vez mais claro.

— É lindo! — exclamo, com total honestidade. — É a coisa mais bela que já vi, Z. — Não consigo desviar o olhar da paisagem adiante.

É... mágica...

— Sempre que vinha aqui, eu olhava para eles e pensava em você — revela, plantando um beijo na minha cabeça, mantendo-me rente ao seu corpo. — Sabe o que aconteceu conosco, minha rainha?

Sim. Agora sei.

Sinto um frio na barriga ante a certeza de que se instala dentro de mim.

Por mais que esteja confusa, que tenha acordado sem saber o que havia acontecido... por mais que me sinta de alguma forma diferente. Percebendo as reações distintas e funcionando em uníssono às de Z agora, e que aquilo me confunda... Sim, eu sei.

— Eu sou sua — admito, sem vergonha alguma.

Sinto os braços ao meu redor se apertarem com maior firmeza e o ritmo de seu coração retumbante acelera, conforme o meu reproduz o mesmo som. Batidas iguais. Em uma sincronia incomum.

— E eu sou seu. Como sempre fui — revela. — Você está de acordo com isso? — Seu tom demonstra preocupação.

— Por que não cintilamos? — pergunto, ainda confusa. — Como aconteceu com Giselle?

Ao menos era o que eu esperava, de acordo com a profecia.

— Isso acontece apenas quando seu par é de uma espécie diferente.

Suas palavras me ferem, mas não me surpreendem. Não cintilei com Alaihr então, porque ele não era meu amor verdadeiro, meu par para a eternidade. Fecho os olhos, tentando absorver a realidade daquilo que vivi e amargurei por tantos séculos.

— Você sempre soube, não é?

— Sim, eu sempre soube.

# O CINTILAR DA GUERRA

Sinto uma raiva súbita me varrer de cima a baixo. Uma raiva proveniente da mágoa e da percepção de que falhei por tanto tempo com aquele que deveria ser meu parceiro de vida. Que havia sido destinado a mim, desde o princípio.

O amigo que sempre esteve ao meu lado, que sempre esteve disponível para mim. Como pude ser tão cega?

— Por que esperou tanto tempo para me beijar então? Por que permitiu que me apaixonasse por outro, que tivesse raiva de você, Z? — Saio de seu abraço e o encaro.

Céus, o sentimento que agora atravessa meu corpo e aquece meu coração é tão intenso, como se estivesse olhando-o verdadeiramente pela primeira vez.

— Porque não posso mandar no seu coração, e nem em você, Alana. Se fosse para você se apaixonar dez vezes por outro alguém, antes de ser minha, eu esperaria.

Sua resposta resoluta acalma o furor que por pouco não entrou em ebulição.

— Z... — Tocando em seu peito, sinto novamente a vibração. Minha mão espalma o lado esquerdo de seu tórax. O retumbar de seu coração vibra nas pontas dos meus dedos, aquecendo as minhas células. — Confesso que estou assustada com o que estou sentindo agora.

Ele me olha com tamanha candura que quase se torna difícil respirar.

— Eu não, pelo contrário, porque sempre senti isso por você. — Ele segura minha mão, beijando cada um dos meus dedos em uma carícia lenta e sedutora. — Venha, vamos ver os girassóis, e depois, vamos recuperar sua irmã.

Z me abraça novamente, unindo curvas e reentrâncias de nossos corpos, e eu respiro fundo. Sim, nós iríamos recuperar a minha irmã, mas também estávamos indo para guerra. E um sentimento novo começa a me sufocar.

— Eu vou ficar bem — ele sussurra em meu ouvido, adivinhando meus pensamentos. — Não vou morrer em uma guerra agora que tenho a minha rainha ao meu lado.

— Sou seu amor, e não sua rainha. — Dou um sorriso ainda sem-graça.

— És a minha amada, minha amiga e a rainha do meu coração. — Ele gira o meu corpo, fazendo-me rir. — Seu sorriso tem um som diferente agora.

A certeza que impera em suas palavras chega quase a me deixar de joelhos. Tanto tempo perdido, tantos momentos...

— Talvez seja porque ele finalmente voltou ao meu rosto. — Uma pequena lágrima desliza dos meus olhos, e Z a captura com a ponta do dedo.

— Não é mais um cristal. — Ele sorri, e mais lágrimas descem em profusão.

— É porque agora minhas lágrimas são de felicidade. E meu coração está inteiro. Você fez isso, Z, e sinto muito por ter passado todos esses séculos longe de você. — Tento desviar o rosto para fugir do olhar penetrante, mas ele me impede.

— Sabe que agora não vamos mais ficar separados, não é?

— Sei. — Eu o abraço com força. — Vais sempre voltar para mim, não é?

— Sempre, não importa quantas guerras e quantos inimigos tenhamos que enfrentar, sempre voltarei para você. Porque agora, Alana, nossos corações não podem mais bater separados.

Sorrindo, eu o beijo. No meio do campo de girassóis, quando os primeiros raios de sol tocam o solo. Eu o beijo com todo o meu coração, com tudo que tenho e com tudo aquilo que acreditava não ter.

# CAPÍTULO XX

## STYRGEON

*Reino humano – Fronteira*
*Horas antes...*

Desde o momento em que Z deu a ordem para retornarmos, Starshine e Zoltren não pararam de discutir, e nem o pobre Thron aguentou tamanha birra. Para mostrar sua indignação, ele, ao invés de estar caminhando ao lado do seu dono, diminuiu o ritmo e resolveu prosseguir a jornada ao meu lado. Estávamos atrás dos dois elfos mais teimosos que já conheci em milênios.

— É, amigo, não sei como você aguenta — digo para o lobo, que bufa um pequeno grunhido. Pobre animal. Há poucas ligações desse tipo, e vínculos entre elfos e os animais são raros.

E quando acontece, é como se ambos se fundissem; uma só alma, pensando e agindo juntos. Dividindo sentimentos. Ou seja, Zoltren está frustrado por causa da teimosia de Starshine e isso reflete no lobo, deixando-o agitado. Em todos os meus séculos de vida, nunca vi um elfo mais determinado que Starshine, e é exatamente por isso que a discussão segue acalorada.

— Não vejo nenhum problema em ir sozinha até o castelo, Zoltren, eu conheço aquele lugar melhor do que qualquer um de vocês. Faço o que tiver que fazer e levo o humano de volta. Simples — diz ela, irritada.

— Será que você não se lembra, Star? Se tem algo, ou melhor, alguém que Thandal quer mais que Giselle, é você. E isso não vou permitir. No que depender de mim, você não irá nessa guerra — Zoltren dispara, seu nível de irritação deve ter aumentado consideravelmente, pois o lobo solta um rosnado na mesma hora.

— Você pretende me amarrar? Somente assim há uma possibilidade de que eu não vá, Zoltren, e ainda assim, sabe que não há nada que possa me impedir. Feitiço algum é capaz de me deter.

— Droga, Star... — Um clarão surge no céu, e de imediato os dois param de brigar. Todos nós olhamos para cima ao mesmo tempo.

— As estrelas! — Starshine exclama, surpresa. Zoltren me olha assombrado e apenas dou um pequeno sorriso.

As estrelas estão se apagando uma a uma, em uma cadência impressionante, como se fosse programado. Uma coreografia que mostra a rendição do brilho de cada uma delas ante o que está acontecendo neste exato instante. Zoltren e eu sabemos do que se trata, talvez por isso não estejamos tão surpresos quanto Starshine. Sabemos das histórias pelas inúmeras vezes em que Z fez questão de nos contar quando éramos crianças.

Os tempos estão prestes a mudar. Um novo Rei e uma nova Rainha soberana acabam de ascender e eles comandarão todos os reinos de Cálix. Todos os reinos se curvarão diante dos dois. E se nós sabemos disso, nossos inimigos também sabem. O que me leva a...

Em um movimento rápido e fluido, pego meu arco, aproveitando que Starshine está distraída com o céu da alvorada, ainda escuro, porém límpido e sem mais o cintilar da constelação que antes estivera ali. Percebo que não somente ela se viu hipnotizada por aquele acontecimento, bem como nosso pequeno espião, que em segundos está aterrissando em meus braços.

— Perdida? — pergunto à fada que me encara com perplexidade. *Sim, minha querida, eu sabia que você estava nos seguindo.*

— E-eu... como? — Zoltren e Starshine finalmente olham para nós, observando a pequena fada de cabelo azul e sorriso estonteante em meus braços.

Minha flecha atingiu o galho em que ela se encontrava, logo acima da copa das árvores. Ela é esperta, veio nos seguindo do alto, sobrevoando por entre as árvores frondosas, mas pousou quando a luz das estrelas começou a se apagar – seu pequeno grande erro. No entanto, preciso parabenizá-la: Laurynn foi silenciosa, e só a notei porque seu maldito perfume de lavanda estava impregnado de uma maneira deliciosa na minha mente.

— Como caiu? Como a descobri? Como a peguei? Há muitas perguntas e respostas, e você terá que se decidir por apenas uma, Laurynn — debocho, diante de sua confusão.

Zoltren tosse, tentando abafar uma risada, mas falha miseravelmente. Starshine dá um tapa com uma força desnecessária nas costas dele, o que o faz quase perder o equilíbrio.

— Star! — ele ralha, e ela apenas dá de ombros.

O CINTILAR DA GUERRA

— Ignore-os, são dois elfos infantis. Onde estávamos? — pergunto à fada atordoada. Suas asas começam a se agitar, e sei que devo soltá-la, mas não sinto nenhuma vontade.

— Peço perdão pela minha ousadia, só estou preocupada com a minha rainha e a minha amiga — ela diz, olhando para todos os lugares, menos para mim.

— Sua rainha está bem, melhor que bem, eu diria — respondo, com sarcasmo.

— E Giselle? — Seu tom preocupado me deixa aturdido por um momento. — E você, está bem?

Dou um passo para trás, zonzo, ainda a mantendo em meus braços. Seu cheiro, sua preocupação... isso foi... atordoante para os meus sentidos.

— Styrgeon, coloque-a no chão, precisamos continuar. — Zoltren aponta para o céu agora rajado do tom rosado, que indica a chegada em breve do astro-rei.

Certo, meu irmão tem razão, agora mais do que nunca precisamos continuar e reunir nossos exércitos. Todo reino feérico já sabe que uma nova era está começando, e só espero que por enquanto ninguém desconfie que Alana, a Rainha das fadas, e Zaragohr de Zertughen se uniram para se tornar os novos soberanos.

Acho que nossos pais não ficarão felizes com isso. Nem um pouco, para dizer a verdade.

— Desculpe-me, Laurynn. — Em um movimento rápido, eu a coloco no chão, sentindo estranhamente sua ausência súbita, mas ela alça voo, pairando a alguns centímetros do chão. Por um instante, me vejo hipnotizado com o suave bater de suas asas.

— Styrgeon? — Zoltren chama minha atenção.

— Certo, vamos lá. — Sacudo a cabeça e encaro meu irmão.

— Posso ir com vocês? — Laurynn pede, em um tom brando.

— De jeito nenhum — respondo de pronto.

— Claro que sim — Starshine retruca, ao mesmo tempo em que neguei que Laurynn nos acompanhasse. Olho feio para ela, que apenas dá um sorriso travesso em retribuição. — Venha, fadinha, você pode caminhar ao meu lado, ou voar, sei lá, até chegarmos ao ponto de encontro onde seguiremos para o castelo; os irmãos Zeturghen podem ser muito irritantes como companheiros de viagem.

Laurynn voa até Starshine e as duas seguem juntas, com a fada agora a alguns metros do solo. Suas asas revoando não me ajudam em nada, pois atraem meus olhos para a figura delicada, assim como exalam o perfume característico que circunda meu corpo como uma névoa seca. Zoltren se posta ao meu lado junto com o lobo, que parece mais calmo do que antes.

— Styr? — Ele chama a minha atenção. — Seus olhos estão estranhos.

— O quê? — Pisco, confuso, não sentindo nada.

— Estão violeta. Você está olhando para Laurynn e eles estão violeta.

— Meus olhos mudaram de cor? — Pisco várias vezes.

— Pare um instante, droga. — Ele me segura pelos ombros e me encara. — Que estranho.

— Não me diga que estão vermelhos agora? — Isso já estava começando a me aborrecer.

— Não, agora estão normais. Espera. — Zoltren me libera de seu agarre e grita para Starshine e Laurynn, que já haviam se distanciado. As duas param e ele puxa a minha mão, praticamente me arrastando até onde elas estão. — Pronto, olhe para ela. — Aponta para Laurynn.

— Starshine bateu na sua cabeça por um acaso? — Olho para a fada em questão e ele entra em meu campo de visão.

— Que droga, não funcionou. — Ele parece estar pensando em alguma coisa. — Certo, meninas, podem ir.

— Zol, você está bem? — Starshine pergunta, mas não em um tom preocupado e, sim, debochado. Ela e Laurynn, que parece mais confusa do que eu, voltam a seguir adiante. A fada delicada olha por cima do ombro por um instante e sinto meu fôlego falhar por segundos. Observo-as se afastando quando Zoltren entra novamente na minha frente, tão perto que nossos narizes estão quase colados.

— Você tem que ter um excelente motivo para estar praticamente em cima de mim, Zoltren — rosno, sem a menor paciência.

— Eu sabia! — Ele me empurra e dá uma risada.

O idiota agora tem um sorriso imenso plantado no rosto, e cruza os braços em uma atitude prepotente.

— Então me fala, gênio, o que você sabia? — resmungo, evitando olhar ao redor de seu corpo em busca das duas que seguem mais à frente.

— Você está preocupado com a Fada-lavadeira.

— Não a chame assim! — Parto para cima dele.

Ele escapa por um triz, ainda com um sorriso debochado e os olhos faiscando.

O CINTILAR DA GUERRA

— Mamãe vai morrer com isso — ele caçoa, rindo sem controle.

— Você não está fazendo nenhum sentido, Zoltren.

— Você encontrou sua companheira de alma, irmão, e ela é uma Fada-lavadeira. Imagina o que a rainha vai dizer quando souber que um dos príncipes está apaixonado por uma fada inferior — ele zomba.

— ELA NÃO É INFERIOR! — grito tão alto que o lobo se coloca imediatamente entre nós dois, pronto para atacar; atacar a mim no caso, já que é mais do que óbvio a quem ele está protegendo.

Zoltren sorri ainda mais escancarado. *Grande idiota.*

— São só fatos, irmão, mas estou feliz por você. — Respiro fundo, tentando me acalmar, sem saber o que está acontecendo comigo, então olho para frente e vejo que Laurynn e Starshine estão paradas nos observando sem entender nada.

— Briga entre irmãos, meninas, podem ir. — Zoltren dispensa as duas com um gesto casual, sem virar o rosto para elas. — Desculpe-me, não quis ofender sua fada, irmão, ela será tratada como igual e eu serei o primeiro a garantir isso. — Ele fecha o punho e o leva ao peito, fazendo uma reverência.

Fada. *Minha fada.*

*Minha fada?*

— Não faço ideia do que está acontecendo, irmão.

— Eu faço, e a boa notícia é que acho que você é correspondido, agora quanto a mim... — Ele deixa as palavras morrerem e olha para frente.

Starshine caminha ao lado de Laurynn, as duas conversando sobre alguma coisa, e o lobo solta um ganido lamurioso quando seus olhos seguem a mesma direção. Ele sente a dor do meu irmão, uma dor que somente agora tomo consciência de que o corrói por dentro.

— Ela retribui, irmão, só é teimosa demais para perceber isso. — Coloco a mão em seu ombro e começamos a apressar o passo.

A caminho do castelo, não consigo parar de pensar em Laurynn, *minha fada*, e em como conseguirei mantê-la em segurança, já que tenho quase certeza de que vai querer participar do resgate da amiga.

Droga, será que posso usar a sugestão que Starshine deu, e amarrá-la em algum lugar seguro até que tudo se resolva?

# CAPÍTULO XXI

## THANDAL

*Reino de Nargohr*

Eu mesmo estou irritado com o leve martelar de meus dedos em garras metálicas, alternando um ritmo marcado e melódico na braçadeira do meu trono.

MEU trono.

Sim. Eu o havia tomado de meu pai, sem qualquer vestígio de peso na consciência, porque sei que não possuo uma para pesar. Nasci desprovido desse tipo de sentimento débil e incapacitante.

No entanto, estou mais abismado por sentir a ausência irritante de Ygrainne, mas ainda a deixarei em seu castigo merecido por me desafiar. Espero que tenha colocado em curso algum plano para descobrir mais do humano imundo que toma um pouco da minha hospitalidade.

Sinto o sorriso macabro deslizando pelos meus lábios e percorro os caninos com a língua, fazendo questão de perfurá-la para degustar de meu próprio sangue. Sangue de Nargohr. Ergo a sobrancelha quando um dos meus guerreiros adentra a sala do trono e, mesmo de cabeça baixa, requer minha atenção.

— Majestade — ele diz, e na mesma hora sinto o prazer circular pelas veias. Ah, sim. Que glorioso. Majestoso como minha nova alcunha já indicava. Assim como me sinto neste instante.

Assentado ao trono de *Argon*, a matéria misteriosa e escura que pode hipnotizar qualquer mortal ou imortal com seu brilho único, fecho os olhos e deixo que o poder flua através de mim. Permito que um riso sinistro acompanhe o momento febril ao ouvir o assombro dos Ysbryds que ainda se mantinham ali.

Abro os olhos e detecto todos ajoelhados à minha frente. Exatamente como deve ser. Como todos os Elfos Sombrios deverão proceder de agora em diante.

Eu sou Thandal de Nargohr, não mais o herdeiro do trono, mas o que comanda agora e por toda a eternidade. E através da minha geração, e dos filhos que Giselle me dará, uma dinastia élfica se erguerá neste solo, consolidando meu reino sombrio por todas as terras feéricas.

— Digam o que vieram dizer, antes que os extermine pelo simples prazer de fazer isso, a fim de renovar minha frota de servos — disparo sem piedade alguma.

O guerreiro Ysbryd conhecido como Yrgon se levanta, devagar, mas mantém a cabeça baixa, sem me olhar diretamente nos olhos.

— Majestade, detectamos a presença de Elfos de Luz na fronteira de Canbyden.

Aquela informação faz com que eu me levante lentamente do trono, descendo, em seguida, os degraus de mármore escuro até chegar aos meus fiéis soldados. Canbyden não está localizada a uma distância tão grande de Nargohr, o que significa que em breve terei visitantes ilustres em minhas terras.

Por qual motivo? Com qual objetivo? Não faço ideia, mas meu corpo e alma corrompida anseiam por guerra. A batalha que sempre quis travar a fim de mostrar a supremacia do reino de Nargohr.

Os Elfos Sombrios deveriam prevalecer ante os de luz. Mas estes mantinham uma aliança concentrada com todos os reinos feéricos ao redor. O poder deles é incontestável. Mas não equiparável ao meu.

— Nos preparemos para a guerra, servos meus! — exclamo, evitando demonstrar a ansiedade que agora me domina.

— Majestade... mas... — Pobre Yrgon. Diria alguma coisa, mas foi brutalmente impedido pelo sopro de poder que enviei, fazendo-o evaporar ante os companheiros.

Bem sei sobre o que ele estava prestes a questionar, colocando em xeque minha decisão.

Sim, há milênios não há um conflito e embate direto contra os elfos de Zertughen. O último grandioso confronto entre os dois reis, Taldae de Zanor e Irdraus, meu pai, acabou gerando Aersylthal, a traidora que serve como guarda de elite dos Zertughen. Das faíscas das espadas élficas, uma das elfas mais poderosas foi gerada. Um ser único e indescritível, misto de duas forças distintas forjadas pelo metal mágico e enriquecido pelas pedras preciosas que cada rei ostenta nos pomos de seus cabos detalhadamente elaborados em suas espadas.

E, até hoje, mesmo séculos após este episódio, não consigo compreender a razão de Aersylthal ter simplesmente optado por seguir o lado luminoso de sua natureza. Somente eu podia divisar o lado sombrio que dela exalava, mais ninguém. Porém, a traidora abandonou-nos na calada da noite, levando consigo um grande poder.

Mesmo sem querer, devo admitir que se ela estiver na companhia destes elfos detectados nos limites das minhas terras, o risco imposto poderá ser um tanto quanto maior do que um simples extermínio de moscas.

Não. Eu não temo os herdeiros de Zertughen. Zaragohr não é e nunca foi páreo para mim. Muito menos aqueles projetos de guerreiros que ele tem como irmãos. Meus Ysbryds darão conta do recado enquanto degusto do show. Bebendo talvez um gole de néctar de Fuzyr, muito mais saboroso do que o néctar que meu pai costumava consumir.

Assim serei capaz de fechar os olhos logo após e tentar sonhar com a fada que consome meus pensamentos a cada instante.

## ZARAGOHR

*Fronteira de Canbyden*

Olho para o lado, tentando evitar a todo custo sorrir como um idiota apaixonado. Entretanto, é exatamente como me sinto neste momento. Como sempre estive, porém, somente séculos depois, por fim, pude realizar o desejo do meu coração e concretizar o que sempre soube desde o instante em que pousei os olhos em Alana, ainda muito jovem.

Ela é a minha alma gêmea. Sempre foi apenas ela. Em todo aquele tempo. E conduzi o amor incondicional que senti por aquela fada, mesmo calado, alimentando uma amizade que cultivamos, tendo o meu coração arrancado no instante em que percebi que minha Alana havia se apaixonado por outro. Por um humano.

Alaihr Cooper foi o grande rival que nunca esperei ter. E sendo o amigo que Alana sempre encontrou em mim, permiti que desabafasse todas as vezes quando derramava seus sentimentos mais profundos, mesmo que isso machucasse minha alma imortal.

— Z! Zaragohr! — Alana me chamou através do elo que fiz questão de manter quando lhe entreguei meu anel real.

Aparecendo de pronto à sua frente, como em um passe de mágica, não me contive em atender ao chamado urgente.

— Diga, pequena... por que o desespero?

Ela segurou minha mão e me puxou para o interior de seu aposento no castelo de Glynmoor.

— Preciso de seu conselho... — disse, mordiscando o lábio carnudo que me seduzia desde quando a conheci, mas que ainda não havia tomado posse como meu. — Só você pode me ajudar, Z.

— Farei o que estiver ao meu alcance, Alana. Diga-me o que a aflige — afirmei e me sentei confortavelmente em uma de suas inúmeras almofadas de heras perfumadas.

Sentando-se ao meu lado, imediatamente inalei o cheiro suave que exalava de seu cabelo longo e claro. Aspirei seu perfume com discrição para que ela não notasse este momento tão íntimo.

— Estive em Bedwyr.

Aquela informação me pegou desprevenido. Ela não costumava se aproximar da área onde os humanos mantinham suas aldeias de civilização tão retrógrada. Os guerreiros selvagens e brutos só pensavam em suas muitas guerras contra os domínios de outros povos, e muitos montavam acampamentos pela região árida de Bedwyrshire. Nossas encostas estavam dominadas por exércitos de guerreiros Vikings sem nenhuma preocupação com o meio em que viviam. Na verdade, aqueles selvagens vieram para dominar todos os territórios que achavam que deviam tomar.

— Alana, seu pai sabe que esteve ali?

— Claro que não, Z! — exclamou e ergueu as sobrancelhas lindas em um arco. As filigranas de seu rosto adquiriram um tom avermelhado que indicava sua leve irritação.

— O que foi fazer lá? — sondei.

— Não sei. Fui atraída para o lugar. Não consigo explicar. Mas ali estive. E... Z... — Alana umedeceu os lábios com a língua rosada, fazendo com que eu me contorcesse em meu lugar. — Acho que estou apaixonada.

O baque recebido em meu peito foi quase tão aterrador quanto o momento em que recebi minha primeira flechada ao ser pego desprevenido em um conflito com os Malakhi, os gigantes das montanhas. Se ela não sabia explicar o que a havia atraído até Bedwyr, eu tampouco poderia esclarecer o sentimento que urgia em querer me fazer gritar de dor naquele exato momento.

— A-apaixonada? — perguntei, tentando disfarçar a mágoa evidente em minha voz.

— Sim... por um camponês da aldeia. Z... nunca pensei que pudesse acontecer algo assim. Estou assombrada — declarou e seus olhos imensos mostravam realmente que está desconectada do entendimento que os sentimentos lhe trazem. Bem como das complicações.

— Alana... você sabe o que... isso representa...

— Sei que é impossível, Z. Humanos não se misturam a nós, do reino mágico. Mas acredito que seja ele, aquele que me fará sua outra parte. É algo inexplicável...

— Como pode ter certeza, Alana? — inquiri, fazendo com que a estaca dolorosa se afundasse ainda mais no meu coração.

— Ele me beijou. Acredito que estava embriagado, pois em seu hálito pude sentir o gosto do hidromel que os escoceses tanto amam... mas ele me beijou, Z. E... foi mágico — ela disse, e na mesma hora fechei os olhos para que ela não visse a dor ali refletida. Não, Alana. Não. Não pode ser. Não minha Alana. — Senti meu coração acelerado, meu corpo formigando e minha alma sendo arrebatada. Por um instante, pensei que estava nas nuvens, Z.

Agradeci aos céus por Alana ter se levantado naquele momento e começado a voar afoitamente pelo quarto. Suas asas iridescentes batiam com tanta intensidade que quase não se podiam detectar.

Aproveitando o breve instante para respirar e tentar perceber se meu coração ainda batia, e se seria capaz de estancar o sangramento dos sentimentos conturbados, suspirei e desviei o olhar de sua figura.

— Vou vê-lo. Novamente. Ele me pediu.

— Alana... isso é proibido — adverti.

Eu queria gritar em desespero e alegar que ela era minha. Senti a imensa vontade de me ajoelhar e implorar para que ela não cometesse esta loucura, porque juntos ainda teríamos uma história a viver... mas sempre respeitei quem Alana representava para mim: liberdade. Ela sempre foi uma chama viva de liberdade. Eu nunca poderia prendê-la ou tentar uni-la a mim sem que ela também sentisse a mesma necessidade premente que eu.

— Não farei nada que nos ponha em risco. Cálix continuará guardando os reinos *como sempre fizemos, Z. Apenas... me encontrarei com aquele que despertou em mim uma chama nunca sentida. Quero poder vivenciar o que meus pais viveram. O que meu pai encontrou com Alycia, novamente.*

Saí de seu castelo, naquela noite, completamente devastado. Destruído em meu interior. No mais profundo dos meus sentimentos, Alana fincou uma flecha de Vyrx tão envenenada quanto a lenda alegava, mas sem nem ao menos dar-se conta.

E por mais de meses tive que ser aquele que ouvia suas confidências a cada encontro furtivo. A cada momento vivido ao lado do humano que ela alegava ser seu par de alma.

O que ela nunca soube é que Alaihr nunca fora seu companheiro, pois Alana não cintilara como seria o esperado quando um grande amor despertado entre pares desiguais, espécies distintas de reinos distantes, se unissem em um amor verdadeiro. Isso só descobri através de minhas intensas pesquisas, a fim de confirmar o porquê sentia que Alana era minha parceira de alma, porém apenas unilateral, já que ela se apaixonara por outro.

As fadas mantinham essa informação guardada a sete chaves, pois estava vinculada a uma profecia incompreensível, mas que prometia um conflito sem proporções por todos os reinos.

E foi aí que aprendi a respeitar o silêncio dos corações feridos. Bem como o tempo que tudo manda e tudo sabe. Para todas as coisas, há um propósito muito maior que a nós foge o total e completo entendimento, mas o que há de ser... será. O amor verdadeiro é atemporal. Não circula em função dos nossos desejos e anseios, mas, sim, obedece à regra regida pelo universo: é trançado pelas teias do destino.

Alana é e sempre foi minha alma gêmea, minha parceira vinculada. Aquela que bateria em uníssono com meu coração, mas não bastava que eu tivesse essa certeza. Ela precisava confirmar os sentimentos por conta própria, porque uma coisa que existe e deve ser respeitada, antes de tudo, é o livre-arbítrio do domínio de suas decisões e sentimentos.

Então deixei que ela dividisse comigo seus momentos de euforia. Sofri calado ao saber que minha amada sentia prazer pelo toque dos lábios de outro, que não os meus. Sorri sem desejo algum, apenas para dar-lhe a satisfação de dizer que me comprazia em sua felicidade. Mas me sentia falso e asqueroso por dentro, porque, no íntimo, o que mais me vangloriava era do fato de eu ser imortal, e o humano ter a mortalidade tão evidente como fator decisivo para o fim de sua vida.

Alana prevaleceria em sua glória, mas quem seria ele em mais algumas décadas? Um ser decadente.

Então a fatalidade aconteceu. E tive meu coração e alma esfacelados, pois não fui apenas afastado da presença e do toque de Alana. Fui extirpado de sua vida pela decisão que tomei naquele exato instante. E se me perguntarem se me arrependo, poderei ser sincero e dizer que apenas me arrependo da repercussão do que meu ato gerou: o afastamento total de minha amada. Mas não sinto o arrependimento por não ter infringido uma lei máxima do meu povo. Isso não. Porque eu sabia que era apenas questão de tempo.

Só nunca imaginei que o mesmo tempo fosse tão implacável e cruel comigo e se estenderia por séculos após o fatídico evento.

— Onde está com a cabeça? — Styrgeon pergunta ao chegar ao meu lado.

— Em lugar nenhum — respondo, disfarçando o desconforto óbvio.

— Mentira. Estava pensando na Rainha, não é? — caçoa. Eu lhe dedico um olhar que diz mais do que minhas palavras. *Deve manter-se calado ou sofrerá as consequências.* Styrgeon ergue as mãos em rendição. — Okay, não está mais aqui quem falou...

— Não quero qualquer tipo de brincadeira a respeito deste assunto, Styr... — advirto.

— Não haverá, Z. Séculos e séculos depois, creio que entendemos onde seu coração sempre esteve. Agora compreendo o motivo de nunca ter dado oportunidade a nenhuma das fêmeas de Zertughen ou reinos adjacentes.

Dou-lhe uma ombrada forte o suficiente para quase arrancar-lhe a articulação do lugar.

— Nossa! Que agressividade. Guarde isso para a guerra, Z! — ralha, fingindo sofrer uma dor maior do que a que inflijo.

— Cale-se, Styrgeon.

— Mas, sério... agora mudando de assunto. O que faremos? — pergunta com seriedade.

O CINTILAR DA GUERRA

Respiro fundo e olho ao redor, contemplando toda a natureza que nos cerca com sua beleza, mas que poderia ser extinta em um piscar de olhos diante do que o destino nos reserva.

— Abordaremos Nargohr com nossa força máxima. Dentro de algumas horas, os exércitos de Zertughen chegarão aqui — informo, tentando assegurar tanto a ele quanto a mim.

— Então crês mesmo que o humano esteja lá? E Giselle? — pergunta, afiando sua lança.

— Se a lenda de Mayfay for correta, Giselle deve estar em um lugar atemporal...

— Iardhen — Alana diz, ao chegar do outro lado. Evito suspirar ante sua beleza deslumbrante. Styr zombaria de mim pela eternidade. — É ali que a fadas cintiladas ficam presas até que sejam recolhidas pelo seu par. É chamado de Iardhen, um lugar sagrado no meio do Vale de Meylin.

Percebo que Styrgeon enrijeceu o corpo assim que Alana se aproximou, pois ela chegou acompanhada da fada que desobedecera às suas ordens de alguma forma e saiu de Glynmoor em busca de notícias.

— E como chegar até este lugar? — pergunto, tocando sua mão sutilmente.

O rosto de Alana adquire um lindo tom de vermelho, já que as filigranas que lhe davam a beleza descomunal agora brilham em variados tons rosados.

— Não sei, honestamente. Pensei em consultar Kiandra para tentar descobrir. Só o que sei é que o único capaz de invocar a presença corpórea de Giselle, novamente, é o humano, o tal Alaric.

A curandeira morava embaixo de um enorme Olmo milenar e era conhecida por saber sobre tudo e todos. Nada passava oculto de seu conhecimento.

— Estamos próximos de onde a feiticeira reside — afirmo.

— Eu sei. E creio que poderemos fazer um desvio para averiguar as informações que julgo necessárias — diz, chegando mais perto.

Styrgeon não se dá conta de que nossos dedos se entrelaçaram naquele instante, ocultos pelo tecido diáfano do vestido de Alana. Também reparo que ele não notaria se um dragão soprasse uma rajada incandescente em seu rosto. Seus olhos estão atraídos pela Fada-lavadeira, que se mantém estoica do outro lado de sua soberana.

— Assim faremos então — replico, desviando a atenção para o grito que Star dá mais à frente.

— Me deixe em paz, Zol! — esbraveja e sai marchando pela clareira.

— Não! Você só pode estar brincando se acha que vai entrar lá sozinha primeiro, Star! Não é assim que funciona. Zaragohr já organizou e passou as diretrizes de nossos passos, então é assim que devemos fazer! — Zoltren diz, nervoso. Seu lobo seguia altivo ao seu lado. — Pare de insistir nessa merda!

— Eu já te disse que conheço aquele castelo. Fui forjada pelo duelo de um rei que ali habita. É como se estivesse enraizado na minha pele. Posso muito bem descobrir detalhes e voltar para adiantar nosso exército.

Tento chegar até onde os dois estão discutindo, mas a mão de Alana segura firmemente a minha. Olho para minha amada de forma indagativa e ela aponta com o queixo. Volto a me concentrar nos dois jovens cabeças-duras que discutem cada vez mais.

No entanto, reparo que Zoltren está tão perto de Starshine que ambos mais se assemelham a uma única imagem. Star, por sua vez, mesmo irritada, responde à proximidade de Zol com uma paixão não percebida por ela mesma. Eles soltam faíscas ao redor de seus corpos. Star principalmente, e sendo quem é, não é difícil conseguir aquele resultado, já que seu corpo é composto de pura luz iridescente.

— Oh, por todos os elfos... O que os humanos diriam em um momento como esse? — Styrgeon comenta ao lado, quebrando minha concentração. Em seguida, ele estala os dedos. — Tragam-me um balde de pipoca. Este arroubo de amor está imperdível.

A risada tímida da Fada-lavadeira parece agradar meu irmão.

— Eles não diriam isso — Alana o interrompe.

Sinto a fagulha do ciúme irradiando pelo meu peito. Ela imediatamente me encara e aperta minha mão, dizendo, baixinho, no meu ouvido:

— Não deixe que sentimentos tão torpes consumam o que acabamos de despertar, Z. Já permiti que a amargura dominasse meu peito por um tempo longo demais.

Ignoro Styrgeon ao meu lado e simplesmente a abraço, afundando o rosto na curva suave de seu pescoço. Sinto as asas se agitarem causando um torvelinho ao nosso redor e dou um sorriso, sem mover-me um grama da posição confortável em que me encontro. Sei que Alana está sobrevoando acima do chão, e ouço o assovio de meus irmãos logo abaixo. Minhas asas estão escondidas, já que opto por usá-las somente em raros momentos.

— Se eu pudesse, ficaria aqui, neste exato lugar, recostado ao seu corpo, com meus lábios pousados em sua pele, por toda a minha vida — confesso.

O CINTILAR DA GUERRA

— Então seríamos uma estátua — ela diz com placidez. Mas posso perceber que há um sorriso em seu rosto, mesmo sem vê-lo.

— E seria uma estátua que expressaria puro contentamento.

— Mas não poderíamos viver tudo aquilo que perdemos em todos esses anos — completa.

— Anos não, Alana. Séculos. Incontáveis séculos de afastamento — corrijo e ergo a cabeça do leito macio em que me encontro. Olho atentamente para a Rainha das fadas, que será minha companheira de vida. Não. Correção. Ela já é. Basta apenas que concretizemos e formalizemos o ato. — Não me canso de você.

— Consegue pensar em quão injusta é essa guerra prestes a estourar, quando acabamos de descobrir um amor secular? E quando Giselle simplesmente também encontra seu par? — Seu tom de voz denota toda a tristeza e preocupação que sente com a ausência da irmã.

— Não sabemos as razões que desequilibram nossas vontades de resolver tudo instantaneamente, mas sabemos que, com paciência e perseverança, tudo há de ser alcançado. E conquistado com louvor — acrescento.

— *Y'r vuhn tae luyar zy deth'n'mai, Moy'syl.*

Alana cobre meus lábios, enquanto seus olhos demonstram o pavor ante minhas palavras.

— Não diga isso, Z.

— Mas é a verdade, Alana. *Eu te amarei até a eternidade ou a morte, fada minha.*

Seus dedos estão trêmulos contra minha boca e, sem hesitar, alcanço sua mão delicada, depositando beijos suaves em cada dedo.

— Diga apenas até a eternidade, Z — ela sussurra.

Sorrio ante seu tom suplicante. Seu medo é evidente. Onde está a rainha que todos os reinos conhecem como fria e sem temores?

— *Zy mai, Moy'syl.*

— Eu também amarei você por toda a eternidade. *Vuhn tae luyar zy mai, Moy'ess.*

Então a beijo com paixão e volúpia. Ignoro a plateia atenta que se mantém ainda na clareira abaixo de nós e a beijo com toda a minha vontade e sofreguidão. Com todo o ímpeto e desejo de mostrar-lhe que, neste instante, tudo o que mais quero é estar deitado sob seu corpo, da maneira exata como acordamos assim que nossos corações sincronizados voltaram a bater... Quero ser somente um com ela, não apenas nos batimentos latentes e que nos mantêm vivos. Mas também no sentido mais completo e singular que dois corpos podem se unir.

Eu quero fazer de Alana meu único elo de vida. Sem ela, não sou mais nada. Não há sentido para minha existência, não depois de ela ter tido meu coração em suas mãos, mais uma vez, porém ardendo e trovejando um clamor premente pela fêmea que me consumia há séculos e séculos.

Meus pensamentos se atropelam ante a certeza de que está mais do que na hora de garantir que minha consorte permaneça para sempre ao meu lado.

— Arranjem uma árvore, por favor! — Styrgeon grita e interrompe nosso momento.

Alana esconde o rosto em meu peito e sinto a vibração de seu riso, trazendo imediatamente o meu em resposta, evitando assim que eu lance uma flecha contra meu irmão.

Sim. A guerra entre os reinos é iminente... mas estar com Alana em meus braços é a garantia de que vale a pena viver cada segundo do presente, desde que esta fada amada permaneça exatamente onde está neste instante. Em meus braços.

# CAPÍTULO XXII

## ALANA

*Olmo de Gwelhad*

Depois de quase duas horas seguindo o curso desde a fronteira de Canbyden, contando o desvio até o exato lugar onde Kiandra, a maga mais antiga dos reinos féericos, se esconde, chegamos ao nosso destino e posso dizer que há certo temor em como faremos a abordagem ideal. Dou uma olhada de relance para Zaragohr, que observa tudo ao redor, seguido prontamente por seus irmãos, bem como pelo séquito de Elfos de Luz que estão mais do que preparados para se jogarem em uma luta armada ao seu mínimo comando.

Sob as ordens de Zaragohr, os soldados acamparam em três pontos distintos e próximos às fronteiras com as terras de Nargohr, e um esquadrão em menor número nos segue a uma distância razoável, já que não aceitaram se afastar dos herdeiros do trono de Zertughen.

Sei que aquela luta não pertence a eles, em primeiro lugar. No entanto, Z acabou me convencendo de que as rodas do destino estavam mais do que em curso, com a profecia a todo vigor, o que só poderia indicar que era para acontecer.

A guerra pelos reinos aconteceria de toda forma. Ainda que eu ache totalmente injusto, já que Glynmoor não será capaz de entrar com nenhum arsenal expressivo, pois não possuímos poder bélico, creio que poderemos nos valer de certos recursos de magia para incapacitar nossos inimigos. Ou assim foi o argumento apaixonado de Laurynn para que pudesse prosseguir a jornada em nossa companhia.

— É aqui — informo, ao planar pouco acima do solo revestido por musgos e flores ressequidas. — O olmo antigo de Gwelhad, onde a velha Kiandra usa de seus artifícios e magias ao longo dos séculos.

— De acordo com as lendas ao longo dos milênios, e se formos pensar nos boatos espalhados, esta mulher é mais enrugada que a casca velha da árvore que a abriga — Zoltren caçoa.

Imediatamente um ramo de musgo envolve o tornozelo do jovem elfo, derrubando-o no chão em um baque surdo.

— Aaai! — grita, sobressaltado.

— O que houve? O que foi isso? — Starshine pergunta, assombrada, armando-se em toda a sua glória ao lado do elfo, protegendo-o com o seu corpo, mesmo que não se dê conta do fato.

Laurynn tenta revoar até mais perto do Olmo, mas a mão de Styrgeon alcança seu tornozelo em pleno voo. Ela o encara, abismada. Aquele movimento sutil não me passa despercebido, porém.

— Não. — É a única palavra do elfo.

Laurynn tenta se soltar do agarre, mas não consegue fazer nada além de resmungar e praguejar baixinho.

— Acredito que você tenha irritado a curandeira, Zoltren. E esta foi a retribuição — alego, disfarçando o sorriso.

— O quê? Por que a irritei? — pergunta sem entender e tentando soltar-se das amarras do musgo.

— Nenhuma fêmea que se preze aprecia ser chamada de velha e enrugada — Zaragohr completa meu pensamento.

— Exatamente. E a presença de vocês nas minhas terras, além de ser inoportuna e nem um pouco bem-vinda, ainda se mostra acintosa — a mulher pronuncia da entrada do Olmo. Nenhum de nós reparara na entrada triunfal daquela que não poderia ser descrita em momento algum como uma idosa.

Ela é distinta e misteriosa. Uma figura extremamente exuberante em sua graça ruiva, com um cabelo cacheado que forma redemoinhos selvagens ao redor da cabeça e cujas orelhas pontiagudas despontam por entre os cachos. O sorriso escarlate mostra uma mulher vaidosa, que, mesmo vivendo enclausurada, por própria escolha, ainda assim faz questão de manter-se altiva.

Não. Ela não é nenhuma velha decrépita. É um ser deslumbrante. E os três elfos agora a encaram com total assombro no olhar. Sacudo as asas com um pouco mais de força, acertando o rosto de Zaragohr de forma que ele se liberte do feitiço no qual se encontra neste instante.

— O quê? — indaga, ao afastar-se das chicotadas que minhas asas lhe dão. — Alana?

Droga. Então é isso? Companheiros com vínculos de alma fazem demonstrações de posse, publicamente, para que outros seres se mantenham à distância. Não escondem os ciúmes, porque os instintos são incontroláveis, e mesmo para mim, tão fria e impenetrável em meus sentimentos, não passa despercebido que agora respondo ao clamor da emoção vil. Estou mais do que irritada pelo olhar longo e demorado que Z dera à mulher magnífica à nossa frente.

Dedico a ele um olhar mortal com a sobrancelha arqueada, que diz mais do que mil palavras. Sua resposta é um sorriso enviesado e compreensivo, assim que percebe o que arde em meu interior, corroendo toda a minha capacidade de pensar com certa racionalidade.

— A que devo a honra? — a curandeira inquire, sem paciência.

— Kiandra, eu sou Alan...

— Eu sei quem você é. Todos sabemos. Seríamos estúpidos e míseros seres ignorantes nestes reinos se não soubéssemos exatamente quem você é. A pergunta deveria ter sido feita de maneira adequada... — corrige ela, ao descer as escadas circulantes da frente de seu Olmo encantado. — A que devo a honra de uma visita tão peculiar da Rainha das fadas e dos herdeiros de Zertughen, sendo o futuro Rei dos Elfos de Luz um deles? Correção: por que não dizer... o Rei de Zertughen e de toda Cálix?

Kiandra para diante de Z, a pouquíssimos passos, e olha-o de cima a baixo. Em seguida, estala a língua e ronrona. Uma fornalha se acende dentro de mim, mas, antes que possa reagir, Z entrelaça os dedos aos meus, impedindo que eu voe em direção à *bruxa* ruiva, pegando-a pelo cabelo e subindo em um voo longínquo e acima das copas das árvores, de forma que pudesse deixá-la cair. Não seria uma queda fatal, mas tiraria aquele sorrisinho arrogante do rosto belo.

Sem nem mesmo se dignar a olhar para mim, ela diz:

— Os sentimentos de um jovem casal vinculado são tão intensos que chega a me causar espanto. Uma queda da altura que você planejou mentalmente não me mataria, mas faria com que eu ficasse muito irritada, o que ocasionaria meu total silêncio para aquilo que vieram buscar — ela se vira naquele momento para mim, com os olhos faiscando: — respostas.

Engulo em seco e aperto os dedos de Zaragohr, que tenta me manter calma a todo custo. A curandeira tem outras ideias em mente, no entanto. Afastando-se de Z, ela caminha e rodeia cada um dos elfos, fazendo questão de parar ao lado de Zoltren. De maneira despudorada, desliza o dedo indicador sugestivamente pelo ombro do guerreiro mais jovem, fazendo questão de sussurrar alto o suficiente as palavras contra o vento:

— *Vinculado, não vinculado... sempre que me apareça a chance, haverei de ter meu corpo saciado* — encerra a cantiga e se inclina para Zoltren, disposta a beijá-lo na boca.

Qual é o intuito de Kiandra, nenhum de nós sabe, mas a clareira se acende com um estopim de luz incandescente que faz com que todos cubram os olhos para se proteger. As árvores ao redor queimam, chamuscadas pela explosão de energia de uma ira incontida que sai diretamente do âmago de ninguém mais, ninguém menos, que Starshine.

Quando a luz ofuscante começa a abrandar, somos capazes de divisar a fisionomia de Star, com os olhos vítreos e brancos. Os dentes entrecerrados rilham e um rosnado feroz deixa seus lábios. Os caninos estão totalmente à mostra. Por ser híbrida com os Elfos Sombrios, ela mantém algumas de suas características peculiares, e os dentes protusos são apenas umas delas. Ela é fúria em forma élfica. Uma fêmea no auge de uma revolta que havia brotado do mais puro ciúme. O que me faz concluir neste instante que Starshine e Zoltren, são, sim, destinados um ao outro. Só são teimosos demais para admitir essa verdade.

— Saia. De. Perto. Dele — sibila, entredentes, em uma voz sobrenatural. Sua espada já não precisa ser empunhada como antes, pois Starshine se posta com ambas as mãos estendidas para baixo, soltando fagulhas de energia, como se raios estivessem sendo formados ali.

— Ooh... que maravilha! Se não estamos em um dia cheio de descobertas... — Kiandra cantarola e bate palmas. — Resta-me apenas o outro ser imortal, Styrgeon... Mas não vou me aventurar, porque sei que ele mesmo já se encontra em total desconforto, as rodas movidas para formar a aliança necessária com seu elo vital — a curandeira zomba com um sorriso de escárnio. Quando dou um olhar de relance na direção de Styrgeon, vejo-o com os olhos fixos em Laurynn, e a cor que brilha em suas íris é assombrosa: violeta intenso. — Estúpidos. Se soubessem que metade de nossos problemas poderiam ser evitados se parassem de dar ouvidos às suas cabeças e passassem a ouvir seus corações... Tsc, tsc, tsc... Nossas lendas e profecias são tecidas pelas teias mais mirabolantes, vinculadas com sentimentos voláteis, porém sustentados por um só: amor. Seja no reino mágico, ou humano, como o que aconteceu com a ligação cintilada da princesa-fada.

Fico assombrada com o conhecimento que a mulher possui. Não é à toa que ela exerça tanta influência sobre as lendas que cercam os reinos sobrenaturais protegidos pela ponte de Cálix.

— Co-como sabe de Giselle? — pergunto.

— Porque sei tudo, tola — murmura, sem o menor sinal de reverência diante de dois representantes reais ali. — E sei quais são os meandros de cada teia que deverá ser tecida para se reconstruir aquilo que a profecia prometeu que seria desencadeado — alardeia com tom fatalista e enigmático. — Não haverá reinos se não se aliarem em prol de uma única causa.

— E qual seria? — Zaragohr a questiona.

— Enquanto todos acham que o assunto se trata de poder, alianças estabelecidas e qual reino é superior ao outro, o que vencerá esta guerra é única e exclusivamente a resposta de que o amor é o sentimento mais poderoso de todos. De que somente ele é capaz de derrotar qualquer inimigo, seja em que campo de batalha estiverem.

Zoltren bufa uma risada e leva uma cotovelada de Starshine.

— Como assim? — pergunto, assombrada.

Não é possível que tudo aquilo tenha sido ocasionado por algo tão...

— Não diga duvidoso, rainha minha — Z pede com carinho. Nosso elo faz com que ele intercepte a palavra antes que eu possa sequer completar o pensamento.

— Eu... eu... — Sinto o rosto esquentar diante da vergonha súbita. Não é justo que eu desmereça aquilo que arde em meu peito com tanta intensidade.

Em minha mente, cheguei a duvidar que o amor realmente existia, por ter amargado anos de sofrimento por algo que agora vejo que não passava de uma paixão fugaz. O amor pode, sim, se alterar, é mutável em inúmeros espectros. Ele pode diminuir, aumentar... acabar.

No entanto, ao classificá-lo como duvidoso, coloco em xeque tudo o que sinto por Z, e que foi despertado depois que me permiti nutrir tal nobre emoção outra vez.

— Todos acreditam que o amor é apenas um sentimento tolo, quando na verdade a maior parte dos conflitos mundiais é ocasionada por ele. Em prol dele. Vocês não refletem que a profecia se iniciou através de tal sentimento, mas foi desencadeada, neste século, pelo reflexo não do desejo de poder, e sim, por ele.

— Não. O que Thandal sente por Giselle não é amor... — sussurro.

— É obsessão. A forma mais doentia de amor vil. É o amor deturpado daquele coração sombrio. Thandal não conheceu o amor puro. Ele conheceu a luxúria, o desejo, a fome. — Ela me encara. — Ele a quer. E acha que isso lhe basta. Ele acredita que se sentir desta forma é amor. Porque sua forma de enxergar o sentimento é errônea e corrompida. E tudo começou como? Assim que Thandal de Nargohr colocou os olhos em Giselle.

Todos nós nos entreolhamos. Tudo estava sendo destrinchado em uma clareira agora destruída, com a luz do crepúsculo vindo beijar nossas peles.

— O sentimento de possuí-la foi o catalisador de tudo. Há uma guerra por poder? Óbvio. Há milênios isso ocorre, mas nem mesmo seus pais, Zaragohr, que se fazem de luz, conseguiram apagar a escuridão. Aquela que habita em si mesmos. — Sinto Z retesar o corpo ante a menção dos reis de Zertughen e de suas atitudes pouco louváveis. — Nem mesmo seus pais, que se mostram tão condescendentes, conseguiram esconder de todos os reinos mágicos, que o objetivo final deles é mostrar supremacia através de um domínio brutal.

— É mentira!!! — Z esbraveja e dessa vez sou eu quem tenho que contê-lo, firmando o aperto em nossas mãos entrelaçadas. — Você não sabe o que diz!

— Seus pais vêm impondo limites restritos a vários reinos, exigindo subserviência e você... vocês — ela atesta, apontando o dedo carmesim para os elfos — sabem que é verdade. Isso é a busca pelo poder. No silêncio, de um modo furtivo. Não existe um reinado de paz entre os Elfos de Luz, existe um reinado de terror oculto. Os herdeiros é que não querem enxergar a verdade, preferindo manter as vendas sobre os olhos!

Styrgeon avança um passo para cima da curandeira, que delata todas as palavras que ela julga serem verdadeiras. Em meu íntimo, algo me diz que há, sim, um fundo de verdade em tudo aquilo. Os soberanos de Zertughen nunca foram conhecidos pela candura em seu governo.

Kiandra gesticula com a mão, como se estivesse espantando um inseto incômodo, nem um pouco afetada pela reação de Zaragohr e Styrgeon, que também se postou ao lado do irmão. Zoltren mal consegue se desvencilhar de Starshine, que ainda vibra em faíscas ao redor dos dois.

— Averiguem por si só. Anotem minhas palavras — ela instiga. — Há quatro elos principais que vencerão esta guerra. Apenas quatro.

Todos damos um passo, inconscientemente, como se a informação que Kiandra está prestes a transmitir tivesse um valor tão inestimável, que não pudesse sair do nosso círculo.

O CINTILAR DA GUERRA

Com um ar de autoridade e perspicácia, ela ergue um dedo de cada vez ao enumerar:

— Amor, perdão, confiança, altruísmo — diz. — São os quatro juntos que derrotarão a ameaça de um reinado sombrio sobre nossas terras. Nem mais, nem menos. Vão — ela gira as mãos e um vento frio passa lambendo nossos corpos. — Através deste portal, vocês darão início ao grande motim, a começar pela verdade que se revelará diante de vocês, na sala do trono dos Zertughen. Não pensem que é somente através de força bruta que vencerão o que se iniciará. Tenham em mente os elos estabelecidos.

Quando ela faz menção de se afastar para voltar ao olmo, quase seguro seu braço, mas Z impede meu movimento brusco, temendo que o gesto seja mal interpretado.

— E quanto... e quanto a Giselle, Kiandra? — pergunto, em um tom de súplica humilde.

— O que tem ela? — Ela para e me encara por cima do ombro.

— Como podemos chegar até ela? — Meu coração está martelando no peito; uma angústia que se instala pelo medo de nunca mais encontrar minha irmã.

— Na hora certa, o sentimento que a despertou a libertará.

E, com isso, ela nos deixa sozinhos naquela clareira, que foi completamente destruída pela onda avassaladora dos sentimentos de Starshine. Um estalo é tudo o que ouvimos antes de sermos sugados por um portal mágico que nos leva diretamente ao reino de Zertughen.

# CAPÍTULO XXIII

## ALANA

*Reino de Nargohr*
*Dois dias depois...*

Depois de uma travessia exaustiva, após a reunião com os Reis de Zertughen, conseguimos chegar ao território dos Elfos Sombrios quando a noite já está alta. O que não faz nenhuma diferença, já que, ao cruzar a fronteira territorial, qualquer ser mágico é capaz de perceber o reino tão imerso em escuridão que, mesmo que fosse dia, a luz solar não brilharia ali. Naquele lugar, sempre seria noite. Sempre.

Os exércitos de Zertughen, que estavam acampados nas proximidades, foram proibidos de lutar por um decreto proferido pelo Rei Tahldae. Seus guerreiros estavam fortemente armados com suas aljavas, arcos e flechas iridescentes, espadas de Xyandyr e a vontade ferrenha de batalhar ao lado de Styrgeon e Zoltren, liderados pelo herdeiro, Zaragohr.

Quando chegamos ao reino dos Elfos de Luz, transportados pelo portal da curandeira Kiandra, fomos recepcionados pelo imprevisível. Imaginávamos que Glynmoor, como aliada de tantos milênios, receberia ajuda, mas, de acordo com as palavras dos soberanos de Zertughen, eles se recusavam a perder soldados valorosos em busca de uma fada fujona.

As boas-vindas antes proferidas, assim que pisei os pés ali, dias atrás, haviam sido devidamente retiradas, sem cortesia alguma.

Os reis não compreenderam, ou não quiseram dar-se conta de que uma profecia já seguia em curso. E que as setas do destino apontam para um reinado de sombras, caso não haja uma aliança entre os reinos que prezam pela paz. Na verdade, eles sentiram o medo de algo muito maior. Além do que estávamos tentando demonstrar.

Foram poucos os guerreiros que resolveram marchar junto aos

herdeiros, desafiando as ordens estritas dos soberanos, sob o risco de serem considerados desertores. Estes eram os mesmos guerreiros treinados por Zaragohr, que se recusavam a abandoná-lo naquele momento. Não compunham uma frente ofensiva, mas ao menos não estaríamos completamente sozinhos.

Mesmo que Z não me queira na linha de frente da batalha, sinto em meu íntimo que devo permanecer ao seu lado. Posso não oferecer força bruta, como os elfos dominam com tamanha maestria, mas também não sou de total insignificância na escala de poder. Embora as pessoas subestimem as fadas, sempre associando-nos a festivais floridos e encantadores, muitos desconhecem que dominamos diversos elementos da natureza como ninguém, e podemos nos valer de seu auxílio quando necessário.

Eu apenas... sei, como se minha vida dependesse disso, que preciso estar perto de Z. Preciso ajudá-lo a salvar o escolhido de minha irmã, para que daquela forma consigamos reavê-la em nosso meio.

— Alana... — A voz rouca de Z interrompe meus pensamentos inquietantes.

Minha fúria emana pelo corpo e pode ser sentida em todas as direções. Isso deve estar bem visível em meus olhos, em meu semblante, até mesmo no meu cabelo. Pelo calor às minhas costas, tenho certeza de que minhas asas estão vermelhas. O que os pais de Z fizeram é inconcebível.

— Preciso que você se acalme. — No segundo em que ele toca minha mão, sinto a onda de um sentimento pacífico varrer meu corpo. — Vamos recuperar sua irmã, minha rainha, mas preciso que, neste momento, sua concentração esteja apenas no aqui e no agora.

— O que seus pais fizeram foi traição, Z — digo, sentindo um tremor se espalhar pelos meus membros.

Zaragohr me abraça, obrigando-me a encará-lo.

— Eles não sabem sobre nós, apenas suspeitam que um laço se estabeleceu. O reino mágico desconhece o cumprimento de uma parte da profecia, sobre o novo tempo de um reino que se estabelecerá, e assim pretendo que seja até que recuperemos Giselle e o humano, Alana. Eles precisam estar em segurança, para somente depois podermos pensar no que fazer.

Encosto minha testa ao seu tórax forte, sentindo seus batimentos acelerados, concomitantes aos meus.

— Eu sei, é só que...

— Você está preocupada e sinto muito por isso, meu amor. Se eu pudesse, arcaria com essa dor, sozinho, para que você não tivesse que sofrer tanto.

— Me desculpe, Z, não tenho intenção de fazê-lo sofrer.

Ele me abraça com mais força. De imediato, aspiro o perfume que aprendi a amar. Ele exala o cheiro de luz serena.

— Não precisa se desculpar por compartilhar seus sentimentos comigo, minha fada, os bons e os ruins, nada me faz tão feliz do que ter essa ligação contigo.

— Sinto o mesmo — admito e ergo o rosto para encarar seus olhos. — Vamos invadir o castelo de Nargohr em breve, e estamos sozinhos, não sei o que pensar sobre isso.

O olhar de Zaragohr é firme e feroz, não deixando dúvidas de sua coragem e valentia.

— Você confia em mim? Nos meus irmãos? — Sigo a direção para onde Z aponta com o queixo. Seus irmãos estão um pouco afastados, traçando planos com Starshine.

— Com a minha vida.

— Então me deixe comandar isso. Eu só preciso que me prometa que não se colocará em risco. Temos poder para derrubar esse castelo, Alana, mas Thandal também tem e você sabe disso. Fique fora do caminho dele, porque juro, por tudo que é mais sagrado, se ele for em sua direção, não verei mais nada à minha volta. Você é minha prioridade, hoje e para sempre, entendeu?

— Sim, mas, por favor, não me peça para ficar esperando sentada, como se pudesse tomar néctar e não fazer absolutamente nada — digo, outra vez. Consigo me afastar de seu abraço, andando agitada ao redor. Zaragohr segura minhas mãos nervosas, que não param de gesticular, e me enclausura por entre seus braços, novamente. Na mesma hora, os movimentos de minhas asas se aquietam.

— Sei que não posso exigir isso de você, mas não é errado que eu deseje que esteja em segurança, Alana. Você nunca esteve em um conflito armado antes.

Respiro fundo, ciente de tudo isso. Meus pais, no entanto, já estiveram. Há muitos séculos e em um passado distinto ao nosso. Quando assumi o trono após suas mortes, estabeleci um reinado frio e distante de todo e qualquer convívio com outros reinos, mas conservei as relações pacíficas o máximo que pude. Sempre tive ciência de nossas limitações como fadas.

— Mas também não sou completamente inepta. O humano é muito mais frágil, Z. Pode ser quebrado como os gravetos que Giselle tanto aprecia sentir com os pés — digo e engulo em seco ao pensar na fragilidade e mortalidade dos homens. — Sou ágil. Nós, fadas, somos ágeis. Dificilmente um ser mágico consegue aprisionar uma de nós. Starshine lutará e...

— Starshine é uma guerreira forjada, literalmente, no embate corpo a corpo, Alana — ele diz. Quando resmungo, tentando sair de seu encalço, Z me aperta com mais força em seus braços. Desisto de me debater, e ele desiste de argumentar. — Tudo bem. Só me prometa que ficará perto de mim, o tempo todo. Que não se colocará em risco.

Em um gesto nem um pouco galante, sopro uma mecha de cabelo, mas aceno em concordância.

— *Dyrvay, Moy'ess*. Eu prometo.

— Preciso que vá com Zoltren e Starshine olhar ao redor, eles são bons rastreadores, mas temo por ela.

Entendo na mesma hora o que ele está tentando me dizer.

— Teme que o lado sombrio dela a puxará e ela se virará contra nós?

Ele dá um sorriso e, em seguida, deposita um beijo na minha testa.

— Não, eu temo que ela seja imprudente o bastante para entrar lá sozinha a fim de tentar matar Thandal. Tudo para que possa poupar Zoltren de se arriscar... Ou para irritá-lo.

Um sorriso se espalha pelo meu rosto, assim que percebo que Z também não deixou passar despercebido a química óbvia entre seu irmão e a garota misteriosa.

— Cuidarei deles.

Styrgeon chega naquele momento ao nosso lado.

— Z, Starshine afirma que a entrada leste da torre do castelo é a mais acertada para entrarmos de modo furtivo, enquanto nossos poucos guerreiros atacam a cidadela, distraindo os castelãos. Isso fará com que os Nargohr saiam da toca.

— Bem como os Ysbryds que usam como escudo — afirmo, em tom alarmista.

— Sim, mas Starshine tem a magia certa para combatê-los — Zoltren debocha e olha para Star, que permanece em silêncio, porém com um sorriso de esgar nos lábios.

A guerreira de cabelo negro como a noite, com as pontas prateadas, em uma mistura singular de cores, não parece demonstrar uma gota de medo. Seu corpo longilíneo não indica, em momento algum, que ela pode ser mais forte do que inúmeros elfos juntos. O tom levemente bronzeado se destaca em comparação à tez mais pálida dos herdeiros de Zertughen, completado pelo azul gélido de seus olhos. Não deixei de notar que, quando ela se vale do poder que possui, suas íris se tornam brancas e brilhantes, como duas estrelas assombrosas.

— Somos muitos. Além de sermos inimigos declarados. Mas nossa missão principal aqui não exige nenhuma tomada de poder. Queremos criar uma distração forte o suficiente que nos dê a chance de resgatar o humano de onde quer ele esteja — Zaragohr relembra.

— É possível que ele esteja sendo mantido no Calabouço dos Segredos — Star declara, se aproximando.

— Que seria...? — pergunto.

— Um calabouço onde Thandal consegue fazer com que qualquer pessoa se quebre mediante suas torturas infindáveis — completa.

Torço, em meu íntimo, para que o "graveto" não tenha sido quebrado, ou o que a profecia alardeava poderia se cumprir. Giselle nunca mais seria a mesma. Ela se transformaria apenas na casca da fada que já fora um dia. E o *Time'sGon* seria alterado para uma disputa sangrenta por poder por séculos à frente.

Zaragohr deposita outro beijo suave contra a minha testa antes de se afastar, sendo seguido por seus irmãos.

Quando olho para o lado, percebo que a guerreira me encara com atenção.

— O que seria capaz de fazer por ele? — Starshine pergunta, de forma sombria.

Inclino a cabeça para o lado, retribuindo seu olhar com uma sobrancelha erguida.

— O que quer dizer?

— Do que estaria disposta a abrir mão para salvá-lo? — Seu tom de voz soa triste e quase resignado.

— Tudo. — Percebo que minhas palavras são verdadeiras e refletem meus sentimentos mais profundos. Por Zaragohr, eu seria capaz de fazer qualquer coisa.

— Você tem certeza? — sonda e me encara com atenção redobrada. Ela parece me avaliar com aqueles profundos olhos azuis da cor do gelo.

— Sim.

— Então se prepare para a batalha.

Starshine se afasta, levando consigo a ameaça do medo que agora me domina por inteiro. Ela fez um excelente trabalho em me deixar em alerta máximo. Com apenas a insinuação de uma possibilidade trágica, havia incutido em minha mente que é preciso estar preparada para o pior.

No entanto, não quero focar na catástrofe que pode abater sobre nós. Ao contrário, quero pensar na esperança de que tudo se resolverá, mesmo que seja necessário um duelo entre os reinos feéricos.

Não posso atinar com a ideia de perder Z ou minha irmã. Até mesmo o humano havia entrado em minhas preces à fada-mor.

Estamos todos envolvidos em um efeito dominó imenso que selará o destino do mundo mágico em poucos instantes.

## ZARAGOHR

Quando avisto Alana se afastando com Starshine, fecho meus olhos, preparando-me mentalmente para o que está prestes a acontecer. Eu não a quero ali. Não na frente da batalha, rumo ao perigo iminente. Meu maior desejo é que ela esteja em segurança; resguardada e protegida como o bem valioso que é para mim e para os seus súditos.

Quero lhe dar a felicidade de trazer sua irmã de volta, mas também desejo ter o poder de descobrir como resolver o embate que se desenrolaria diante dos meus olhos, sem que ela precisasse correr quaisquer riscos desnecessários.

Sabiamente, Styrgeon e Zoltren mantiveram as bocas fechadas em Zertughen e não deixaram escapar que meu elo e vínculo de vida com Alana estava completo e que éramos parte da profecia que estabeleceria um novo tempo nos reinos de Cálix.

Sei muito bem que o que aconteceu conosco representará um conflito de aliança interna dentro da própria soberania, já que meus pais seriam depostos de seus tronos, sem que fosse essa a vontade deles. A sede de poder ficou bastante evidente quando eles perceberam que haveria um conflito que não havia sido orquestrado por eles em seu grande tabuleiro de xadrez.

— Você e Zoltren sempre terão minha gratidão por terem mantido o sigilo sobre o que efetivamente ocorreu entre mim e Alana, no campo dos girassóis, Styrgeon — agradeço, colocando a mão em punho sobre o meu peito, curvando a cabeça, em um cumprimento honroso.

Estamos na floresta escura, não muito distantes do castelo de Nargohr. Começaremos a abater seus vigilantes em breve, pois posso sentir a presença sombria deles ao redor.

— Além de meu rei, você é também meu irmão, Z, e eu jamais o trairia — ele responde e devolve o mesmo cumprimento élfico.

— Sei disso, mas Alana agora também está ciente deste fato.

— Os reinos não poderiam estar em melhores mãos, irmão. Sempre soube que havia algo grandioso reservado para você. — Ele apoia a mão no meu ombro e aperta com firmeza. — É estranho? Essa ligação entre vocês? Notei que até mesmo seus passos, quando estão lado a lado, são sincronizados.

— Não é estranho, pelo menos para nós, não. Nossos passos estão em sintonia como nossas almas, então nosso corpo é apenas um reflexo que mostra que estamos juntos, reinando lado a lado. Nem à frente, nem atrás. Como todos deveriam ser — revelo, exalando um suspiro enlevado. Tudo o que mais queria naquele momento era estar ao lado dela, correndo atrás do tempo perdido.

Ergo a cabeça e olho à frente. É chegada a hora de preparar minhas armas, pois bem sei que em breve travaremos uma batalha sem precedentes.

— Sim, irmão. Nossos pais não ficarão nem um pouco felizes com essa união, sabe disso, não é? — Styrgeon pergunta e, infelizmente, aceno com a cabeça, em concordância, ciente da realidade de nossa família, bem como com a aceitação pacífica.

— Sei, e tenho ciência de que nossa mãe desejava um enlace entre mim e Giselle, para que dessa forma Zertughen comandasse as fadas.

Assim ela pensava. Como se uma mera princesa fosse mais fácil de subjugar do que a própria rainha. Ela mesma reconhecia a força que Alana sempre teve.

— Nossa mãe não se curva, mas será interessante vê-la fazer isso quando souber que seu filho e a Rainha das fadas agora reinam absolutos em toda Cálix.

Com meu punho cerrado sobre o coração, mais uma vez, declaro em um tom solene:

— E quando isso acontecer, quero que saiba que você e Zoltren terão um lugar de honra ao nosso lado.

— Será um grande privilégio, irmão. — Ele devolve uma mesura.

— Espero que suas companheiras não se oponham. — Observo o momento exato em que meu irmão vacila. Contenho a vontade de sorrir ante esta resposta não-verbal. — Você fez bem em deixar Laurynn no castelo, Styrgeon.

Percebo que seu olhar reflete um ar resignado. Styrgeon olha para além das árvores, como se buscasse a coragem em admitir o medo que o aflige naquele instante.

— Ela não ficará nem um pouco feliz quando souber que a enfeiticei para que dormisse e não se juntasse a nós. — Ele engole em seco.

— Você não estaria concentrado na batalha se ela estivesse em nosso meio, ou estaria? Sabes muito bem que uma fada sem preparo para a guerra não teria chances em Nargohr, e eu não poderia lidar contigo enlouquecendo, caso a perdesse.

Ele passa a mão por entre os fios loiros do cabelo, suspirando pesadamente.

— Então você sabe? — pergunta, preocupado.

— Sei, e Alana também, é claro.

— Nossos pais não ficarão felizes com essa união.

Styrgeon chuta alguns pedregulhos, encarando o chão, como se ali estivesse a resposta para suas maiores dúvidas. Aproximo-me de meu irmão e coloco a mão em seu ombro, mostrando total apoio.

— Eles não estarão de acordo com muitas coisas, daqui por diante, mas você sabe melhor do que ninguém que sua união com Laurynn não depende mais da benção deles. E você já tem todo o apoio de seus soberanos — digo, dando uma piscadela para aliviar o semblante conturbado de Styr.

— Que o reinado de vocês seja próspero, irmão — diz ele, em tom sério e reverente.

— Assim seja. — Sem esperar mais tempo, dou um abraço forte em meu irmão. Um gesto tão simples, mas que serve para firmar uma aliança que sempre existiu entre nós, e que agora parece estar muito mais fortalecida. — Agora vamos, minha espada está ansiosa para derramar o sangue podre dos Elfos Sombrios.

— Então, prepare-se, porque há dois vindo pela esquerda, e pelo menos três à direita.

Styrgeon e eu nos separamos no minuto em que os vigilantes entram no nosso campo de visão, e, mais uma vez, ele está certo. Há cinco Elfos Sombrios, com sorrisos macabros espalhados em seus lábios, como se tivessem encontrado algum brinquedo. O que eles não parecem saber é que o sentimento combativo é mútuo, e que o que os aguarda é a morte. Aqueles súditos de Nargohr não têm nenhuma chance contra nosso ataque.

Styrgeon lança sua flecha, que atinge em cheio o coração de um deles. Seu corpo se deteriora no ar, como fumaça, já que a arma de Styr fora forjada na fornalha de Bryathyn, assim como as minhas, e isso é mais do que o suficiente para aniquilar um ser imortal. No entanto, isso não faz com que os outros temam a ofensiva. Eles gostam do desafio de lutar, assim como nós.

Empunho minha espada, e o barulho de metal contra metal soa tal qual música para os meus ouvidos. O elfo que trava o embate comigo é até mesmo habilidoso, mas não o bastante, pois, com um giro ao redor de seu próprio corpo, consigo tomar sua espada, cravando-a junto com a minha em seu coração.

Abaixo-me no segundo em que sinto outra lâmina direcionada ao meu pescoço, e com um movimento com o braço, corto as pernas do elfo que tentou me decapitar, fazendo com que desabe no chão. A última coisa que ele vê, antes de evaporar, sou eu, sobre seu corpo abatido, enfiando a espada em seu peito.

Vejo o instante em que Styrgeon lança duas flechas certeiras, dando cabo dos dois últimos Elfos Sombrios. Ele agora está parado na clareira, apenas me encarando com certo temor e cautela.

— Há algo diferente em você, Z — afirma.

— Eu sei. — Sinto na mesma hora a vibração incandescente me percorrer de cima a baixo. — É como... — arfo, sem saber definir o sentimento.

— Como se estivesse com sede de luta — ele diz, categórico.

— Sim — afirmo, afastando uma mecha de cabelo que agora cobre meus olhos.

Encaro a floresta e ouço o clamor da batalha, sentindo uma vontade extrema em encontrar Alana.

— Nunca o vi lutando dessa forma.

Ele está certo. Sempre tentei levar minha vida milenar em um ambiente pacífico. Por mais que sejamos guerreiros treinados para liderar exércitos, ainda assim, os reinos feéricos vivem sob um regime de paz por quase dois séculos. Meus pais fizeram questão de fortalecer a armada de Zertughen, no entanto, para que fôssemos temidos por todos os povos élficos, bem como por todas as criaturas que habitam o mundo oculto por trás da Floresta de Glynmoor.

— Algo me diz, irmão, que ainda há muito a ser visto — digo, em um tom solene. — Vamos, temos que encontrar os outros, pois estão precisando de nós.

— Droga, vamos lá.

Styrgeon e eu saímos em disparada. Ele não me questiona enquanto lidero o caminho; ninguém precisa me dizer onde nossos companheiros estão, pois sei exatamente o local em que meu coração palpita. Nem todos os oceanos me impediriam de encontrar Alana, se for necessário. O vínculo que nos une é tão intenso e poderoso quanto o universo que nos rodeia.

Não demora muito e os encontramos em uma luta contra outros elfos de Nargohr. A cena que se desenrola diante de meus olhos é singular e faz vibrar um orgulho ardente em meu peito. Na verdade... paro por um instante apenas para apreciar o espetáculo que vejo à frente: Alana não está com suas asas à mostra, em todo o esplendor que sei que ela poderia evocar, mas revoa pela clareira a cada golpe de suas adagas. Delicada e feroz.

O mesmo poderia ser dito sobre Starshine e suas flechas iridescentes, e Zoltren, que luta com Thron, seu lobo fiel, sempre ao lado. Enquanto ele alveja vários Elfos Sombrios, o animal destemido estraçalha outros tantos pelo caminho.

— Achei que eles precisassem de nós? — Styrgeon comenta, divertido.

— Eles estão com a sua rainha ao lado.

Não conseguia parar de contemplar cada um de seus movimentos, hipnotizado pela maestria com que se desvencilha dos golpes. Mesmo sendo noite, sua figura emana uma luz tão intensa que é como se o dia estivesse iluminando o breu neste reino sombrio. E ela é incrível, fazendo com que meu desejo aumente de maneira exponencial.

Nossa união ainda não havia sido consumada de fato, o que nos tornaria mais fortes e imbatíveis do que nunca, mas quero que tudo aconteça da maneira certa. Meu desejo é que ela esteja vestida com o traje que nossa tradição dita: o vestido dourado das rainhas. Só espero que eu seja capaz de me conter até este momento, já que vê-la lutar dessa forma coloca todo o meu autocontrole em risco.

# CAPÍTULO XXIV

## THANDAL

*Reino de Nargohr*

Abro as portas do castelo apenas com a força da fúria que emana dos meus dedos. Estamos sendo atacados em todas as frontes. Meus Elfos Sombrios caem como moscas ante a força dos Zertughen que chegaram sem perguntas, apenas impondo suas vontades.

Com as mãos espalmadas, espiralo rajadas do meu poder para retirar alguns Elfos de Luz que sobem pelas ameias do palácio. Meus Ysbryds imprestáveis não estão me servindo de nada. Absolutamente nada ante os feitiços que permeiam as flechas iridescentes que os atingem. Mesmo em suas formas não-corpóreas, ainda assim, eles estão sendo destruídos pelo simples toque de várias espadas Xyandyr.

*Subestimei o herdeiro idiota*, pensei. Os irmãos elfos. A nata élfica dos reinos de Cálix. Quando estou prestes a impedir que outro grupo adentre o castelo, um grito estarrecedor gela meus ossos.

Ygrainne.

Ela está confinada no Calabouço dos Segredos, junto ao humano imprestável que ousou tocar no que me pertence.

Elevo meu poder de modo que possa virar a névoa escura e pegajosa capaz de obstruir os pulmões de alguns Elfos de Luz, enquanto sigo em direção ao local onde minha irmã se encontra.

Ao destruir o feitiço que eu mesmo havia induzido para enclausurá-la ali dentro, sinto o ódio brotar do meu mais profundo ser.

O humano está sendo erguido pelos irmãos de Zaragohr, enquanto este mantém Ygrainne contida por um laço élfico que a estilhaça por dentro. E digo estilhaça no sentido de ser uma dose cavalar de um tipo de poder que se choca com a mais pura essência do mal que preenche Ygrainne por dentro. A dor é tão excruciante quanto receber uma descarga de um relâmpago incapacitante.

Com uma rajada de ventos mortais, consigo enviar os irmãos enxeridos pelos ares. O humano cai no chão como se fosse um pedaço de trapo sujo e usado. Descartável e sem serventia alguma.

Zaragohr para na mesma hora e tenta me impedir de alcançar o infeliz que desencadeou tudo aquilo.

— Deixe-o em paz, Thandal! Você não quer um conflito com todos os reinos por causa de um humano que mal pode se defender! — ele grita, ainda contendo Ygrainne com seu poder.

Viro-me devagar, para encará-lo, varrendo o corpo de Ygrainne de cima a baixo. A pele de minha irmã está coberta de uma camada fina de suor, e gotas de sangue escuras como a noite escorrem de suas narinas.

— Ah, quero. Quero, sim — digo, entredentes. — O conflito já se estabeleceu. Vocês ousaram entrar em meu território, invadindo meu reino, meu castelo e domínios, sem ao menos se darem ao trabalho de me explicar o porquê. O conflito está aí. A guerra está declarada! — esbravejo.

Os ventos que sopram no calabouço vêm carregados de detritos e cacos de vidro afiados, mas o mais velho dos Elfos de Luz os afasta com um simples gesto.

— Você ultrapassou os códigos de conduta ao trazer o humano para Nargohr. É proibido e você sabe disso. Esteve se alimentando de uma obsessão sem fim que colocará a todos nós em perigo.

Tenho plena ciência de que estamos vivendo tempos sombrios, às portas de algo maior e muito mais grandioso do que meu simples desejo por Giselle. Meu cérebro, no entanto, não pensa em nada além da intensa vontade de possuí-la. Minha fada.

O humano descendente de uma família há muito esquecida tem tudo a ver com isso. E só em pensar que ele pode ter alguma ligação com Giselle, sinto vontade de acabar com sua vida miserável.

— Não tente argumentar comigo, Zaragohr. Não tenho paciência para aqueles que choramingam por eras por conta de algo que querem possuir. Quando quero algo, vou lá e tomo o que é meu! Giselle de Glynmoor é minha!

— Nunca!

Naquele momento, a única palavra atrai minha atenção como nenhuma outra. O humano teve a ousadia de se pronunciar contra a minha afirmativa. Agacho-me ao nível onde o monte de estrume se encontra esparramado e pergunto em um tom de voz letal:

— O que disse, humano?

— Ela nunca será sua. Nunca. Giselle é minha — responde, resfolegando.

Bastou apenas aquela frase para fazer com que toda a minha ira contida por anos saltasse de todos os meus poros. Meu poder explode no calabouço obscuro como há muito tempo não acontecia. Os vitrais escuros se estilhaçam, tornando-se lanças afiadas que voam em todas as direções.

Percebo que alguns cacos atingem os irmãos de Zaragohr, bem como o próprio herdeiro dos Zertughen. Ótimo. Eles farão parte da decoração do meu castelo agora. Que fiquem incrustrados nas paredes decrépitas. É por isso que este lugar se chama Calabouço dos Segredos. Porque os cativos que ali entram poderão ser mantidos como meus troféus. Ninguém precisará saber do que realmente aconteceu. Para todos os outros reinos, uma desculpa pode muito bem ser inventada, alegando que os Elfos de Luz foram extintos por uma fatalidade qualquer.

Minha mente sequer cogita a hipótese de que os soberanos de tal reino possam vir ao meu encalço. De onde meu poder sombrio saiu, há muito mais.

Meus dedos em garras pegam o traste humano pelo pescoço, erguendo-o até que esteja acima da minha cabeça. Ele esperneia, ainda sem forças por conta da tortura imposta. Daquela altura, basta um movimento e ele se partiria ao meio, com apenas a força do meu pensamento. Mas quero estraçalhá-lo, arrancar cada um de seus membros, só pela ousadia de dizer que minha rainha pertence a ele. Quero arrancar seus olhos. Destruir cada pedaço de carne que sequer ousou tocar em Giselle.

— Ninguém. Toma. O. Que. É. Meu! — digo, cuspindo no rosto estoico que, estranhamente, não demonstra medo. Eu tenho que admitir que o homem tem mais brios do que muitas criaturas que já matei.

— Ela... não... é... sua... e nu-nunca será.

Esta última frase sela o destino do traste, e num movimento ágil, arremesso seu corpo débil contra a parede, pegando-o de novo pelo pescoço antes de enfiar a mão inteira em seu peito, esmagando o coração pulsante em meu punho.

# GISELLE

*Iarden, Vale de Meilyn*
— Aaaaahhhh!!!

Meu grito agudo e repleto de agonia se eleva pela cúpula, de forma tão intensa e estridente que o cristal começa a criar rachaduras como as teias de aranhas que se formam entre galhos de árvores secas.

Meu corpo convulsiona ante a dor insuportável que agora sinto espalhar-se por cada terminação nervosa. Coloco as mãos na mesma hora sobre meu coração, tendo a nítida impressão de que está sendo arrancado do meu peito. Duas gotas de sangue escorrem pelo meu rosto, indicando meu pranto. Lágrimas rubras. Não são lágrimas de um coração partido, que se transformam em cristais. Estas são lágrimas de um coração destruído, pulverizado em meio à dor.

Ergo meu corpo com tanta fúria, tanto sofrimento, que posso sentir meu cabelo revolto se misturando ao choro incontido. Minha pele se fere nos cristais partidos por toda a parte. Minhas asas revoam em uma velocidade tão vertiginosa, que meu corpo explode em milhares de pedaços, logo depois de dar um grito angustiado:

— Aaaaalariiiiiic!!!

# CAPÍTULO XXV

## ZARAGOHR

*Reino de Nargohr*

O brilho explosivo varre o aposento fétido permeado com o cheiro de sangue e suor. Cheiro de dor e sofrimento. Horas de tormento que Alaric havia sofrido nas mãos impiedosas de Thandal de Nargohr. Antes que o monstro desalmado consiga completar o feito de arrancar o coração da cavidade torácica do humano, Alana de Glynmoor, minha mulher, voa com toda a sua fúria e o afasta de cima do mortal.

Os dois se envolvem em um embate corpo a corpo, onde as asas pretas e pútridas de Thandal lançam espinhos nas membranas cristalinas e iridescentes da Rainha das fadas, possuída por uma força descomunal.

— Alanaaaaaa! — grito, correndo em seu encalço, já preparando minhas flechas mágicas para subirem em uma revoada rumo ao corpo de Thandal. — Saia da frente!

— Cuide do humano, Z! — ela implora, desviando de um soco certeiro em seu rosto delicado. — Cuide dele, por favor!

O desespero em sua voz caracteriza aquilo que já tenho plena ciência: a preocupação com sua irmã. Se o humano morrer ali, as chances de recuperar a princesa das fadas se torna mínima, onde quer ela esteja.

Zoltren e Styrgeon se alinham para dar cobertura a Alana, sendo que Thron, lobo de Zol, somente naquele momento, conseguira escapar das amarras às quais fora submetido pelo feitiço de Thandal.

Quando me agacho ao lado de Alaric, toco o centro de seu peito destruído, agora com um grande buraco negro onde se pode ver o coração esmigalhado e prestes a dar sua última batida.

Sangue de um vermelho vivo se acumula em uma poça, enquanto minhas mãos tremem, em busca de descobrir o que fazer. Os sons da luta que transcorre tornam-se distantes, e, naquele momento, é como se eu estivesse submerso dentro de uma caixa de vidro, nas águas geladas do Reino de Aslyn.

Antes que minha mão, agora emitindo uma luz branca e cegante, possa fazer contato com o corpo desfalecido do humano, o aposento inteiro começa a tremer. Tudo ao redor se agita de tal forma, que cogito a ideia de que Starshine esteja demonstrando mais uma explosão de temperamento letal.

Centelhas douradas surgem em um redemoinho brilhante no meio do calabouço, atraindo a atenção, momentaneamente, de quem ainda se vê envolvido em um duelo mortal.

Como num passe de mágica, uma completa e total enlouquecida Giselle de Glynmoor cintila de volta. Em um estado tão devastado que hipnotiza a todos ali presentes, de imediato.

Seus olhos verde-água agora estão marcados por uma cor única ao redor: vermelho-sangue. As filigranas de seu rosto adquiriram a tonalidade de um intenso tom escarlate, e marcas de lágrimas carmesins marcam o belíssimo rosto.

Sua cabeça ricocheteia assim que ela detecta a presença daquilo que a atraíra até ali: seu par. Aquele que agora jaz praticamente morto em meus braços.

Giselle corre até onde estou mantendo o humano no chão, com uma mão ainda cobrindo o rombo mortal que Thandal lhe impusera. Aquela injúria não requeria cura, e, sim, um milagre.

— Al-alaric... meu Alaric. — Ela chora e se debruça em cima do corpo desvalido do homem.

Um rugido surdo faz-se ouvir no calabouço. O som de espada se chocando com espada. Thandal está furioso e sendo contido, distante de onde estamos. Assim como Ygrainne, que se vê presa ao chão por Thron. O animal feroz a mantém cativa pelo pescoço, os dentes cravados e a mandíbula de aço cerrada, sem dar-lhe chance de escape.

— Não... não... — O pranto de Giselle é sentido. E a cena me remete a um passado longínquo, onde divisei o mesmo sofrimento e angústia gritantes no semblante da irmã mais velha. — Não me deixe. Por favor... não me deixe.

A diferença era que Alana sabia a quem recorrer. Ela pediu que eu interferisse no curso do destino e não permitisse que o humano caísse nas garras da morte, dando-lhe o dom da vida imortal. Alana sabia que os Elfos de Luz são os únicos dotados desse poder, que é extraído do desejo interno de manter a vida em algo prestes a perecer. Porém, é um dom que não deve ser usado em outra criatura, a não ser em um semelhante, da realeza, ou de alto clamor, que tenha tido um feito bravio pelos elfos de Zertughen. Usar o dom da vida de maneira leviana é passível de punição, porque é o mesmo que interferir nas teias da trama indelével do destino.

E, tantos séculos atrás, optei em não burlar este mandamento. Então agora, aqui estou eu. Em uma encruzilhada onde a vida do par de Giselle se pendura por um fio que se mostra cada vez mais invisível. E sei que, se ele se fosse, Giselle pereceria junto, ou se tornaria a casca da criatura doce e vivaz que já fora um dia, de acordo com Alana.

Estava escrito, pelas teias do destino, que aquele humano seria parte importante da profecia, ou não teria cintilado uma herdeira de Glynmoor. Não deixei passar despercebido a ironia do mesmo destino, que colocou um descendente de Alaihr Cooper, o humano que roubou séculos do amor que eu poderia ter vivido ao lado de Alana, para receber o dom de uma vida imortal pelas mãos dos Zertughen.

Não vou desapontar você, *Moy'syl*.

*Não o deixe morrer, Z. Por mim, não o deixe morrer.*

O choro incontido de Giselle, com seu corpo cada vez mais entregue e convalescente de dor, acima do de Alaric, foi o que impulsionou minha decisão, junto ao apelo do elo mental que agora mantenho com Alana.

*Não vou desapontar você, Moy'syl.*

Com uma rajada de poder tão intenso que chegou a jogar a princesa um pouco para trás, consigo fazer com que a imensa ferida se abra ainda mais para que eu possa ter acesso ao coração já não pulsante. Meus dois dedos, indicador e médio, alinhados, se conectam ao órgão humano, restabelecendo as lesões que o punho maléfico de Thandal infligira. Uma luz branca e ofuscante incide de dentro do peito de Alaric Cooper. Giselle ergue o corpo, devagar, agora atraída pelo que acontece diante de seus olhos.

O som das batidas do coração se torna audível. A luz intensa vai se transformando em uma fresta à medida que o buraco no peito do humano se fecha pouco a pouco, como se por um milagre. E tenho plena ciência de que é exatamente isto o que aconteceu. Aquele homem ali já não seria o mesmo. Ele agora teria dentro de si as fagulhas de vida dos Elfos de Luz. Não uma fagulha qualquer. Mas a de um Zertughen. Do outrora príncipe herdeiro, agora soberano. De uma forma bem singular, Alaric Cooper poderá ser considerado como minha criação. Ou recriação. Meu "filho". O detentor de características que foram transmitidas por mim a ele.

— O-o... que fez? — Giselle pergunta, assombrada.

— O que faria por sua irmã. O que faria por você.

As mãos delicadas da fada passam pelo tórax reconstituído de seu par. Apenas as roupas de Alaric são o indício dos maus-tratos sofridos, pois haviam se transformado em farrapos. Seu corpo, antes devastado, no entanto, agora brilha com uma suave luz dourada.

— E-ele... ele...

— Ele vai acordar — tranquilizo a garota. — Mas não será mais o mesmo. É seu elo de alma e coração que terá que ser o suficiente para ajudá-lo na transição.

— Zaragohr! — Alana grita a tempo de me alertar que Thandal conseguira sair do cerco que ela e meus irmãos haviam feito para que eu tivesse tempo de cuidar das feridas do humano de Giselle.

Ergo os punhos cobertos com os braceletes élficos e armo um escudo para me proteger – e também ao casal que ainda convalesce no chão – do ataque aéreo de um enfurecido elfo sombrio.

Antes que eu possa sentir o choque do violento golpe de Thandal, Zoltren corre e se posta à minha frente. Ele está pronto para receber a pancada direto no peito. *Tolo idiota!*

Não houve tempo para decisões do que fazer a seguir. Um choque estelar agarrou-se ao tronco de Thandal, explodindo em mil pedaços.

— Starshiiiiine! — O grito de Zoltren é aterrador e desesperado.

Ygrainne, que se mantinha em silêncio até então, solta uma risada gorgolejante, acena uma despedida e, subitamente, desaparece, deixando o lobo de Zoltren em polvorosa por ter perdido sua presa.

Olhando de um lado ao outro, com as mãos puxando os fios de seu cabelo, Zoltren desaba no chão, ajoelhado. Thron imediatamente se arrasta até ele e pousa a cabeça em suas coxas.

— Para onde foram? Para onde? — O desespero em sua voz comprime meu coração. Tenho ciência de que Zol sempre nutriu uma paixonite por Starshine, só não imaginava a extensão.

Styrgeon chega ao lado de nosso irmão e coloca a mão em seu ombro.

— Iremos descobrir, irmão. Não se preocupe com isso.

Alana agora está abraçada a uma Giselle chocada, porém ainda agarrada à mão inerte do humano. Paro por um instante e corrijo meu pensamento, pois aquele homem já não pode ser considerado humano.

Alaric Cooper faz parte dos reinos feéricos a partir de hoje.

E ele é, legitimamente, um Zertughen.

# CAPÍTULO XXVI

## GISELLE

*Reino de Zertughen*

Ele ainda não havia acordado. Nem todas as ervas do mundo o tinham feito despertar para a vida. Nem todas as guirlandas de rosas. Nem mesmo o toque de minha mão, de encontro à sua.

Não consigo entender o que está acontecendo. Alana me explicou tudo do início. Eu havia cintilado. Tudo bem... era um processo surreal e incompreensível, mas o quê, nos reinos sobrenaturais, não pode ser considerado assim?

O beijo trocado, apenas um, com Alaric, no seu escritório em Bedwyr, fora o suficiente para me pulverizar em partículas cintilantes – e felizes, a bem da verdade – para Iardhen, onde acordei em uma caixa de cristal. Cercada e aprisionada no que poderia ter se tornado meu caixão. Em fábulas humanas, as princesas eram acordadas ao toque sutil de um beijo de amor.

Eu, em contrapartida, fui retirada da caixa à base do grito. Literalmente. Ao ter o coração tão covardemente atacado por Thandal – o desgraçado –, foi como se o meu próprio tivesse sido extirpado do corpo. A fúria me levou a cintilar de volta para os braços do meu par. Se era seu destino morrer, que ele morresse ao meu lado. Era isso que diziam os escritos sagrados das fadas.

O gesto que Zaragohr fez... Céus, ele fora altruísta ao extremo. Renunciara aos preceitos élficos de seu povo, dos Zertughen, para honrar o desejo do coração de Alana.

Depois que saímos do reino sombrio de Nargohr, carregando a carga que para mim tornou-se tão preciosa, me tranquei no quarto que nos foi destinado como hóspedes. Zaragohr salientou que, como seu reino era bem mais perto que o nosso, seria melhor que ficássemos por ali até que decidíssemos o que fazer. E acredito que ele falava até mesmo por ele e Alana. É nítido que ele não consegue imaginar-se afastado de minha irmã, e sabe que, se voltarmos a Glynmoor, fatalmente, isso acabará acontecendo. Como sou esperta, deduzi que há algo mais além do que me contaram.

Pela milésima vez, desde que entrei naquele aposento, passo a mão suavemente pelo cabelo agora limpo de Alaric. Percorro, com a ponta do dedo, a superfície de seu nariz perfeito, sua mandíbula, o contorno dos lábios, até mesmo os pelos curtos da barba que recobre sua pele. Meus olhos acompanham o movimento, catalogando cada parte do ser perfeito que agora tenho diante de mim. Ele poderia ter continuado como um humano, e, ainda assim, seria perfeito.

Laurynn entra no quarto e interrompo minha inspeção minuciosa.

— Ele ainda não deu sinais de querer acordar? — pergunta e deposita mais um tanto de guirlandas de lavanda ao redor.

Apenas balanço a cabeça, negativamente.

— Já conversou com Alana para saber o porquê? — Ela se senta em uma poltrona elegante no canto do quarto luxuoso.

— Não. E não quero deixá-lo sozinho para poder fazer isso — admito. — Eu só queria ver os lindos olhos que ele tem outra vez.

— E verá, Giselle. Tenha paciência.

— Essa é uma das virtudes que não tenho, Laury. E sabes muito bem disso. Pense por um segundo comigo... fiquei "apagada" em uma maldita caixa de vidro enquanto tudo aquilo acontecia. É como se eu tivesse ficado em um... refúgio secreto... seguro — resmungo, ainda revoltada por ter perdido toda a ação.

— Então talvez agora seja a vez de ele se refugiar em algum lugar seguro? — ela sonda, incerta. — Você pelo menos estava "apagada", como diz, por um motivo nobre, e eu que fui encantada para cair em um sono reparador? — ironiza, irritada. Ela ainda não havia perdoado um dos irmãos Zertughen que quis poupá-la da batalha.

— Não... não! — digo, apavorada. — Ele não pode ficar dormindo desse jeito. Tem que acordar, abrir os olhos e conversar comigo em seu sotaque distinto! T-tem que... tem que... querer sair correndo de medo do nosso mundo. Ou isso é o que se espera, não é? Não sei... Só para que eu possa voar atrás dele...

— Você faria isso?

Viro para trás, vendo que Laury me encara com curiosidade.

— Faria o quê?

— Iria atrás dele?

— Ah, sim. Eu faria... — afirmo, com um sorriso pícaro. — Voaria e o agarraria sem lhe dar chance de refutar. Eu o levaria a um refúgio só nosso, onde poderia desfrutar de sua companhia sem interferências ou distrações.

— Pela fada-mor, Giselle. Isso parece um tanto quanto possessivo e desmedido.

Dou de ombros.

— É assim que o elo vinculado nos torna. Seres loucos e irracionais. Ficamos possuídos e repletos de um amor tão intenso que não conseguimos nem ao menos desviar o olhar do ser amado. E booom! Basta um pequeno toque de lábios para que tudo se exploda — murmuro, sobressaltando minha amiga.

— Um... um toque de lábios?

— Sim — respondo, sem olhar para trás. Somente quando percebo seu silêncio é que finalmente a encaro, vendo a palidez mortal em seu rosto. — O que houve?

— Na-nada...

— Nada, não, Laury. Você está pálida. Parece que viu o fantasma da fada Grymalda. Ela era assustadora, eu sei. Mas mesmo assim... — interrompo o que ia dizer. — Aww... Laury... você está programando tocar os lábios de algum elfo, sua atrevida? E quer confirmar se não vai pulverizar, virar estrelas cintilantes, catapultar para o além? — Faço um biquinho e lanço beijos apaixonados, revirando os olhos.

Começo a rir do desespero de Laurynn. Seu rosto agora está tão vermelho quanto as flores de primavera que enfeitam os canteiros da janela do meu quarto no palácio. O contraste com seu cabelo azul é gritante.

— E se... e se tudo o que for preciso for apenas isso... o toque dos lábios outra vez? O seu com o dele? — ela questiona. Assim que registro suas palavras, sinto meu coração trovejando no peito. *Será?*

— E se... e se eu cintilar de novo? E se ficarmos nessa lenga-lenga de um vai e o outro fica? E se não for para ficarmos juntos? — externo meus medos mais secretos.

— Você está louca? Por que não haveriam de ficar juntos?

— Não sei... não achas que isso é muito fantasioso, Laury? Um beijo para despertar o amado?

— De acordo com Lurk e suas histórias, nos contos de fábulas dos humanos são as princesas que são despertadas pelo beijo de um príncipe — ela zomba.

Começo a rir e arqueio uma sobrancelha, pensativa. As filigranas do meu rosto devem ter mudado de cor, porque sinto a pele agora quente.

— Mas os humanos inventam estas histórias que nos retratam como seres pueris e idiotas. Criaturas indefesas e que voam sorridentes por aí... Aqui em nossa realidade, somos as garotas corajosas, que não hesitam em voar em direção ao perigo, dão porrada nos vilões e beijam os mocinhos se sentirem vontade.

— Então vá em frente e faça isso — Laurynn incentiva.

Aquela ideia envia ondas cálidas por todo o meu corpo.

— Dê o fora do quarto... por favor — peço, de supetão.

— E se você cintilar de novo e sumir? — insiste.

— Ele, possivelmente, vai acordar e sair gritando, pedindo que alguém encontre sua fada amada — ralho, enquanto dou um voo rasante pelo quarto e a expulso dali sem a menor cerimônia.

— Você é tão segura de si — Laury diz, aos risos.

— Temos que ser confiantes sempre. E, neste momento, estou tentando me apegar à sua ideia genial de que um beijo meu pode acordar aquele príncipe escocês ali — digo, e aponto para a cama.

— Ele não é um príncipe...

— Semântica, Laury.

— Não faço ideia do que seja essa semântica... — resmunga, me fazendo revirar os olhos.

— Vá.

Quando ela sai, tranco a porta. Não quero ser interrompida, já que estou com esperanças de que conseguirei acordá-lo. Preciso ter fé de que o verei acordar outra vez, nem que seja para brigar comigo... ou para sair fugindo da loucura em que o coloquei.

Eu já havia acordado acima dele quando desmaiou da outra vez, não é? Então... seria uma espécie de repetição de nosso primeiro encontro desastroso.

Subo na cama, devagarzinho, e largo as sapatilhas no chão coberto por um carpete cheio de desenhos intrincados. Ajeito o vestido vaporoso de cor creme e coloco uma mecha do meu cabelo atrás da orelha. Por um momento, apenas fico ajoelhada ali, contemplando, de maneira reverente, o homem magnífico que tenho diante de mim.

Nunca me relacionei com o sexo oposto antes, não dessa forma. Sentindo o rosto corar de vergonha, apoio os braços na cama e vou engatinhando bem devagar, sem ficar tão em cima de seu corpo. Meu cabelo longo, mesmo trançado, cai sobre o peito musculoso recoberto pelos trajes imponentes dos Zertughen, em uma carícia involuntária.

Abaixo o rosto e fico a apenas alguns centímetros de distância da boca que me atrai como a abelha é atraída ao mel. Sinto sua respiração se misturar à minha e meus sentidos se inebriam na paixão que se acende em meu corpo. Aquilo é desconhecido, mas envia arrepios por todos os meus poros.

Sem esforço ou pressa, roço minha boca à dele. Deposito um beijo suave, a princípio. Apenas um leve toque de plumas com nossos lábios unidos. Os dele, inertes. Os meus, sedentos.

Quando estou prestes a erguer o rosto, rendida ao desespero de não ter obtido nenhuma resposta, sinto a mão forte agarrando um punhado do meu cabelo, logo atrás da nuca. Abro os olhos e deparo com os azuis de Alaric, tempestuosos, me encarando de igual maneira, com fome, saudade, desespero, paixão. Amor.

Ele não espera que eu diga qualquer coisa. Apenas puxa minha boca de encontro à dele, de novo, e de novo. Não mais em um toque singelo para conhecer a textura de cada um. Mas, sim, em um assalto de sentidos, para enlouquecer o juízo. Para acelerar o coração, deixando bater num ritmo tão frenético que se torna difícil respirar junto.

Quando a língua de Alaric toma a minha, meu corpo vibra como uma explosão reprimida. Sinto o calor aquecer minhas entranhas, então arregalo os olhos, assustada. Com medo de cintilar, mais uma vez, me afasto por um instante.

— Se você desaparecer em milhares de centelhas douradas, dessa vez, eu vou te caçar até os confins da Terra, te amarrar na minha cama e proibir que saia de perto de mim. Ou me leva junto, ou não vai — ele diz, de modo taxativo.

Seus braços são como tornos de aço ao meu redor. Agora meus seios pesados estão sendo comprimidos contra seu peito forte, e a fricção faz com que uma necessidade desconhecida surja em meu interior.

Coloco as mãos em seu rosto, olhando-o com todo o amor que meu coração poderia exprimir naquele instante. Algo desconhecido, novo, mas tão verdadeiro que não há dúvidas de que este homem maravilhoso é meu.

— De que cor estão as filigranas do meu rosto? — pergunto e suspiro com o olhar embevecido que ele me lança.

— Multicoloridas — responde, simplesmente.

— Então significa que estou tão eufórica que sou capaz de sair voando em cambalhotas, sem controle algum. Continue me segurando, Alaric.

— Não vou te soltar nunca mais — alega, dando um jeito de me aninhar em seus braços, protegendo apenas minhas asas. — Nunca mais, Giselle. Você é minha fada.

— E você é meu escocês.

Não é preciso dizer que, depois do despertar de Alaric, acabamos permanecendo no quarto, descobrindo tudo aquilo que nosso corpo demandava saciar.

É irônico até falar isso, mas o elo que havia sido criado com apenas um beijo, fora fortalecido pela resposta mais intrínseca do corpo de cada um. Alaric precisou quase ter seu coração arrancado do peito para que me despertasse do limbo onde eu me encontrava.

E posso afirmar... embora Iardhen seja lindo, como foi tantas vezes descrito por Alana, com todo o Vale de Meilyn brilhando como um caleidoscópio de cores, ainda assim, não pretendo repetir a experiência e nem consigo pensar em uma vida inteira sendo aprisionada por aquela maldita caixa de cristal.

Então... o desespero de não ter o corpo presente de Alaric fora tão intenso que o meu próprio respondeu em agonia.

E vou dizer que agora o que nos move são os desejos desses mesmos corpos, que anseiam por criar um vínculo inquebrável que somente dois amantes podem ter.

Estou pairando acima de Alaric, mas quero me fundir a ele. E estes são desejos até então desconhecidos por mim. Desejos sobre os quais apenas ouvi falar. Ora espiando, ora pesquisando.

Minha sorte se dá porque Alaric parece ser muito mais experiente que eu nesse quesito. Bem... muuuuito mais experiente, o que acaba assanhando a centelha do ciúme que arde no meu peito.

As mãos fortes do meu escocês começam a percorrer minhas curvas suaves, buscando um contato muito maior. Contato pele a pele. É o que meu ser grita por dentro.

— Alaric... — suspiro, tentando fazê-lo se apressar em algo que nem faço ideia. Uma urgência que faz vibrar meu corpo inteiro.

— O que você quer, meu amor?

— Eu... eu não sei... não sei o que estou sentindo... só sei que dói — sussurro, sentindo arrepios deslizando por meus poros quando ele beija a curva do meu pescoço em um caminho descendente.

— Eu só quero você, Giselle. Como se fosse o ar que necessito para respirar — admite.

Seguro seu rosto em minhas mãos e arrasto a boca áspera até a minha.
— Eu também...

Alaric assume seja lá o que meu corpo necessite com tanta ânsia a partir dali.

Minhas mãos ganham vida própria e começam a buscar por tudo o que está ao meu alcance. E eu quero tudo. Preciso de Alaric com uma intensidade tão grande que tenho medo de estar apenas sonhando.

Tenho receio de acordar e perceber que ele ainda dorme o sono dos justos.

Os dedos deslizando por minha pele me provam que não é um devaneio da minha mente. Ele realmente está me tocando e me fazendo ver estrelas.

Fecho os olhos para permitir que as sensações assumam o comando a partir dali, me deliciando com seu toque.

Os beijos de Alaric ora são ardentes, ora suaves... como as plumas mais delicadas que já havia tocado.

Minha pele toda arde em chamas pelo que está por vir.

O corpo musculoso paira acima do meu, e posso apenas sentir os ofegos suaves de sua respiração.

— Você não vai abrir os olhos? — pergunta, fazendo com que entreabrisse as pálpebras.

— Estou com medo de explodir...

— Você não vai... a não ser que seja de prazer indescritível, meu amor.

Alaric baixa o rosto e captura meu lábio inferior entre os dentes.

— Preciso apenas que me diga se estou te machucando — pede com candura.

— Não está... não está, Alaric — respondo, em desespero.

— E suas asas? — Seu olhar varre meu corpo, em preocupação.

— Que asas? — pergunto, sem entender.

— Essas que estão sendo esmagadas contra o colchão... — diz, rindo baixinho.

— Esqueça delas, Alaric. Finja que não estão aqui.

— É impossível fazer isso, Giselle. Você é um espetáculo que se desenrola diante dos meus olhos... Nunca pensei que fosse ter em minhas mãos algo tão precioso assim — admite e, na mesma hora, sinto meus olhos marejarem.

— Eu sou sua, Alaric.

O CINTILAR DA GUERRA

— Eu sei. E eu sou seu.

Ao dizer aquilo, ele finalmente toma posse do que estou oferecendo com tanto ardor e desespero.

Sinto meu corpo catapultar para outro nível de sensações e temo desaparecer outra vez. Agarro-me a Alaric de tal forma que somente a morte poderia me levar para longe. Sua risada ressoa pelo meu ouvido.

— Estou com você, meu amor. Nunca mais a deixarei partir — diz, em tom solene. — Não sem mim.

— Promete? — sussurro.

— Prometo.

O juramento é selado com nossos corpos se entregando a um prazer indescritível.

Tudo o que posso fazer é exalar o ar que nem ao menos percebo estar segurando. Concomitante ao ofego de Alaric, posso dizer que seríamos capazes de criar uma ventania naquele quarto.

Estamos quase caindo em um sono profundo, um nos braços do outro, logo depois, agarrados de forma firme e determinada, como se estivéssemos com medo de perder o contato.

Porém, antes de fechar os olhos, ainda sou capaz de proferir:

— *Vuhn tae luyar Zy deth, Moy'zard.*

O mais surpreendente, no entanto, é que Alaric simplesmente responde, sem hesitar:

— Eu também, meu amor.

Ele me ama. De forma igual.

# ALARIC

Abro os olhos, fechando-os em seguida por conta da centelha de luz que brilha ao redor. Olho para baixo e vejo que o corpo de Giselle emite uma intensa luz dourada. Um medo irracional vibra em meu peito, onde o temor de que ela possa desaparecer do nada, diante dos meus olhos, se instala.

Toco seu corpo, percebendo que a matéria está ali, firme. Não há centelhas ou partículas se desfazendo, como um pó mágico e irreal.

O sorriso satisfeito em seu rosto lindo aquece meu coração. Eu sou o cara afortunado que a deixou neste estado de saciedade.

Por mais que possa parecer impossível, tenho uma fada linda e sensual em meus braços. O que muitos julgariam como proibido, já que somos de espécies diferentes, simplesmente perdeu sentido e aconteceu. Eu me encaixava perfeitamente em Giselle, assim como ela parecia haver sido feita para mim. Um humano e uma fada. Nem em meus mais loucos sonhos imaginei que algo assim pudesse realmente existir.

Quando penso em tudo o que havia acontecido, sinto um arrepio deslizar pelo meu corpo. Sequer tenho noção do que me tornei, depois de ser salvo pelo tal Zaragohr.

Ainda estou estático, sem acreditar na sorte que me acometeu, ao não padecer nas mãos daquele gótico filho da puta, mas mais ainda... a única certeza que tenho, neste instante, é dos meus sentimentos por Giselle. E sendo muito honesto... ainda estou inseguro a respeito das mudanças que se darão a partir dali na minha vida. Mesmo sentindo-me tolo, preciso saber se meus medos são infundados ou não.

Por diversos segundos, reflito se na verdade não estou vivendo um sonho regado a substâncias alucinógenas. Parece que foi há muito tempo em que estive na construção, cuidando dos planos que foram traçados há tantos anos pela minha família.

Penso em Keith e Violet, penso nos deveres que deixei para trás, mas, como fumaça, as lembranças flutuam para longe e se desfazem. Sei que preciso organizar uma série de arranjos, que preciso retornar a Bedwyr, mas o simples pensamento de me afastar de Giselle me deixa em pânico absoluto.

— Giselle?

Ela se remexe em meus braços e o nariz afilado afunda na curva do meu pescoço, causando arrepios que podem despertar meu corpo a qualquer segundo para o dela. Encaro a garota – não, fada – que se tornou a luz dos meus dias e que por um instante, ou dois, enquanto estive naquele calabouço de merda, cheguei a pensar que nunca mais veria.

— Humm?

Sei que minha mente deveria estar concentrada em outros aspectos, mas me sinto como uma criança sedenta por aprender aquilo que não é conhecido.

— Eu... eu não vou ter nenhuma espécie de asas ou qualquer coisa assim, não é? — pergunto e aguardo com ansiedade a resposta. Ignoro por completo a risadinha sorrateira que a atrevida deixa escapar.

Ela ergue a cabeça e foca toda a sua atenção em mim.

— Você diz... como orelhas pontiagudas como as minhas? — pergunta, sorrindo e sacudindo as orelhas delicadas.

— Humm... sim — pigarreio para disfarçar o desconforto.

— *Naaan*.

É bonitinho ver que ela utiliza um linguajar tão... humano. Giselle muitas vezes se parece mais a uma menina que mulher. Não, risque isso. Eu havia conhecido muito bem sua faceta mulher-fada – o que seja –, selvagem, e posso garantir que é implacável e inesquecível.

— Nem vou brilhar nem nada...

Ela agora esconde o rosto em meu peito, rindo sem a menor vergonha.

— *Nope*.

— O que vou me tornar? — Está aí a pergunta que me atormenta desde o momento em que o fôlego de vida voltou ao meu corpo combalido.

Giselle solta-se do meu abraço e se senta sobre minhas coxas, encarando-me com um brilho único no olhar. Seu cabelo sedoso se espalha pelos ombros e cobre o colo, as asas às costas se agitam vez ou outra, criando uma imagem única e inesquecível.

— Imortal — diz e se abaixa, para depositar um beijo na minha boca.

— Você será imortal.

Seu sorriso mostra muito mais do que palavras ou medos infundados que possam ter chegado a cultivar no meu peito e alma antes mortais. Fui humano até bem pouco tempo, mas agora já não pertenço à espécie que sempre conheci. Não sei o que isso faz de mim, mas um lado egoísta simplesmente deseja que toda a minha vida seja deixada para trás. O que não é justo com minha família. O que poderei explicar a Keith e Violet?

No entanto, de uma coisa tenho a mais absoluta certeza, dali em diante: minha vida seria completamente vazia sem ela ao meu lado. Então, se a vida humana simboliza um destino longe daquela mulher, estou mais do que pronto a abdicar com prazer. Sem medo ou culpa.

— Para estar sempre ao seu lado.

— Por uma longa, longa vida, Alaric — Giselle responde e, num rompante, sento-me e enlaço seu corpo em um abraço apertado.

Pouco me importo se ela decidir bater suas asas neste instante e me guiar em um voo espontâneo. O que sei é que a amo de todo o meu coração e serei para sempre desta garota. Desta criatura mágica e inigualável, que com um simples toque de lábios expandiu meu coração até os confins da Terra.

Deixo os pensamentos que se atropelam na minha mente, e me rendo à explosão de sentidos com que Giselle inebria meu corpo. Pensarei no que tenho que fazer logo mais, quando não estiver tão envolto pelo prazer que me varre de cima a baixo.

# CAPÍTULO XXVII

## THANDAL

*Reino de Nargohr*

Meu corpo se cura gradualmente, e porque não dizer, reage de maneira simultânea ao ódio corrosivo em minhas entranhas.

Derrotado por um bando de idiotas. Este é o sentimento que me atormenta neste instante. Se a aparição súbita de Giselle não houvesse me distraído, tirando meu foco, eu os teria destruído com facilidade. Porém meu cérebro congelou, junto com as emoções nebulosas, assim que ela surgiu, transtornada e em pura agonia, por conta daquele… humano miserável.

Sim. O sentimento de traição ainda faz morada em meu peito. Queima e deixa um gosto amargo na boca, alimentando ainda mais o rancor. Sinto o frio me percorrer desde o fio de cabelo aos pés, e meu coração sombrio se aperta, fazendo-me perder o fôlego por um segundo.

Ergo o dedo revestido com a garra metálica e colho algo estranho e desconhecido que escorre do meu olho. Quando trago o dedo à boca, sinto o sabor ácido do meu próprio sangue.

Estou chorando? É isso? O rei de Nargohr não chora por nada nem ninguém. É descabido render-se a tal sentimento debilitante. Não me lembro de quando havia sido a última vez em que me senti assim. Nem mesmo quando Nayla, a rainha de Nargohr, também conhecida como minha mãe, morreu pela espada de um Malakhi, séculos antes.

Afasto as lágrimas inoportunas e fecho os olhos, recostando a cabeça no espaldar alto do trono secreto em que agora me encontro assentado.

A Ilha de Narvius abriga segredos antigos dos Elfos Sombrios e sempre havia sido meu refúgio para os momentos em que precisava pensar.

E este é um deles. Um momento em que preciso entender o que aconteceu, o que saiu errado. Preciso organizar meus pensamentos e elaborar um novo plano de ação.

Preciso entender o que havia acontecido naquela batalha no Calabouço dos Segredos. Estive muito perto de acabar com a vida do humano inseto que ousara tocar no que me pertencia. Ou que sempre achei que deveria ser de minha posse.

Giselle. Minha fada.

Rebelde. Ingrata. Infame. Vadia.

Pensar nela me traz uma dor lancinante à cabeça, e esfrego os dedos contra as têmporas, tentando afastar o incômodo. Pouco me importo se minhas próprias garras agora fazem com que meu rosto seja uma bagunça sangrenta.

Zaragohr fez o que sempre havia sido proibido por lei em territórios sobrenaturais. Ele deu o sopro de vida élfico para aquele mortal.

Estive com o coração daquele animal nas mãos. Bastava apenas um pouco mais para pulverizar o órgão vital que lhe trazia vida. No entanto, fui interrompido por Alana, a maldita Rainha das fadas. A mesma que sempre havia frustrado todas as minhas tentativas em capturar Giselle em meus ardis.

E então ela surgiu. Uma imagem digna dos melhores pintores. Daquelas que deveria ser eternizada. Os olhos vermelhos mostravam a ira que a dominava. Até que fora tomada de angústia ao ver o humano no chão. Ela chorava por ele. E parecia estar à beira de um precipício de dor.

Merda.

A sequência de eventos ainda parece tumultuada na névoa escura que permeia meu cérebro. Alana me envolveu em uma batalha de vontades, achando que seu poder de fada seria páreo para mim.

Os irmãos de Zaragohr, mesmo combalidos pela minha magia – e ainda cravejados pelos estilhaços dos vitrais –, se juntaram para tentar me conter em alcançar Giselle, que esteve a míseros centímetros de mim.

Ygrainne, a imprestável, estava sendo mantida pelos dentes daquele lobo infernal, mostrando-se mais fraca do que imaginei, já que nem ao menos conseguiu se libertar a tempo.

Sim. Zoltren tem um poderoso aliado ao lado, e talvez ele nem mesmo tenha a noção ou conheça a extensão de suas habilidades. O lobo, alfa da espécie Karpungyr, a mais ferina e mortal dos reinos feéricos, não deveria ter sido subestimado.

Thron. Esse é o nome do animal maldito. Quase ninguém tem conhecimento de sua verdadeira identidade, mas a aliança que ele forja com o mais novo dos Zertughen ainda é um mistério para mim.

Com um suspiro irritado, continuo rememorando os eventos da batalha que agora me trouxe aqui. Um refugiado dentro do meu próprio reino. Subjugado pelo destino que me impediu de concluir os meus planos há muito tempo traçados.

Quando consegui me libertar do trio que pensava me infligir algum tipo de dano, avancei na direção de Z. Eu queria matá-lo com minhas próprias mãos. Queria fazer com que ele assumisse o lugar do humano. Queria cravar minhas garras em seu coração, assim como fiz com o reles mortal e seu corpo frágil.

Eu sabia que ele era poderoso. Sim. Era um duelo entre o bem e o mal no reino élfico. Os elfos de Nargohr eram o oposto aos seres débeis de Zertughen. E eu também os subestimei. Juntos, os irmãos da realeza élfica já impunham perigo. Aliados ao poder exacerbado de Alana e Zaragohr, vinculados, eles poderiam ser quase invencíveis.

Minha ira foi tamanha que arremessei meu corpo, coberto de magia, de névoa densa e destrutiva, para cima de Zaragohr. A surpresa maior se deu mesmo quando o irmão caçula se interpôs em meu caminho. Estive a segundos de trespassar-lhe o coração com minha garra, mas Aersythal se interpôs entre nós, explodindo nossos corpos em mil partículas.

A vadia era poderosa ao extremo. Tanto quanto poderia ser, já que foi forjada com as faíscas das espadas mais poderosas dos reinos élfico. E, ao que pude perceber, ela parece bastante protetora em relação ao Zertughen mais jovem.

Olho para o lado, e a vejo se contorcer contra as amarras élficas reforçadas que lhe impus. Seus caninos estão expostos em uma carranca enquanto me encara com ódio mortal. Os olhos brancos cintilam e me perfuram.

A desgraçada soube exatamente para qual lugar se desmaterializar, levando-me junto em uma chuva de estrelas incandescentes. Cada uma daquelas centelhas de luz havia trazido meu corpo próximo ao declínio, cravejado de dor agonizante. Luz não combina com as trevas. Isso é um fato.

E a idiota estava repleta da graça iluminada do cetro de *Majërghen*, o mesmo que Tahldae usa para comandar os Elfos de Luz.

As fagulhas de escuridão oriunda do cetro de *Katandyr*, de meu pai, e que agora me pertence, sequer dão sinais no complexo misterioso da formação de Aersythal.

— Você não deveria ter se permitido explodir em partículas pelo universo — comento, com os olhos entrecerrados, ainda com a cabeça recostada contra o espaldar do trono. — Achou que seu poder fosse maior que o meu e não imaginou que eu nos materializaria de novo, em meus domínios, não é mesmo?

O rosnado que escapa de sua boca me faz rir. Começo a tossir em seguida, já que ainda estou me refazendo dos danos impostos pela luta e pelo ataque da vadia que carrega metade de Nargohr em si.

Seu ato explosivo aconteceu em um intuito de se sacrificar pelo elfo de luz, e me levar junto consigo era seu intento. O que ela não imaginava era que meu elo com Ygrainne a traria junto, e nossas forças se somariam para nos trazer a Narvius.

— Aersythal… de Zertughen… Uma força de elite… inigualável — sussurro, assombrado e enfurecido ao mesmo tempo.

— Meu nome já não é este há muito tempo. Eu sou Starshine de Zertughen — afirma, rangendo os dentes.

Dou uma risada debochada, e sinto sangue espirrar em minhas vestes em farrapos, mas pouco me importo.

— Ahh… Starshine… que parece desejar um dos herdeiros — zombo, entrecerrando o olhar.

Ela se debate contra a névoa escura que a rodeia neste exato instante. Os laços élficos a mantêm cativa, mas é a névoa que a incomoda ao extremo, já que lhe causa uma dor aguda a seus sentidos.

— Qual é mesmo o nome dele, Aersythal? Zoltren? Sim. Acho que é esse o nome — continuo provocando.

Umedeço os lábios com a língua e recolho o sangue acumulado ali. Por um segundo cogito a ideia de degustar do sangue daquela vadia traiçoeira.

— Não fale o nome dele com essa boca imunda que você tem! — grita, por entre os dentes entrecerrados.

Ela é corajosa. Posso não estar em minha melhor forma física agora, mas, ainda assim, não sou alguém que deveria ser provocado ao limite. Estou ficando farto de ser subestimado.

Lanço uma onda de névoa muito mais ácida em sua direção, me comprazendo com seu sofrimento em busca de ar.

— Posso ainda estar me recuperando, mas sou superior a você, *irmãzinha*.

Aersythal faz o impensável. Ela se levanta, em toda a sua glória estelar, refletindo o nome pelo qual agora é conhecida entre os Elfos de Luz. Mesmo com dificuldade para lidar com toda a magia densa que a cerca, ela, ainda assim, consegue romper os grilhões tecidos pelos laços élficos, o que me deixa abismado.

Meu pai sempre dissera que um poder extremo havia sido forjado naquele dia, na batalha entre as espadas e cetros élficos. As fagulhas que formaram Aersythal reuniram uma gama de poder simbiótico que agora se mostra claramente diante de meus olhos arregalados.

É por esse motivo que ela se tornou um trunfo para o reino dos Zertughen. Pelo poder assombroso que reúne dentro de sua figura diminuta. Por fora, ela pode até parecer uma flor delicada e exótica, se comparada à brutalidade de muitas guerreiras, mas era apenas uma fachada. Esta mulher é poder cósmico puro. E agora avança contra mim.

Dou somente um sorriso de escárnio, sem querer demonstrar a surpresa com o qual fui tomado. Também pouco me importo se não estou recuperado o suficiente para vencê-la numa batalha com facilidade.

— Eu. Não. Sou. Sua. Irmã! — esbraveja a plenos pulmões, emitindo uma luz tão intensa que me obriga a cobrir os olhos e me proteger do clarão escaldante.

Merda. Talvez não tenha levado minha querida meia-irmã tão a sério.

Quando ela se aproxima o suficiente de mim, lutando de forma estoica contra a névoa que eu mesmo reforcei ao seu redor, sinto um misto de emoções: orgulho, cobiça e temor.

Orgulho por saber que tão bela criação reúne algo dos Nargohr em si.

Cobiça por desejar reter aquele poder para mim.

Temor por perceber que ela parece ser movida por um sentimento muito mais poderoso que o tempo.

Sim. Os olhos azuis-gelo de Aersythal agora brilham com amor puro e intenso por aquele a quem fiz questão de desmerecer e debochar. Além disso… ela irradia um ódio tão fervoroso contra mim que chego a remover certa mágoa.

Não. Nada disso. Apenas me irrito profundamente e agarro sua garganta, agora que a tenho ao meu alcance.

— Tanto rancor… tanta irritação — umedeço os lábios e deixo minhas presas à mostra —, por que não dedicar todo esse sentimento brutal que está te corroendo, à nossa raça? Por que gastar tanta energia com uma espécie inferior?

— O único ser inferior aqui é você. Com a maldade e a escuridão exalando por todos os seus poros — diz, entredentes.

Meus olhos estão fascinados com a coloração rubra que sua pele bronzeada começa a adquirir.

— Não se esqueça de que você também tem muito dessa escuridão aí dentro, querida — devolvo o insulto. — Você está envolta em minha névoa, aquela que vibra entre os herdeiros de Nargohr, e ainda segue viva. E sabe o que isso significa? — questiono, enquanto ela me encara com fogo no olhar. — Que sua pele não rejeita o que também deu origem à sua criação.

Ela ofega por mais ar, mas não deixa de me fuzilar com os olhos agora quase brancos.

— Eu... nunca... estarei ao lado dos Nargohr. Mesmo que e-eu também t-tenha algo nojento de vocês em meu sangue. Prefiro morrer a me tornar um elfo sombrio — diz e cospe no meu rosto. Fecho os olhos por um segundo antes de arremessá-la para longe.

Seu corpo voa pelo salão, mas o impacto não deve ter lhe feito nem cócegas, já que não estou com as forças plenamente recuperadas.

— Vamos deixá-la um pouco na companhia de Ygrainne, e veremos se sua opinião sofrerá alguma mudança. O repúdio e a inveja que ela sente por você são tão intensos quanto a surra que ela promete.

Dito aquilo, estalo os dedos para que um dos meus fantasmas traga minha irmã aqui. Segundos se passam, e a irritação aumenta à medida que vejo a guerreira tentar se levantar.

Quando Ygrainne chega, ainda combalida do ataque de Thron, apenas lhe estendo o prêmio que tanto almejava em uma bandeja.

— Leve Aersythal para a torre e despeje a ira que sempre sentiu por sua meia-irmã ingrata e maledicente.

Ygrainne dá um sorriso assustador, que me enche de orgulho fraterno, e sai do salão arrastando a vadia pelo cabelo.

Fecho os olhos assim que a presença das duas já não é mais um incômodo e penso naquela que tanto ansiei ter ao meu lado, mas que, definitivamente, preferiu outro homem a mim.

Eles veriam minha vingança, de alguma forma. Ninguém zomba de Thandal de Nargohr dessa forma e sai impune.

Nem mesmo a fada que chegou a possuir meu coração obscuro em suas mãos, sem nem fazer ideia disso.

Em todo o tempo que a cobiço, nunca estive tão perto quanto naquele calabouço. Tão perto, mas tão longe...

Meus sentimentos estão torcidos em um torvelinho de emoções que não consigo classificar. Nunca acreditei no amor. Sempre soube que minha obsessão por Giselle era fruto de paixão avassaladora e cobiça por algo que quis possuir.

O CINTILAR DA GUERRA

Pensar na dor que dela exalava faz com que algo se quebre dentro de mim. Porque não sou eu aquele que causou tal arroubo, tal entrega passional.

Por um segundo, cheguei a invejar o humano que conseguira atrair essa forma de resposta apaixonada.

Em um ímpeto de ira, estraçalho o trono onde estive sentado, quebrando tudo o que aparece à minha frente. Percebo que minhas vistas estão turvas, que enxergo tudo através de uma bruma vermelha. Aproveitando que estou sozinho, me recosto às rochas e me sento no canto mais escuro, reduzido ao sentimento torpe de rejeição brutal.

E grito, de ódio, sentindo uma lágrima preta escorrer pelo rosto, tomado pela frustração em saber que choro por algo que nunca poderá realmente ser meu.

# CAPÍTULO XXVIII

## ZARAGOHR

*Reino de Zertughen*

— Isso é uma desonra! É crime de traição dentre os seus, Zaragohr! — meu pai esbraveja, andando de um lado ao outro no salão.

Respiro fundo e passo a mão pelo cabelo, buscando uma calma inexistente diante das circunstâncias.

— Pai, é apenas o cumprimento de uma das profecias dos reinos feéricos. É chegado o tempo do *Timë'sGon*, e com isso, as alianças foram formadas através do vínculo entre casais díspares. Giselle de Glynmoor está vinculada a um humano, que agora nos pertence, e eu estou vinculado por sangue, alma e coração com Alana, a Rainha das fadas.

— Não! Não! As alianças não deveriam ter sido formadas assim! — a rainha grita do outro lado. — Tahldae, faça alguma coisa!

— Não há o que fazer, mãe. É chegado o novo tempo em que nosso povo conhecerá a união entre reinos. Todas as regiões de Cálix conhecerão a paz sob o comando de um só reinado traçado por alianças indissolúveis.

— Nós nunca precisamos antes das fadas para mostrar nossa supremacia, Zaragohr! — ela sibila, mais do que irritada. — Elas apenas protegem os limites dos reinos de Cálix com a magia das árvores e plantas ao redor. Não passam disso: de guardiãs da natureza. Nunca poderiam estar atreladas à soberania dos elfos!

— Não existe supremacia aqui! Vocês não conseguem ver, pois estão completamente cegos com a mesma fome de poder que Irdraus de Nargohr transmitiu ao filho!

— Eu soube que Thandal de Nargohr depôs o rei sem que ninguém do conselho dos elfos soubesse — Styrgeon diz do canto onde encontra-se recostado. Ele brinca com uma de suas adagas, sem dar o menor valor ao destempero de nossos pais. — Para dizer a verdade, o reinado de Irdraus sempre foi feito através de tirania, e isso nunca foi disfarçado. No entanto, alguns reinos agem de forma incorreta e sem o devido respaldo de nossa raça.

— E o que quer dizer com isso? — meu pai pergunta, encarando seu próprio filho com ódio borbulhante.

Ele é o conselheiro do rei. Logo, sempre havia assumido aquele comando.

— Tudo ali foi feito de maneira imprudente e visando o trono, para requisitar mais poder para si. O fato aqui é que, baseado na profecia de Mayfay, Zaragohr e Alana estão estabelecidos como novos soberanos dos reinos de Cálix por um decreto profético. Eles cumpriram aquilo que havia sido previsto. Todos devem aceitar esta verdade absoluta, incluindo vocês.

— Nunca! Não vou aceitar uma maldita fada em meu lugar! — mamãe grita, sem controle algum.

As portas do salão se abrem de imediato, em uma imensa comoção, dando espaço para a entrada inesperada e triunfal de Kiandra, a maga ancestral. Seu longo cabelo ruivo agita-se contra o rosto, e posso divisar a irritação que irradia em seus olhos.

— Povo de mente deturpada e imbecil. Erguidos pela couraça de um desejo de conquista que ultrapassou o tempo. Séculos. Milênios tentando movimentar as peças de um tabuleiro real inexistente. Tentando forjar laços onde não deveriam existir, a fim de conseguir as alianças tão sonhadas para reinarem absolutos! — declara, exaltada. — Não passam de dois ambiciosos elfos que não seguem as normas e muito menos a ética élfica e dos seres que habitam o mundo feérico.

Meus pais estão aterrorizados pela presença da mulher em nosso salão. Eu apenas me calo e observo cada um de seus passos, atentando-me para a força de suas palavras impactantes.

— Vocês não dominam o tempo. Não comandam as teias do destino e não podem deter o poder do amor que agora prevalece. É chegado o tempo de vermos um reinado sendo erguido em cima de um sentimento em comum. É chegado o momento de impedirmos as manobras que Irdraus sempre teceu às costas do conselho élfico.

— Que manobras? — pergunto, de forma solene.

Ela desvia o olhar para mim, dando um pequeno sorriso de esgar.

— Enquanto seus pais lutavam arduamente para se sobressair sobre todos os reinos, Irdraus também o fez, mas sua estratégia era diferente.

Ele não queria apenas o domínio ao nosso redor. Ele queria mais. Sua meta era destruir os humanos, para que um novo tempo de escuridão sobreviesse. Com cada um dos reinos subjugados aos seus pés, todos se veriam cobertos de uma névoa de maldade que apagaria tudo aquilo que fomos e somos até hoje.

Suas palavras me trazem assombro.

— Todos aqui vivendo em uma corte pútrida de realeza, degustando de néctares e jantares imponentes, mas o mal não dormia. O único problema é que Irdraus se rendeu aos seus próprios princípios sujos. Ele estava determinado em afundar a todos em sentimentos corruptíveis, mas não contava que a queda de sua rainha o fosse colocar em um mar de desgosto e desespero.

Ela caminha até mim, parando a poucos centímetros. Colocando a mão em meu rosto, sinto o desejo intenso de me afastar de seu toque, pois não é o da mulher que amo.

— Lembra-se do que falei na clareira à entrada do meu Olmo? — pergunta e dá um sorriso triste. — Há um sentimento que rege a maioria das guerras neste mundo e em tantos outros. Amor. Seja um amor cego, por divergências de crenças, seja um amor obcecado por poder e uma nação. Seja o amor puro e real que agora coabita em seu peito, junto ao coração que bate em uníssono ao de sua rainha.

Ela se afasta e para à frente de meus pais.

— É por amor que ergueremos um reino conjunto e pacífico. Não por soberba, negligência, arrogância e astúcia. Vocês já não merecem o trono de Zertughen. Agora quem o faz é seu filho, o herdeiro do legado dos Elfos de Luz. Zaragohr deve ser coroado o mais rápido possível, ao lado da Rainha das fadas, unindo Zertughen e Glynmoor, firmando uma aliança épica e ancestral. Giselle, a princesa das fadas se une ao humano, fechando os elos que deverão ser inquebráveis.

— Você só pode estar louca, Kiandra! — mamãe grita, histérica, e é calada pela rajada de poder da maga.

— Quem conseguirá unir todos os reinos assim? Está se esquecendo que existe um reino de Elfos Sombrios que nunca se aliançarão para um reinado de paz?! — meu pai salienta.

Ela olha atentamente para mim, para Styrgeon e, então, para o meu pai.

— Aersythal é o elo que firma o vínculo entre luz e escuridão.

— O quê? — a rainha questiona de forma estridente.

O CINTILAR DA GUERRA

Ela nunca havia aceitado Starshine em nosso meio de bom-grado. E nós sabíamos que meu pai só havia permitido trazer Aersythal ainda pequena, para Zertughen, porque ele temia o que ela era capaz de fazer ou se tornar, especialmente se estivesse nas mãos dos Nargohr.

E agora é exatamente isso que estamos vendo.

Ela nunca se deixou corromper pela escuridão que arde em suas veias, porque está destinada a banir a maldade do reino sombrio dos Elfos Sombrios, através de seu vínculo com... Zoltren.

Ao pensar nele, Kiandra se vira em minha direção e aponta o dedo acusador.

— Ele já está no encalço de sua outra metade. Mas sozinho não será capaz de resgatá-la das garras de Thandal de Nargohr — ela profere com seriedade.

Styrgeon empertiga o corpo e sai de onde estava recostado, vindo se postar ao meu lado.

— Como assim? — pergunta.

— O que quer dizer com Zoltren já estar no encalço de Starshine? — completo o pensamento de meu irmão.

Ela suspira audivelmente e diz:

— Ele não esperou por nenhum de vocês para tentar encontrar sua amada. Zoltren e Thron já estão subindo as colinas para chegarem à margem do mar que os levará às Ilhas de Narvius. É lá que Aersythal está sendo mantida e subjugada pelos irmãos Nargohr.

— Como ele descobriu isso? — sondo, assustado e já me preparando para sair do salão.

— Porque eu lhe revelei quando ele bateu à minha porta, há algumas horas. Enquanto vocês duelam em palavras para fazer seus pais entenderem que o que está escrito não se altera, ele mesmo resolveu garantir que as próximas páginas de sua história não sejam repletas de dor.

Styrgeon e eu nos entreolhamos e fazemos uma leve mesura à maga, mesmo que ela não seja uma figura pertencente à realeza e que mereça tal lisonja. Porém, apenas com suas palavras ela foi capaz de colocar as rodas dos acontecimentos em curso.

Estávamos ainda em uma guerra que seria travada para que apenas o amor, em sua forma mais pura, vencesse de vez.

Saio em disparada pelos corredores do palácio, buscando o meu recinto onde poderei encontrar minha rainha.

Styr segura meu braço quase que na mesma hora, impedindo por um instante que eu alcance a maçaneta da porta dos meus aposentos.

— O que vamos fazer? — pergunta. Seu medo é nítido em sua voz.

— Prepare os guerreiros mais experientes, informe sua fada, e vamos para o resgate de Starshine, impedindo que nosso irmão se mate no processo.

Ele apenas acena com a cabeça e faz uma mesura reverente, afastando-se, em seguida, a passos rápidos. Não me passa despercebido que ele não se preocupou em negar que Laurynn era sua.

Entro no meu quarto e deparo com Alana observando a vista do vale de Zertughen pela imensa janela oval.

Abraço seu corpo por trás e arrasto o longo cabelo platinado para o lado, beijando a curva suave de seu pescoço delgado.

— Preciso de você — sussurro, com urgência.

Ela se vira em meus braços e me encara em expectativa.

— O que houve?

Recosto minha testa à sua, buscando um pouco de equilíbrio para minhas emoções tumultuadas.

— Zoltren foi atrás de Starshine. Sozinho — informo.

Alana arregala os olhos e tenta se afastar, mas consigo contê-la em meus braços. Ela se culpa pelo sumiço de Starshine durante a batalha.

— Ele sabe onde ela está?

— Sim. Nos domínios de Nargohr, na Ilha de Narvius.

— Oh, pela fada-mor... na ilha sombria?

— Sim. E ele precisa de ajuda, ou se matará tentando recuperar Star.

— Claro... então o que estamos esperando? — ela pergunta, ainda tentando se soltar do meu agarre firme.

— Nós, não, Alana. Você não pode correr esse risco.

Ela agita as asas iridescentes e consegue voar para longe de mim.

— Estamos nisso juntos, Z. Starshine desapareceu como pó em uma missão de resgate do humano, para salvar minha irmã. Nada disso teria acontecido se eu não tivesse envolvido todos vocês.

— Você não nos envolveu em nada, Alana. Tudo isto estava escrito. Não percebe? As teias do destino das Nornnes já estavam traçadas. A maga Kiandra fez questão de nos mostrar isso.

Chego até ela e a abraço, mesmo que ela ainda estivesse relutando.

— É arriscado e perigoso, *Moy'syl*. Não posso te perder agora que a tenho em meus braços.

# O CINTILAR DA GUERRA

Alana enlaça meu pescoço e diz com ênfase e certeza:

— Você não vai me perder, Z. Agora somos mais fortes. Juntos podemos conquistar qualquer coisa. Juntos — repete.

— Eu não posso perdê-la... — declaro, mais uma vez, e afundo o rosto em seu cabelo.

— Então vamos firmar nosso vínculo, Z — sussurra ela, com paixão. — Vamos fortalecer o elo que nos une e nos tornar mais do que um só. Dessa forma, nos tornaremos imbatíveis.

A força de suas palavras e anseio me fazem saltar com ela em meus braços.

Nem sequer hesito em dizer:

— *Hyu'n Artik'var.*

*Que transcenda o espaço.*

Em um piscar de olhos, nos encontramos no mesmo lugar em que trocamos nosso primeiro beijo: no campo de girassóis.

O mesmo lugar onde nossos corações deixaram de bater e se reconectaram para agitar o ritmo em uníssono.

E é ali, naquele lugar especial, que nos tornaríamos um só.

Meus dedos ansiosos dedilham a pele acetinada da mulher que agora me olha com paixão irrefreada.

Cada uma de nossas peças de roupa vai desaparecendo ao comando de meu pensamento. Desnudo a Rainha das fadas para meu bel-prazer, disposto a morrer de amores em seus braços, se assim for o seu desejo.

Beijo sua boca com volúpia, saboreando cada recanto secreto que anseio em descobrir. Alana é minha. Tão minha quanto sou dela.

Deito seu corpo delgado sobre o imenso campo de girassóis adormecidos. O crepúsculo do dia os deixa sonolentos, mas, ainda assim, um espetáculo digno de nota. Belíssimo.

Só não mais belos do que o esplendor insuperável que agora estende os braços para mim, com os olhos brilhantes de um desejo secular.

Nossos corpos se unem, sincronizados com nossas bocas e línguas, que tentam, de qualquer forma, dançar em conjunto.

Mesmo que eu tenha plena consciência de que deveríamos estar fazendo isso num local apropriado, com calma e paciência, talvez sendo desfrutado em um dia ou dois inteiros, também sei que a urgência de nosso vínculo não é resultado apenas da pressa que nos enviaria para um duelo futuro.

A urgência está sendo regida pela necessidade de séculos e séculos por aquela mulher. Eu precisava de Alana, ou meu coração já não pulsaria mais.

Eu precisava de seu cheiro, ou meus sentidos seriam deturpados pela ausência.

Eu precisava de seu corpo... para que o meu recebesse o combustível da vida.

E o meu intuito é alimentar o dela de igual maneira.

Quando meu corpo, por fim, desliza no calor suave do seu, fechamos os olhos diante da luz que toma conta de nossos semblantes.

O que vivenciamos ali é o prazer na mais exata expressão da palavra.

Nunca supus que poderia ser assim. Mais mágico do que o universo do qual fazemos parte e estamos inseridos.

Aquela união fora celestial.

E em uma última arremetida de meu corpo sedento, acabo nos enviando para um lugar só nosso.

Quando abrimos os olhos, os girassóis agora encontram-se erguidos, mesmo sendo noite, e as estrelas pululam entre si, dançando um baile frenético, tal qual o ritmo de nossos corações.

— Eu te amo, Alana. Mais do que qualquer palavra poderia exprimir.

— E eu te amo, Zaragohr. Mais do que qualquer reino ou universo possa imaginar.

Sim. Agora estamos vinculados de verdade. Unidos por nossos anseios, desejos e paixão. Forjados num amor milenar que perdurou pelo tempo e resolveu desafiar as circunstâncias e intempéries da vida imortal de cada um.

*Moy'syl*. Minha fada.

Alana dá uma risada espontânea que me faz erguer a sobrancelha em desafio.

*Moy'ess. Meu elfo*. Ela evoca o pensamento que se agita em minha mente.

Fada e elfo. Juntos para governar os reinos de Cálix, guiados apenas por amor.

No entanto, antes de estabelecemos um reinado duradouro e pacífico, que trará segurança a todos os reinos, precisamos dar uma lição em um elfo sorrateiro que acha que pode subjugar o mais nobre sentimento de todos.

Thandal não está preparado para o que chegará até ele muito em breve.

Zoltren estava indo em seu caminho para matar ou morrer por Aersythal.

Sua Starshine.

# CAPÍTULO XXIX

## ZOLTREN

*Encosta de Axyndor*

Eu só preciso atravessar o braço do mar até a ilha maldita. Não deve ser tão difícil, ainda mais quando estou sendo movido pelo mais puro ódio.

Meu desejo de estraçalhar Thandal é tão evidente e vibrante que Thron, meu lobo e companheiro de toda uma vida, mantém-se em um constante estado de irritação. Seus rosnados estremecem as terras por onde passamos, fazendo com que os animais silvestres corram e se escondam o mais rápido possível.

Não sinto a menor culpa por ter roubado um dos unicórnios da comitiva de Alana, cruzando fronteiras até chegar à costa, em um galope ensandecido, regado de determinação em resgatar aquela teimosa.

Starshine. Minha estrela brilhante e mal-humorada. Minha luz cegante em meio à escuridão da noite.

Muitos temiam que, por ter um elo com os Elfos Sombrios, ela seria facilmente corrompida pela maldade de Nargohr. Eles não a conhecem, porém. Não como eu.

Starshine é luz, onde muitos são trevas. Ela sempre foi uma chama iridescente que acendia meus dias sempre que meus olhos aterrissavam sobre ela.

Por mais que nunca houvéssemos trocado mais do que alguns toques sutis, sem nenhum contato mais efetivo, ainda assim, eu sempre soube que ela é minha. Sempre foi e seria.

Esse tipo de sentimento não deve ser ignorado, não por seres como nós. Quando encontramos nosso par, a separação é sufocante, e quando a união, por fim, acontece, transcende barreiras inimagináveis, e não há nada que consiga separar um par. Nada além da morte.

Sei que Starshine luta contra seus próprios sentimentos, e seu conflito interno me deixa à beira da insanidade. Seu sofrimento deixa um gosto amargo na boca, mas por ela, e somente por ela, sou paciente.

Bato a mão sobre a pelagem de Thron, tentando acalmá-lo.

— Daremos um jeito, meu amigo. Nós vamos resgatá-la. Não se preocupe. E depois, vamos trancafiá-la na gruta de Zertughen, para que ela não consiga sair, já que Star odeia se molhar nas folhas da queda d'água.

Meu lobo parece ficar satisfeito com aquilo e, logo em seguida, volto a encarar a encosta, contemplando a imensidão azul do mar.

Eu precisava de um barco. Alguma alternativa para executar a travessia para o outro lado.

Antes que tivesse a chance de pensar em descer o caminho estreito que me levaria à praia, sinto um arrepio insólito na nuca e fecho os olhos.

Merda.

— Sabe o que acontece com irmãos mais novos fujões, que saem na calada da noite? — A voz de Z se faz ouvir logo atrás das árvores altas.

— Eu daria uma surra, Z. Esfolaria o traseiro e depois deixaria o moleque pendurado, pelado, no meio da festa de Zenyir. Lembra-se daquelas elfas curiosas que adoram cutucar para saber o que temos por baixo de tantos músculos gloriosos? — Styrgeon complementa.

Viro-me para trás e deparo com uma comitiva sorridente.

Z, Alana, Giselle, Alaric, Styrgeon, Zyrtral e, o mais surpreendente de tudo, a fada-lavadeira de Styr.

Atrás deles, um exército de Elfos de Luz, bem como fadas de todas as estirpes. Do lado direito, um séquito de elfos de Aslyn, o reino de gelo, com o líder dos exércitos todo vestido de branco, dos pés à cabeça. Os olhos amarelos são os únicos pontos que se destacam em uma cor exuberante, além das roupas feitas para se camuflarem em meio à neve.

Bem, não havia neve por ali, logo, ele e seu exército estão se destacando bastante em meio à vegetação de verde intenso.

Um assovio se faz ouvir, atraindo minha atenção para a faixa de areia onde eu pretendia chegar antes de ser interrompido por meus irmãos.

Elfos de Mythal. Os mais raros a serem vistos, pois seus domínios se dão nas profundezas das águas. Suas formas peculiares os tornam completamente diferentes de qualquer outro, com as barbatanas lustrosas à mostra, mas um suspiro de agradecimento brota do meu peito.

Eles seriam nosso meio de condução até a ilha.

Viro-me, outra vez, para meus irmãos, sentindo meu peito inflar com orgulho. Eles vieram por Starshine, vieram por mim. Reinos que se uniram para me ajudar a recuperar minha Star.

O sentimento embarga minha voz, entorpece meus medos.

— *Yargan'th*. Obrigado — digo, em um tom audível para todos.

E é isso. Estou mais do que pronto para conseguir pegar de volta aquilo que sempre esteve ao meu lado e que sempre me pertenceu. A pessoa que sempre teve meu coração em suas mãos, desde o dia em que a vi pela primeira vez, tão pequenina e amedrontada no saguão do castelo de Zertughen.

*Starshine, estou indo por você, Moy'esse.*

A travessia está sendo difícil. Parece que a força sombria de Thandal tenta dominar as águas que cercam a ilha, transformando as ondas em uma verdadeira tormenta. Mesmo a herdeira do reino de Mythal, Ayella, uma das *fae* mais poderosas entre os seus, está sentindo dificuldade em conter a fúria que domina as cercanias do lugar.

— Thandal parece estar se esforçando para passar despercebido, mas se esquece de que os poderes unidos são mais fortes do que imagina — ela afirma, com as mãos erguidas no centro do corpo, em uma pose solene. — Estendam suas mãos em direção à terra que nos aguarda, amigos, e deixemos que o elfo sombrio saiba que terá visitantes em breve.

Todos que estavam no barco fazem o que Ayella havia sugerido, e concentramos nossos esforços para alcançar a areia.

Zaragohr é o elfo mais poderoso, não somente do reino de Zertughen, enquanto eu sou meramente um elfo que se considera perito na arte da caça e na luta braço a braço. Eu havia sido forjado assim. Embora sejamos elfos que prezam pela paz entre os reinos, ainda assim, estamos bem cientes de que batalhas sempre acontecem quando o jogo do poder impera.

E nossos pais provaram isso, ao fazer com que os três filhos se tornassem exímios defensores de suas terras. Guerreiros temidos e que eram usados como peões para controlar todos os reinos ao redor.

Seguindo as instruções de Ayella, não posso deixar de observar quando Z e Alana se alinham, lado a lado. A Rainha das fadas oferece um sorriso doce para meu irmão quando ele toma sua mão e a leva aos lábios, depositando um beijo, para em seguida, erguerem suas mãos juntos.

A intensidade do poder dos dois pode ser sentida por todos no barco, quando nossos corpos são lançados para frente devido à rapidez com que a embarcação agora se move.

— Desse jeito, vamos afundar antes de chegar à maldita ilha — resmungo para ninguém em particular, voltando a me equilibrar.

Thron não gostou nada do movimento brusco e está irritadiço, mais do que o normal.

— Acalme-se, amigo, já estamos chegando.

— Seu lobo parece pronto para devorar alguém. — Uma voz melodiosa chama nossa atenção. Olho para o lado e deparo com uma *fae* do reino de Aslyn.

— Tem conhecimento sobre lobos?

— Na verdade, não, prefiro ursos polares. — Thron rosna diante da comparação. — Não me entenda mal, lobo, mas prefiro animais maiores.

Ela sorri, ignorando o resfolegar de deboche de Thron.

— Vocês têm a ligação — afirma de forma categórica, mas agora sua atenção está voltada para a ilha que se encontra a poucos metros à nossa frente. — Cuide bem do seu lobo durante a batalha, jovem Zoltren. Estamos indo recuperar seu par naquela ilha, mas esse animal — ela olha para Thron, que a encara — possui metade da sua alma, e sem ele, você jamais voltará a ser o mesmo.

Thron se aproxima mais de mim, encostando a cabeça na minha coxa. A *fae* não diz mais nada, e não é preciso, pois sei exatamente o tipo de ligação que tenho com meu animal. Ele é minha visão quando a escuridão chega, é meus ouvidos quando escutar se torna impossível. Minha agilidade e ferocidade. Suas presas são minhas presas.

Somos conectados por um elo raro, um dom que poucos de nós recebem. E então, ao olhar para a criatura ao meu lado, que disse aquelas palavras com tanta certeza, me dou conta do significado implícito em cada uma delas.

Ela está aqui, mas não por inteiro. Em algum momento de sua jornada, ela perdeu seu urso. A metade de sua alma.

— Preparem-se — diz Z.

Volto a me concentrar na ilha sombria diante de nós, e o que vejo me deixa assustado pela primeira vez em séculos.

As sombras se espalham e cercam todo o lugar, criando uma atmosfera sinistra e que exala a maldição que ali reina.

Meu coração martela no peito, meu sangue bombeia com mais velocidade nas veias. Minha mente, por um segundo, consegue ver todas as atrocidades que são cometidas naquele pedaço de terra cercado por águas agora tão escuras quanto a noite.

Olho para trás, na direção do continente de onde viemos, e não vejo nada. Há apenas uma névoa densa e pegajosa que nos cobre e envia arrepios a cada um dos presentes naquela missão de resgate.

Em algum lugar ali, naquele reino macabro, está uma parte do meu coração. Minha alma teme o desconhecido, e os arrepios que se espalham pelo meu corpo são apenas o prenúncio das sensações extremas que se agarram ao meu peito como garras malignas.

Com os olhos fechados, penso em Starshine, e desejo, com todo o meu ser, que seu espírito combativo seja muito mais determinado do que a força que sempre demonstrou fisicamente.

Só espero que ela não tenha sido destruída pela maldade que vibra no ar e envia um medo enregelante a todos os que ali estão.

# CAPÍTULO XXX

## STARSHINE

*Narvius – Ilha das Sombras*

Já havia perdido a noção do tempo quando meus olhos finalmente se abrem de supetão. O gosto de sangue agora é bem vívido na minha boca, escorrendo pela língua como um melaço grosso e gosmento.

Eu nunca havia sentido esse gosto antes.

Com um frio no estômago, me sobressalto diante do sabor acre. É... é... bom?! Não, não é isso, não pode ser. Sacudo a cabeça para clarear os pensamentos, refletindo que devo estar delirando diante das horas de tortura imposta.

Sinto a cabeça pesada, os pensamentos confusos e incoerentes, e talvez seja por esse motivo que o gosto que sinto em minha boca se parece com algo saboroso como o mais doce mel.

— Pensei que não fosse mais acordar. — Ygrainne se aproxima, e, com a ponta dos dedos, toca meu queixo para que eu erga a cabeça e a encare.

Seus olhos negros e sombrios, assim como os de Thandal, possuem um círculo vermelho por volta da íris, acentuando mais ainda a maldade que se mostra nítida.

— E eu pensei que você estava cansada de bancar a torturadora sádica — zombo.

— Você não deveria ser tão insolente, irmãzinha, pelo menos não nessas circunstâncias. — Ela puxa a corrente que prende meus braços no alto da rocha e me arranca um gemido de dor. — Viu só? Fraca, seus poderes não estão te ajudando agora, não é? Onde está a tão temida Aersythal? A elfa que pode matar outros elfos sem o mínimo de esforço?

— Meu nome é Starshine! — corrijo-a, sentindo o sangue fervilhar.

Somente ela e Thandal me chamam pelo meu antigo nome. Zaragohr gosta de me provocar e me chama de Aer, só para testar até onde meus poderes podem ir quando perco o controle.

— Seu nome não fará diferença quando seu corpo deixar de pulsar com a vida. — Ela puxa a corrente mais uma vez, aumentando a força, e, dessa vez, não consigo conter o grito de dor que ecoa pela caverna úmida e abafadiça. — Você não sabe o prazer que tenho a cada grito que sai da sua boca.

Não quero lhe dar o prazer de ver o meu desconforto, mas é óbvio que minhas forças estão sendo minadas a cada minuto que passa, a cada tortura infligida. A escuridão do lugar bloqueia a luz da lua e das estrelas que posso invocar quando me vejo em apuros.

Meu corpo está empapado de suor, meu cabelo se encontra grudado na pele, e tudo o que mais quero é me livrar do sabor agridoce em minha língua.

Os Elfos Sombrios se alimentam de sangue. É isso o que lhes dá poder vital, ainda mais quando eles extinguem a vida de alguma criatura em busca de sua essência.

Nunca aceitei ceder à chamada da escuridão que meu sangue parece querer evocar, pois sempre me senti ligada ao amor que sinto pelos herdeiros de Zertughen... especialmente...

Merda.

Não posso pensar nele. Temo que a vaca sádica à frente detecte meus pensamentos e os use contra mim. Aceito todas as torturas do mundo, aceito a morte e dou boas-vindas a ela, mas não consigo lidar com o mínimo pensamento daquele a quem amo desde criança sofrendo nas mãos vis dos Nargohr.

— Não há salvação para você — Ygrainne declara, arrastando as unhas podres pela pele do meu pescoço. — Tenho certeza de que já és capaz de sentir a necessidade latente aí dentro, pulsando... uma ânsia adormecida, não é verdade?

Ela arranca sangue do corte que acaba de fazer no meu ombro, e consigo conter o gemido de dor a tempo. Segurando um punhado do meu cabelo à nuca, Ygrainne se aproxima ainda mais e roça a ponta da unha ensanguentada em meus lábios.

— Doce, doce... — zomba. — Um sangue incomparável e tão fluido. Em nada se parece com os elfos que te dão metade de seu poder.

Mordendo o próprio pulso, vejo com total terror quando ela se aproxima para me alimentar com seu sangue venenoso.

Afasto a cabeça o mais rápido que posso, evitando o contato com o líquido escuro e pegajoso.

— Aww... não faça isso, irmãzinha — caçoa, puxando meu cabelo com tanta força que acredito que parte dos fios deve ter saído em suas garras. — Vamos lá... sele nosso acordo de consanguinidade com apenas uma gotinha. Você verá que seu lado mais sombrio virá à tona.

Sem hesitar, cuspo em seu rosto, vendo-a fechar os olhos.

Com um golpe brutal, ela esmurra meu rosto e dá uma joelhada em minhas costelas. A dor é lancinante, porque tenho certeza de que ao menos três ou quatro estão já partidas.

Posso não ser uma especialista em artes de cura e outras coisas, mas sinto que uma hemorragia interna está minando cada vez mais minha energia por conta de alguns órgãos dilacerados.

Quando Thandal me colocou sob o jugo de Ygrainne, dando carta branca à sádica para que me torturasse, ele não estava brincando. Antes, ele já havia tido sua parcela de prazer em me humilhar e torturar. Horas intermináveis sob sua névoa sombria mais se assemelharam a grilhões incandescentes sobre a pele.

No entanto, a garota elevava o ato de punir à máxima potência, e podia ser bem inventiva quando queria. A sessão anterior, onde ela mergulhou meu corpo em um lodaçal efervescente foi a prova viva de que seu objetivo era me destruir aos poucos, minando qualquer resquício de esperança.

— Thandal disse que deveríamos te convencer a se juntar a nós — ela disse, pegando um punhal de Argon e trazendo o metal à altura dos meus olhos. — Mas discordo disso totalmente... Você não serve para nossa causa. Seu corpo foi corrompido pelos Elfos de Luz.

Com um golpe afiado e súbito, ela esfaqueia minha coxa.

— Aaaaahhhhh! — grito, desesperada para encontrar forças para me estilhaçar como as estrelas. Se eu pudesse invocá-las, poderia me desintegrar.

— Não pense que não percebi que protegeu o elfo mais jovem dos Zertughen — comenta, lambendo os lábios. — Lindo... forte... dará um bom aperitivo para os meus desejos mais primais. Zoltren, não é? O sangue dele deve ser delicioso.

Meu olho começa a tremer na mesma hora. Só em vê-la mencionar o nome de Zol faz com que uma fagulha vibrante espirale por dentro do meu corpo.

— Aah, vou adorar sugar todo aquele vigor para mim... mas não sem antes desfrutar de sua masculinidade.

Em um movimento furtivo, consigo mover as pernas, ainda que a esquerda esteja adormecida pelo veneno da lâmina, e lanço um chute em sua direção, acertando seu joelho.

Ygrainne cai no chão, assustada pelo golpe repentino, mas se levanta rapidamente com ódio no olhar e crava o punhal nos músculos da outra coxa.

Rangendo os dentes, sinto uma vontade imensa de chorar ou fechar os olhos, para me perder no doce esquecimento da dor. O rosto de Zoltren surge em minha mente, recordando-me dos momentos únicos em que nossas brigas se tornavam o ponto alto do meu dia.

Eu o amo do fundo do meu coração. Sempre amei.

Desde quando meus olhos pousaram sobre o menino sempre acompanhado do filhote de lobo.

— Vadia — digo, sentindo o gosto do sangue por ter mordido a língua. — Vou matar você.

Ela começa a rir como a louca que sempre foi, e agarra meu pescoço, cravando as unhas afiadas na pele.

— Como, *estrelinha*? Você não tem como sair daqui, não tem como se livrar de mim. Como você conseguirá me matar? Com a força de seus pensamentos ridículos?

O punhal se afunda mais uma vez no meu corpo, dessa vez na lateral do torso, entre as costelas. Meus olhos se arregalaram, contemplando o sorriso macabro da versão feminina de Thandal.

Sinto que minhas forças se esvaem diante da verdade que ainda reluto em vislumbrar.

Vou morrer nas mãos daqueles contra quem mais lutei. Meu espírito cederá diante da maldade que tentou forjar uma parte do meu ser. Basta apenas aceitar o fato, ou então me render ao chamado sombrio do sangue pulsando em minha língua.

Nunca.

*Prefiro morrer aqui e agora.* Nunca trairia Zoltren e o amor que sinto por ele. Ou que ele sente por mim.

Uma lágrima cristalina desce pelo meu rosto, sem rumo algum.

Ygrainne lambe a gota salgada, que cristaliza na ponta de sua língua e se quebra em pedacinhos diante da maldade explícita.

— Tola patética. Prefere morrer a aceitar que nos pertence.

— Nunca.

— Você também é Nargohr.

— Nunca fui. Nunca serei. Sou Zertughen. Meu sangue clama pela luz das estrelas. Minha alma resplandece pelo brilho de algo muito mais poderoso e que você nunca conhecerá. Eu sou luz, e você, vadia, é trevas.

Com os olhos fechados, aceito meu destino.

Sinto cada um dos golpes violentos, as punhaladas certeiras em partes do meu corpo que me levarão a uma morte lenta e agonizante.

E quando fecho os olhos, só consigo enxergar o rosto do meu amado.

— *A criança agora nos pertence* — *o rei de cabelo branco disse à mulher magnífica que estava sentada em um trono resplandecente e tão diferente de onde cresci.*

*Olhei para todos os lados, com medo. Meu corpo estava coberto com uma capa, e meu cabelo preto escondia meu rosto.*

— *Tahldae, que absurdo é esse?*

— *Lembra-se da lenda das espadas élficas?*

*Observando o mármore lustroso e que refletia os candelabros de cristal acima, apuro os ouvidos para captar suas palavras. Embora estivesse curiosa para olhar ao redor, me contive com esforço, pois temia demonstrar meu pavor diante destes elfos. Eu sabia muito bem quem eram. Todos conheciam os reis de Zertughen.*

— *Naquele embate que tive com Irdraus de Nargohr, tanto tempo atrás, Majërghen e Katandyr geraram algo único e inigualável* — *o elfo diz, com a mão apoiada em meu ombro.* — *O que é conhecido por Aersythal.*

*Mordendo o lábio inferior, me segurei para não me afastar de seu toque. Eu odiava que tocassem minha pele. Meu pai... não... o elfo sombrio nunca foi meu pai... Ele era meu tutor. O rei Irdraus dizia que minha pele não podia entrar em contato com nenhum tipo de luz, então me mantinha presa ao Calabouço dos Segredos, onde ele sempre levava inimigos para serem torturados.*

— *Nunca soubemos que isso podia ser real, Lydae* — *ele disse, extasiado.* — *As lendas não fazem jus ao que essa menina é. Ela é luz e escuridão em um só lugar. E pode ser uma arma letal em nossas mãos.*

— *Uma arma letal? Uma criança, Tahldae? Você perdeu o juízo por completo?* — *a mulher disse, em uma voz estridente.*

— Sim. Você não vê agora, mas temos um achado surpreendente em mãos. Não consigo entender como Irdraus conseguiu mantê-la em sigilo por tanto tempo.

— E como você tomou conhecimento de sua existência, por sinal? — ela insistiu.

Com um pequeno empurrão, ele me impulsionou à frente e puxou o capuz para que meu rosto fosse revelado.

— Por um acaso, ela foi levada para fora do castelo, e estava sendo treinada por alguns Elfos Sombrios, quando se afastou deles e se aproximou da fronteira. Bastou que tocasse a mão em uma das árvores e, de repente, acabou sendo transcendida para o acampamento onde estávamos.

Naquele momento, três garotos entraram correndo no salão. Empunhando espadas, eles brincavam entre si, imersos em algum duelo invisível que somente eles podiam ver.

— Este reino é meu, guerreiros! — disse o de cabelo claro.

— Não é, não! Z, por que o Styr sempre tem que ser o conquistador? Eu quero ser dessa vez!

A voz infantil atraiu minha atenção. Nunca havia ficado perto de uma criatura da minha idade. Meu convívio sempre foi com Elfos Sombrios um pouco mais velhos, como os filhos desprezíveis de Irdraus, ou com guerreiros que protegiam a cela onde eu era mantida.

Olhei para cima na mesma hora em que os três estacaram em seus passos.

— Zaragohr, o que eu já disse sobre brincarem no salão do palácio? — a rainha chata disse. — Por algum acaso não construímos um lugar específico para que vocês façam isso?

O tal garoto respondeu alguma coisa, mas meus olhos estavam focados no mais novo deles, que parecia congelado enquanto me encarava.

Sem que seus pais vissem, ele se aproximou um pouco mais e tocou as pontas brancas do meu cabelo.

— Quem é você? — perguntou, assombrado.

— Ninguém a quem você conhece, filho — a mãe respondeu.

— Sim, ela é alguém, Lydae. A partir de agora, está debaixo da nossa proteção, e se tornará uma guerreira de Zertughen. Será treinada ao lado dos meninos.

— O quê? — a rainha gritou, junto aos dois filhos mais velhos.

— Ela é uma garota! — o tal Z alegou.

— E uma garota inigualável. Basta que ensinem a arte da guerra como se ela fosse igual a vocês.

Meus olhos ainda estavam concentrados no garoto de cabelo escuro e olhos verdes como as folhas das árvores.

Erguendo uma das mãos, ele me instigou a fazer o mesmo, e tocamos as pontas de nossos dedos indicadores, como se estivéssemos em uma espécie de espelho.

O filhotinho que estava parado ao seu lado o tempo todo lambeu meu rosto, me fazendo saltar para trás, assustada.

O som do riso do garoto foi o suficiente para fazer meu coração disparar. Nunca tinha ouvido nada parecido àquilo.

— Eu me chamo Zoltren — disse ele, com um sorriso tímido.

Antes que eu pudesse dizer o nome pelo qual me chamavam em Nargohr, o rei de Zertughen disse:

— Ela se chama Starshine a partir de agora. E deverá ser tratada com deferência e respeito por vocês. — Virando-se para mim, ele disse: — A partir de hoje, não atenderás mais pelo nome que conhece desde sempre. Zoltren, vá mostrar o palácio a ela enquanto converso com sua mãe e seus irmãos.

Meus olhos se arregalaram quando o garoto de sorriso lindo segurou minha mão e me guiou pelos aposentos mais iluminados que eu já havia visto.

Os primeiros anos da minha vida foram passados em sombras e reclusão, onde me senti apenas um bichinho de estimação do rei e seus filhos. Thandal sempre fez questão de me atormentar, impedindo que os servos do castelo me levassem as refeições.

Nunca tive contato que não resultasse em castigos ou beliscões para que testassem as faíscas que arrebentavam em meu corpo sempre que eu me irritava. Até o momento em que os dedos de um garoto chamado Zoltren se entrelaçaram aos meus.

Daquele dia em diante, encontrei um amigo e uma parte do meu coração que eu nem sabia que faltava.

Um ruído absurdo me arranca do estupor induzido pela dor extrema. O punhal de Ygrainne está firmemente enfiado em meu torso, quando um uivo e um grito gutural ecoam pelas paredes cavernosas que nos cercam.

— Afaste-se dela!

Sinto uma lágrima deslizar e um sorriso débil chega a curvar o canto de meus lábios antes que eu me entregue à doce rendição da morte.

# CAPÍTULO XXXI

### ZOLTREN

*Não! Não! Não posso ter chegado tarde demais!* São os pensamentos que me atormentam enquanto corro em direção a Ygrainne.

Ouço os gritos de outros Elfos Sombrios sendo dilacerados pelos dentes de Thron, assim como o som da luta que se desenrola por todo o lugar.

Ygrainne ergue as mãos e cria um escudo de névoa à frente, mas nem isso é o bastante para me impedir de alcançar Starshine.

— Leve Star daqui! — Z grita, desviando de uma espada.

Em seguida, ele evoca uma luz ofuscante que cega a irmã de Thandal por um segundo apenas, mas tempo suficiente para que eu me aproxime das correntes que aprisionam Star.

Giselle paira ao meu lado, junto com a fada de Styr e me ajuda a libertar os braços inertes de Starshine.

Olhando para trás, vejo a rainha Alana lutando lado a lado com meu irmão, enquanto Styr e o humano protegem nossa retaguarda. Os elfos de Aslyn e Mythal ficaram responsáveis por lutar contra os inimigos do lado de fora da caverna.

Não havia sinal de Thandal até aquele momento. Covarde de merda. Deixava sempre o trabalho sujo para o capacho que ele tinha como irmã, e se esquivava dos combates mais brutais.

— Ah, pela fada-mor... — Giselle suspira quando Star desaba em meus braços.

Thron rasga dois Elfos Sombrios em pedaços, impedindo-os de se aproximarem.

— Star... — Meu coração martela o peito, em total desespero.

— Vamos tirá-la daqui — Giselle diz, criando um caminho livre com suas flechas iridescentes.

— Não dá tempo... — digo, sentindo as lágrimas inundarem meus olhos. — Star...

— Zol, recomponha-se! — Styr grita. — Alaric, saia daí!

Giselle é atraída pelo grito, e parte em auxílio de seu amado. Laurynn, a fada-lavadeira, olha para mim com pesar, já dando como certo que Star é um caso perdido.

— Esta guerra aconteceu por um beijo que selou o destino dos reinos de Cálix... Pode ser que a profecia não estivesse falando apenas daquele beijo que foi compartilhado por Giselle e Alaric.

Sem que eu entenda o que está fazendo, ela fecha uma muralha com rosas e flores dos mais variados tipos, criando um casulo para mim e Starshine.

Meu sangue pulsa e acelera, minha fome de vingança quase arrebenta meus ossos. Eu me sento no chão, com Starshine inerte em meus braços, o rosto pálido e o corpo tomado por hematomas e feridas de diferentes proporções. Seu sangue escorre de cada uma delas em uma profusão assustadora, e sua luz, uma que sempre parece aquecer o ambiente ao redor, já não pode ser sentida por mim.

Thron resfolega do lado de fora da folhagem que nos protege, e sei que ele está tão impaciente quanto eu, ainda mais porque meu estado de espírito não é dos melhores.

— Thandal! — Ouço a voz de Ygrainne, e mesmo desesperado em saber o que se passa fora do nosso escudo protetor, decido que nada mais importa para mim a não ser a mulher que acalento.

— Star... — repito, com a voz embargada. — Eu... eu te amo, *moy'esse. Vuhn tae luyar zy mai*... Sempre amei. Desde que nossas mãos se tocaram, desde que você sorriu para mim.

Uma lágrima cai em seu rosto coberto por hematomas, e com a mão trêmula, toco seu coração. Sinto uma batida leve, muito distante, mas é o suficiente para me encorajar a continuar.

— Lembra quando você pediu que fizessem as tranças finas dos guerreiros no seu cabelo, só porque queria ficar parecida comigo? E quando subiu na torre mais alta do palácio, só para provar que podia pegar uma estrela? — Mais lágrimas se juntam à primeira. — E... e todas as vezes em que brigamos por causa de motivos bobos? Eu sempre estava certo, mas deixava você pensar que havia ganhado a discussão...

Passo a mão pelo seu rosto, limpando o sangue que se misturou à sujeira. Minhas lágrimas servem para lavar minha dor e tudo aquilo que polui a beleza esplendorosa que ela possui.

— Você é meu coração, é minha alma, *moy'esse*. É a elfa mais teimosa que existe, a mais cabeça-dura, mas também é que a tem o maior coração de todos, porque você possui o meu. Amo sua coragem, sua determinação e espírito livre, mas também amo sua lealdade e força de vontade. Você é luz, *moy'zard*. Não me deixe.

Sem perder tempo, beijo seus lábios frios. Uma, duas, três vezes, até que consiga gerar um pouco de calor. Minha mão que ainda repousa sobre seu coração percebe que os batimentos ganham um pouco mais de força. Um calor singular parece fluir pelas minhas veias, e, de repente, é como se a cauda de mil estrelas cadentes chicoteasse minhas terminações nervosas, irradiando uma luz única e inigualável.

Levanto a cabeça e vejo seus cílios tremulando, em um esforço sobrenatural para abrir os olhos.

— Volte pra mim, *moy'esse* — suplico, sem vergonha alguma de parecer débil para os outros.

A muralha de flores pode me proteger dos olhos alheios, mas sei que há uma batalha sendo travada do lado de fora.

— E-era... você que sempre b-brigava por motivos bobos — sussurra, erguendo os dedos ensanguentados para mim.

Sem que precise pedir, ergo a mão e toco a ponta de nossos indicadores, como fizemos na primeira vez em que nos conhecemos. Ali, mesmo crianças, havia sido forjado um laço indivisível.

— Eu te amo — diz ela.

Sorrio em meio às lágrimas e a puxo para um beijo cálido que sela nosso compromisso.

— Por que perdemos tanto tempo? — pergunto.

— Porque você é burro, e eu sou teimosa, e porque seu senso de momento é muito inconveniente — resmunga. — Agora me ajude a levantar, porque tenho uma surra para dar em uma vadia.

— É melhor que se recupere primeiro... — sugiro, mas ela me encara com a sobrancelha arqueada, já pronta para refutar. — Okay, okay... Mas suas forças não es...

Ela cobre minha boca com a mão trêmula.

— Sei meu limite, Zol. Você não se apaixonou por uma elfa da corte, e, sim, por uma guerreira. Posso te deixar cuidar das minhas feridas mais tarde.

Assinto com um aceno de cabeça e a ajudo a se levantar. Fico tentado a amparar seu corpo, mas me contenho. Com minha espada, rasgo o manto de flores e nos lançamos no embate que se desenrola adiante.

# ZARAGOHR

Thandal chega com toda a sua força e espirala sua névoa maléfica pela caverna, nos cegando por um momento. Alana está ao meu lado, lutando com afinco contra os elfos que parecem se multiplicar num passe de mágica.

Styr e Alaric, lado a lado com Giselle e Laurynn, conseguem conter mais alguns dos elfos de Nargohr. O humano ainda precisa aprender a usar suas novas habilidades, mas luta com força de vontade e protege sua fada com seu corpo servindo como um escudo, mesmo que não estivesse consciente desse feito.

— Alana! — grito para que ela se prepare para uma flecha lançada em sua direção.

Corro até o elfo sombrio que a tem como alvo e com apenas um golpe, arranco sua cabeça.

Com a mão livre, crio um túnel de luz que absorve a névoa sombria de Thandal, direcionando-a para seus guerreiros.

Zoltren passa correndo com Thron em seu encalço, e quando percebo, está em um embate ferrenho com Thandal de Nargohr.

Assombrado, vejo que Starshine agora reluz em faíscas cintilantes, com os dentes à mostra enquanto agarra a garganta de Ygrainne.

O som da batalha ecoa por todo o lugar, espadas contra espadas, flechas sendo disparadas, rajadas de poder em um combate entre o bem e o mal.

Elfos de Aslyn entram na caverna e congelam algumas criaturas que são invocadas por Thandal e seus guerreiros.

— Mythal está mantendo os Kirin sob controle do lado de fora, mas devemos nos apressar — Yerllon, líder do exército de gelo, diz. — Ayella não pode ficar tanto tempo longe de seus domínios.

Percebo que é aqui nessa ilha que Thandal mantém seus dragões sob controle. Narvius é conhecida como um local de onde nunca se conseguia sair, e agora consigo entender um dos motivos. Não são apenas as forças malignas que tornam o lugar inóspito e perigoso, mas também as criaturas comandadas por seu líder.

— Vocês não sabem quando parar? — Thandal grita, os olhos vermelhos e destilando ódio e repulsa. Com um gesto, ele envia alguns elfos de Zertughen para longe, e com o cetro de *Katandyr* libera uma onda assombrosa para que as paredes comecem a ruir sobre muitos deles.

Laurynn consegue amortecer o estrago ao projetar uma rede tecida de folhas, mas não é o suficiente para proteger a todos.

Quando Thandal direciona seu cetro para a fada, Giselle dá um voo rasante e a arranca dali.

Mais adiante, Ygrainne grita em agonia, quando Starshine segura seu pescoço com uma mão resplandecente, enquanto com a outra apunhala o ventre de sua torturadora.

— Ygrainne!!! — Thandal berra, assombrado ao ver que estava em desvantagem. — Aersythal, sua cobra traiçoeira!

Ele parte para cima de Starshine, mas Zoltren se coloca adiante, preparando-se para servir de escudo.

No entanto, antes que possamos imaginar o curso da ação, Thandal se lança na direção de Giselle e agarra a irmã de Alana pelo cabelo, voando em direção a um túnel até então oculto para nós.

— Giselle! — Alana e Alaric gritam ao mesmo tempo.

Todos saímos em disparada e nos lançamos atrás deles. Posso sentir a angústia de Alana, bem como seu pavor pelo que está por vir.

Depois de percorrer corredores escuros e repletos de estalactites mortais, acabamos em uma câmara iluminada pela luz das velas. Há um trono feito de rochas pontiagudas que se projeta do alto, e é lá que vemos Thandal de Nargohr com um braço rodeando o pescoço de Giselle, enquanto um punhal está apontado diretamente para o coração da jovem fada.

# CAPÍTULO XXXII

## THANDAL

Depois de séculos de um desejo oculto e ardente, por fim, tenho a fada a quem tanto cobicei em meus braços.

Eu estava em meus aposentos quando soube, através de alguns servos, que a caverna onde Ygrainne estava torturando Starshine havia sido invadida.

Não imaginei que os Zertughen conseguiriam aliados importantes, como os elfos de Mythal, para furarem a barreira de proteção tecida ao redor da Ilha de Narvius. Pensei que teria tempo suficiente para me recuperar e me reerguer, antes de contra-atacar.

Se era uma guerra que eles queriam, era o que eu pretendia dar, mas não sem antes recuperar minhas forças por completo.

E qual não foi minha surpresa ao chegar à caverna e me deparar não somente com os herdeiros de Zertughen, como com as fadas e Giselle, em pessoa. O humano pelo jeito havia deixado de pertencer à sua reles e patética espécie, e agora mostrava algumas habilidades de embate.

No entanto, foi a fada que sempre perseguiu meus sonhos que chamou minha atenção como uma mariposa é atraída pelas chamas. E quando tive a oportunidade, agarrei aquilo que sempre desejei possuir.

Starshine havia me levado algo precioso, então nada mais justo que eu fizesse o mesmo.

— Você é uma fada difícil de capturar — sussurro contra seu ouvido, nos levando em um voo pelos corredores do castelo de rochas.

— E você é um elfo doente que até agora não entendeu que apenas acha que pode se opor a todos os outros — ela responde, com deboche.

Suas palavras acendem minha ira.

Quando a coloco de pé, ao lado do meu trono, seguro seu rosto com minhas garras e a atraio para mim, enlaçando sua cintura fina. Meu olhar percorre as asas de cor única e inigualável, palpáveis, porém tão finas quanto uma membrana diáfana.

— Acho que vou arrancar fora suas asas, para que aprenda que não existe um lugar aonde possa ir sem que eu permita. — Mordo a língua com a ponta das presas para acumular um pouco de sangue na boca. Posso tentar infectá-la com meu sangue.

— Prefiro me jogar do alto de um despenhadeiro a ficar sob seu jugo — ela cospe.

— Aah... gosto dessa atitude em um misto de arrogância e rebeldia, Giselle. Quando a tornar minha rainha, será um delicioso banquete para os meus gostos. — Lambo as filigranas de seu rosto, deixando um rastro de sangue em sua pele translúcida. — Será melhor ainda quando estiver implorando que eu a possua.

— Você é louco se acha que algum dia eu poderia ceder aos seus avanços, Thandal. O que sente por mim não é um sentimento válido, não se equipara ao amor que sinto por Alaric — diz, e as palavras mais se parecem a punhaladas em meu peito.

— Pois isso será revertido, fadinha. Ninguém fica imune à escuridão.

— É aí que você se engana...

Escuto o som de passos e asas revoando e olho para a entrada da minha câmara, vendo a comitiva toda reunida em busca da fada que despertou toda a confusão. Nada disso teria acontecido se eu a tivesse possuído antes.

— Solte minha irmã, Thandal.

Giselle agora serve como um escudo à frente do meu corpo, enquanto a seguro em um aperto mortal com o braço cortando sua respiração. Com a mão livre, aponto um punhal para o seu peito.

Se ela não pode ser minha para desejar e possuir, então ela não será de mais ninguém. Se seu coração nunca poderia me pertencer por livre e espontânea vontade, então eu não o deixarei para ser entregue a outro.

— Quão preciosa é sua irmã para você, Rainha das fadas? — zombo. — Porque Ygrainne também era para mim.

— Você não sabe o que é amor, idiota. Desconhece esse sentimento, e Ygrainne nunca passou de um joguete em suas mãos — Starshine diz, com os olhos brancos e revoltos.

— Você a matou, Aersythal. Sua própria irmã, seu próprio sangue — disparo, sentindo Giselle relutar em busca de ar.

— Dediquei a ela a mesma cortesia que me foi dedicada — rebate, erguendo as mãos agora soltando faíscas.

— Deixe Giselle ir, Thandal — Z se intromete, em sua arrogância habitual.

Vejo o humano com o canto do olho, tentando se aproximar de onde estou.

— Um passo em falso e vou entregar a você o coração desta fada, humano inútil. Se não posso tê-la, você também não a terá — digo, entredentes.

Preciso pensar em como sair daqui levando minha carga preciosa. Cheiro seu cabelo, inspirando o aroma das flores e... do humano que a corrompeu com seu corpo.

Meus olhos se tornam chamas vivas, irradiando meu repúdio àquele que me tomou o que mais cobicei nesta vida.

Sem pensar duas vezes, arrasto o punhal pelas vestes brancas de Giselle, chegando a romper a pele perfeita em um filete de sangue.

— Aahhhh... — ela ofega, tentando arranhar meus braços, suas forças já praticamente minguando.

— Nãooo! — Alana se lança para frente, mas Z a alcança a tempo.

O humano se desespera e tenta avançar, mas minha névoa sombria o segura no lugar, se espalhando por todo o recinto.

— Por favor, Thandal — implora a Rainha das fadas.

— Ah, se não é tocante ver a soberana de Glynmoor se humilhar...

Lambo a pele de Giselle, agora coberta por uma fina camada de suor que se assemelha ao néctar dos deuses para mim. Com a ponta do punhal, vou traçando um caminho com destino certo. Se ela ousou entregar sua pureza ao humano, então eu profanaria seu corpo de forma que somente eu desejaria possuí-la.

Estou prestes a cravar o punhal em seu ventre, quando sinto uma lâmina perfurar meu tórax por trás. Arquejo, em busca de ar, e tomado de surpresa, solto Giselle. Seu corpo nem ao menos chega a cair no chão, pois o humano corre em uma velocidade vertiginosa e a toma em seus braços.

Olho para baixo e vejo a ponta do cetro de *Katandyr* projetada pelo meu esterno. Não preciso olhar para trás para saber quem o manejou e cravou tão profundamente no meu corpo. As faíscas aquecem minha pele e reverberam pela arma usada, me queimando por dentro.

— Aersythal — murmuro, caindo de joelhos.

Um elfo pode ser ferido mortalmente com uma lâmina de Xandhir, porém um elfo de linhagem nobre só pode ser morto por um metal usado em sua arma de comando.

A espada e o cetro de *Katandyr* só podiam ser empunhadas por um Nargohr de sangue puro, mas Aersythal, mais uma vez, se provou diferente dos seus em aspectos que nunca haviam sido cogitados.

Das faíscas de duas lâminas poderosas ela se formou, então nada mais justo e cruel que fosse dotada de poderes extremos para aniquilar aqueles que lhe trouxeram à vida.

Com as mãos em concha, tento conter o sangue preto que escorre da ferida, e sinto sua presença luminosa à minha frente.

— Você não achou que eu teria pena de você somente por partilharmos a mesma ascendência, não é? — caçoa. — Posso ter sido criada no clamor de uma batalha, sem nunca ter conhecido o afeto de uma mãe, mas entendi que o amor é algo que se obtém de bom grado, que se conquista e se respeita. Você nunca poderia ser digno para que Giselle o amasse, Thandal, porque se há algo desconhecido para ti, é que este sentimento se origina de altruísmo, confiança, fé e lealdade.

Tento falar, mas o sangue se acumula na garganta e ameaça me sufocar. Olho para cima, vendo Giselle, a quem sempre ansiei, sendo amparada pelo humano; Alana também se encontra segura entre os braços de Zaragohr de Zertughen, enquanto todos os outros ali servem como testemunha da minha desgraça.

Minha vida milenar sendo tomada pela criatura a quem mais repugnei.

Aersythal provou, com seu gesto e suas palavras, que não importa o tanto que tentemos, a escuridão sempre será sobrepujada pela luz mais cintilante.

Com os olhos brancos ardendo com o brilho inigualável de mil estrelas, vejo o corpo de Aersythal se banhar e transbordar uma luz ofuscante, e quando sua mão toca minha testa, fecho os olhos, pois sei que para mim não sobrará nada além da escuridão impiedosa que me sobrevém.

# CAPÍTULO XXXIII

## ZARAGOHR

*Reino de Zertughen*
*Semanas depois...*

— Seus pais me odiarão até o fim dos tempos — Alana diz, contemplando o vale montanhoso que leva a Glynmoor.

Abraçando-a por trás, deposito um beijo em sua cabeça e sorrio, ciente de que suas palavras são verdadeiras, mas não importam em nada para mim.

— E desde quando a Rainha das fadas se importa com o que os outros pensam ou deixam de pensar? — sussurro contra seu ouvido, deliciado em ver sua pele arrepiada. Suas asas tremeluzem e cintilam, assim como as filigranas exuberantes em seu rosto.

— Não me importo com a opinião dos outros, desde que você esteja ao meu lado.

Naquela manhã, fomos coroados como Reis de Zertughen e soberanos sobre Cálix. Governantes de todos os reinos compareceram à cerimônia, e o conselho élfico outorgou nossos poderes, relegando meus pais a um posto de certa relevância entre os seus.

Não é preciso dizer que ambos foram a contragosto, e que nunca aceitarão que a profecia do Timës'Gon se cumpriu, e que não eram eles os protagonistas da história.

Minha mãe jurou nunca mais dirigir a palavra a mim e meus irmãos, e meu pai se resignou a amaldiçoar nossa geração.

Sabíamos que nem tudo viria de forma suave e compreensiva, mas o que importa agora é que consigamos equilibrar nossas forças e alianças, unindo os povos para que um tempo de paz perdure por séculos.

Decidimos construir um novo palácio, na fronteira de Glasnor, entre Zertughen e Glynmoor, de forma que não tivéssemos que nos afastar tanto do nosso povo.

Alana entregou o comando do palácio de cristal de seu reino a Giselle, deixando-a responsável em cuidar da floresta de Glynmoor, controlando o fluxo da entrada de humanos por ali.

Com sua união com Alaric, as portas tiveram que ser abertas para aqueles que representam algo para o antes humano. O irmão Keith, bem como a sobrinha, teria livre acesso às terras de Cálix, já que não seriam cortados os vínculos com seus familiares.

Alaric decidiu que, com a proximidade da pousada que estivera construindo dos reinos mágicos, o melhor a ser feito era vetar o projeto que sua família colocara sobre seus ombros.

Com a anuência do irmão, que se inteirou de sua nova condição imortal, foi acordado que a pousada seria apenas a residência dos Cooper, e serviria como uma espécie de refúgio para Giselle e seu amor à civilização humana. Ela, Laurynn e Lurk, um de seus melhores amigos, elegeram a casa como quartel general de coisas mundanas, onde degustam de pequenos prazeres, como assistir filmes e esses programas projetados em telas de plasma.

Novos tempos exigem reformas, e mais uma das que tivemos que arcar foi a mudança de Styrgeon para Glynmoor. Sob a desculpa de proteger com mais veemência os limites da floresta entre reino humano e o de Cálix, Styr fez questão de deixar claro suas intenções para com Laurynn.

A profecia de Mayfay não previu apenas a união da princesa das fadas e um humano, e da rainha e um herdeiro dos Elfos de Luz. A profecia se estendeu ao vínculo inquebrável de um ser mágico e sobrenatural, como Starshine, e Zoltren; assim como um guerreiro brutal de Zertughen com uma fada delicada e gentil.

Alana se vira em meus braços, livrando-me dos pensamentos. Enlaçando meu pescoço, um sorriso cintila em seus lábios. Acredito que nunca me acostumarei a contemplar aquele gesto que por tantos séculos foi esquecido. E um simples sorriso de minha rainha é capaz de me colocar de joelhos.

— Você não acha que é precipitado realizar nossa cerimônia de união dentro de dois dias? — pergunta.

Beijo a ponta de seu nariz, acariciando as ranhuras de suas asas e me deliciando com seus arrepios.

— Não, não acho. Pense em um hiato de séculos, Alana. Esse é o tempo que tenho esperado para consumar nosso vínculo — digo, segurando seu rosto entre as mãos. — Não preciso de uma cerimônia para confirmar o que já sei desde que a conheci, mas é necessário que um rito seja realizado para que todos entendam que pertencemos um ao outro, e que nossa aliança é indissolúvel.

Alana repousa o rosto contra o meu peito e me abraça com força.

— Acredito que será um evento que o reino feérico jamais esquecerá — alega.

— Sim. — Beijo o topo de sua cabeça e a forço a olhar para mim. — Afinal de contas, será a primeira vez que um casamento triplo acontecerá.

— E a primeira vez que humanos serão permitidos em nossas terras.

Com o casamento de Giselle e Alaric sendo realizado em conjunto ao nosso, assim como o de Zoltren e Starshine, foi liberada a entrada de Keith Cooper e sua filha, Violet.

Até onde sei, a previsão de ambos chegarem a Zertughen é amanhã, onde serão escoltados por guardiões de Glynmoor e alguns Elfos de Luz destacados para sua proteção.

— Acredito que seremos muito felizes. Por toda a eternidade — declaro e beijo sua boca carnuda. Alana retribui o beijo com ímpeto e paixão, refletindo as emoções que me assolam.

— Por toda a eternidade, moy'ess.

Eu a pego em meus braços e guio nossos passos até o leito que temos dividido desde nossa chegada.

Sem pressa alguma, desfruto de seu corpo e dedico toda a minha atenção em agradá-la e levá-la ao ápice do prazer.

Nossa união é perfeita em muitos aspectos: alma, coração e corpo. Não me canso de contemplar seu rosto quando nos unimos em um só, e faço questão de acompanhar cada uma de suas reações ao mais ínfimo toque.

Fui destinado a ser desta fada, assim como ela nasceu para ser minha. Nem mesmo o tempo foi capaz de impedir que isso se cumprisse. O período em que ficamos afastados foi cruel, mas me serviu para mostrar que perseverança é uma das minhas virtudes, e que o perdão de Alana foi conquistado não somente através de meus atos altruístas, mas, principalmente, pelo amor dedicado e a confiança de que algum dia eu seria capaz de lhe provar que fomos feitos um para o outro.

— *Vuhn tae luyar zy mai, Moy'sil.*

Seu ofego espirala em minha pele e me leva ao clímax intenso de nossa união carnal.

Alana abre os olhos lindos e cristalinos e sorri.

— *Vuhn tae luyar zy mai, Moy'zard.*

Nunca me cansarei de ouvi-la proferir seu amor. Mil anos poderão se passar, e meu coração sempre saltará uma batida quando o som de sua voz ecoar, dedicando a mim aquilo que sempre aspirei.

Seu amor.

# EPÍLOGO

## ALARIC

Reino de Glynmoor
Oito meses depois...
Observo a luz da lua tocando a pele imaculada da mulher que mudou minha vida.

— Giselle...? — Estamos deitados na imensa relva que ela chama de "paraíso das fadas", depois de uma sessão intensa de carinhos e amassos.

— Huuuuummm... — Ela se encontra tão sonolenta e aninhada ao meu peito que um sorriso satisfeito curva meus lábios.

— Se... Ahn... você... nós... — Não sei bem por onde começar a explanar a dúvida que me atormenta há algum tempo.

— Huuummm... você engoliu um gafanhoto?

— Hã? O quê? Não! — respondo, rindo. Ela tem cada pergunta absurda.

— Então por que está ga-ga-ga-gaguejando? — caçoa. Com carinho, dou um beliscão em seu traseiro para que pare de tirar sarro da minha cara. Ela sacode as asas iridescentes com tanta força que acerta o meu nariz.

— Estou pensando na melhor forma de perguntar uma coisa...

Giselle muda de posição e se deita sobre meu tórax, apoiada nas mãos cruzadas. Piscando os cílios com rapidez, ela sorri, fingindo inocência.

— Você quer saber se fadas ficam grávidas e se poderemos ter nossos bebês?

— O quê? Co-como sabe?

Giselle é surpreendente. Quando menos espero, ela me pega de surpresa com algumas de suas inúmeras facetas.

Já estamos juntos há meses, e no reino humano eu conhecia certos recursos contraceptivos ou para um sexo seguro. Desde que minha vida virou de ponta-cabeça, já não sei de mais nada. Cada dia aprendo algo novo, tomando ciência da nova realidade em que agora faço parte.

— A resposta é sim. E sei o que está pensando, porque nosso elo nos permite isso — responde, com um sorriso. — Você só não descobre o que está se passando na minha cabeça, porque ainda não aprendeu a se concentrar nisso, mas quando acontecer... vai desejar nunca ter ouvido meus pensamentos... — diz, rindo.

Acerto um tapa em sua bunda pela gracinha.

— É sério?

— Hum, hum.

Uau. Essa informação é interesse em diversos aspectos.

— Isso mesmo. Ou saberia que temos um bebê a caminho...

Um minuto inteiro de silêncio paira sobre nós. Por um instante imagino que sou capaz de ouvir uma sinfonia de grilos ao longe. Giselle, no entanto, mantém um sorriso deslumbrante no rosto, mas eu, em contrapartida, estou em choque, boquiaberto.

— O q-que disse?

Ela se senta de uma vez e cruza os braços, entre irritada e divertida.

— Ah, Alaric. Que você não consiga ler meus pensamentos, tudo bem, até entendo. Mas que não entenda o que estou falando?! Nem ao menos falei em galês, ou na língua dos *Chryanis*, que, diga-se de passagem, é difícil pra caralh...

Antes que ela consiga completar a frase absurda, agarro minha garota em um giro espetacular e salto alguns metros de altura... porque... Ei, embora não tenha asas nem nada, descobri que possuo alguns poderes bem bacanas e que vêm sendo trabalhados por Styrgeon. E a capacidade de me impulsionar por alturas extremas é impressionante.

— Aaaaaiiii! — o grito ultrajado de Giselle, associado ao riso borbulhante traz meu mundo de volta ao eixo.

— Você está grávida?

— É assim que se diz no mundo humano, não é?

— Sim...

— Para as fadas é reproduzir outro *fae*. Acho muito chato. Podíamos fazer um mix dos nomes, o que acha? Estou *faevida*? Entendeu ou vou ter que desenhar, Alaric? Grávida mais *fae*...

— Entendi, Giselle — respondo e agarro o corpo miúdo fazendo com que ela enlace minha cintura com as pernas. Nem preciso dizer que uma parte da minha anatomia responde rapidamente como uma sentinela de plantão. — Você está esperando um filho...

— Ou filha... — corrige, rapidamente.

— *Fae* ou fada.

— Híbrido.

— Como assim?

— Entrei em período de reprodução logo após você se catapultar para o lado de cá e se tornar um elfo cobiçado. Seu corpo ainda estava se ajustando às novas características transmitidas por Zaragohr. Daí, depois que praticamos intensamente nos últimos tempos, você assumiu essa forma majestosa que tem hoje. O homem mais bonito que já pisou os reinos de Cálix... o MEU Alaric.

Começo a rir diante da possessividade da diminuta fada que tenho em meus braços. Não posso negar que sempre me deixa excitado ouvi-la se referir a mim dessa forma.

— Seu, hein?

— Agora, nosso.

— Terá asas?

— Meu Deus... pela Fada alada que me guia... lá vem você com essas perguntas de novo, Alaric.

O som de seu riso ecoa por toda Glynmoor. Logo após meu despertar, quando fui salvo por Zaragohr, eu a deixei exausta de tantas perguntas. No entanto, em todo tempo, ela teve paciência de me explicar.

Ter que se adaptar a um mundo e realidade novas não é algo tão simples. Em diversos momentos fui assaltado pelos temores do desconhecido, e Giselle esteve ao meu lado para me guiar, assim como, Z, que também teve um papel fundamental no aprimoramento de dons que até então nunca imaginei possuir.

Com nossa vinda para Glynmoor, quem passou a me treinar em minhas novas habilidades foi Styrgeon, que também decidiu fazer morada no reino das fadas.

— Não sei, honestamente, Alaric. Mas isso importa? — pergunta, com uma sobrancelha arqueada. — Vou amá-lo do mesmo jeito, tendo ele mais características minhas ou suas. Não há diferença para mim.

Eu a abraço com força, beijando sua testa e depois seguindo uma trilha de beijos pelo rosto até chegar à boca suculenta.

— Para mim também não, *moy'sil*.

Eu amava chamá-la assim. *Minha fada.*

Coloco a mão em seu ventre ainda plano, e um sorriso toca os seus lábios. Nunca imaginei que encontraria isso em meu futuro. Keith e Violet ficariam exultantes quando soubessem da novidade.

As asas de Giselle batem em um ritmo frenético enquanto ela nos sustenta no ar, ainda com as pernas enlaçando minha cintura. Roço a ponta de seu nariz com o meu, em uma carícia doce que se tornou nossa marca registrada, e a beijo com ardor para demonstrar a felicidade que me inunda.

— Será nosso presente.

Um presente que a profecia não previu, aparentemente. O cintilar de Giselle deu início às mudanças que sobrevieram estas terras, e, por que não, assegurou que o reino humano fosse mantido alheio à existência de criaturas míticas que apenas ilustram seus livros.

Juntos, criamos uma vida que representa a união de dois mundos, e que simboliza que há um novo alvorecer para aqueles que têm esperança e que guardam os caminhos do bem. Giselle não somente me despertou para o amor, mas também reascendeu em mim a chama de um novo tempo repleto de paz.

Nosso encontro cintilou uma guerra, mas nosso filho representa a ascensão de Cálix.

*FIM*

# AGRADECIMENTOS

Em primeiro lugar, quero agradecer a Deus, por sempre me dar forças para continuar em projetos que começo, mas muitas vezes me julgo incapaz de acabar.

Ao meu marido e filhos amados, que apoiam os horários loucos da mãe, os momentos perdidos em que me enclausuro no quarto e deixo a mente me levar a terras distantes. Amo vocês sem tamanho ou medida. Em uma linguagem de Cálix, *Vuhn tae luyar zy mai*.

À minha família, que é minha rocha e me sustenta em cada novo livro lançado. Obrigada por tudo.

Aos amigos queridos, aqueles que são imprescindíveis em momentos ao longo da jornada muitas vezes solitária do autor. Andrea Beatriz, Lili (nem a distância consegue apagar nossa amizade), Kiki, Alê, Paula Wanderley, Mimi, Dea, Jojo (minha personal quote girl), Nana, Maroka (meu braço direito e esquerdo), Roberta Teixeira. Há muitos mais que deveriam ser citados aqui, pois representam um papel importante na minha vida, mas minha mente ainda se encontra em meio à floresta encantada de Glynmoor, e isso abala um pouco a memória.

Minhas betas do coração – JowJow (mantenha a calma, porque o Z será disputado), Maroka, Dea e Nana (embora seja uma beta fujona e alçada ao posto de "martelo editorial implacável"). Não consigo externar toda a minha gratidão e amor em apenas um parágrafo, mas espero que saibam que todas complementam minha escrita como ninguém.

Aos meus amigos autores, que compartilham dessa jornada por vezes exaustiva, mas que traz tantas alegrias.

À Editora The Gift Box, por abraçar mais um projeto com tanto carinho e empenho. Vocês sempre dão vida aos textos que poderiam apenas fazer morada no meu computador e mente. Obrigada pela dedicação, pelo profissionalismo e pelo prazer de entregar um trabalho primoroso aos seus leitores, desde o primeiro passo do processo editorial até o fim. Rô, sua amizade é inestimável.

A cada blogueiro, instablogger, booktoker e tantos outros que fazem de sua missão de vida divulgar o trabalho dos autores que são os escolhidos da vez para serem lidos. Nossa jornada literária não seria a mesma sem a presença de cada um de vocês, que se dedicam a espalhar o amor, a surtar com o autor, a vibrar com cada página lida. Obrigada do fundo do coração. Desejo um monte de elfos maravilhosos a vocês.

Aos meus leitores... Por favor, se joguem nesta aventura comigo. Garanto que não consumi substâncias alucinógenas, embora em alguns momentos possa parecer. Abra sua mente e coração para acolher personagens que, por mais diferentes que sejam, têm algo a somar.

Love Ya'll
MS Fayes

# NOTA DE UMA AUTORA MAIS DO QUE REALIZADA

O processo de escrita é, por vezes, muito solitário. Nós nos jogamos em nossa própria mente, dedicando uma parte da nossa vida a criar histórias, mundos e universos que possam conquistar os corações dos leitores, da mesma forma que fomos conquistados quando a ideia de criá-los cintilou em nossa mente.

O início deste livro traz uma história engraçada e singular. Primeiro, me apaixonei por uma capa *pre-made* de uma amiga, Gisele Fernandes. Comentando sobre a arte, aleguei que merecia um texto que refletisse a beleza da fada retratada. Na brincadeira, criei Giselle, a fada cujo nome é uma clara homenagem.

Isso aconteceu em meados de 2017. Muitos outros livros atropelaram o projeto que tinha em mente, outras histórias quiseram ser contadas antes... Minha mente é um vasto mar de criatividade no quesito romance.

Lá em 2018 fiz um convite especial a uma amiga autora, Andy Collins, para que ela me ajudasse e colaborasse com suas pérolas sangrentas no núcleo vilanesco. Nunca imaginei que ela fosse se encantar de tal forma com o enredo, de forma a contribuir com arroubos de ideias, *cards* com personagens, nomes estranhos...

Foi tão divertido discutir sobre um mundo fantástico e que só existia no meu coração e mente. Dividir minhas ideias loucas se mostrou algo único e especial. Eu nunca havia experimentado esse processo de partilhar algo tão pessoal. Nossas agendas acabaram se desencontrando ao longo dos anos, e somente em 2020 resolvi que fecharia o ciclo dessa fantasia criada aleatoriamente e até então guardada em uma pasta de arquivo empoeirada no meu computador.

Então, um *muito* obrigada a você, Andy, por ter feito parte desse sonho que se realiza agora.

Escrever uma obra de fantasia é complexo e se mostrou um desafio que, por vezes, me levou a duvidar se eu conseguiria terminar ou não. Pensei em desistir em vários momentos, mas eu, como autora, precisava provar a mim mesma que era capaz de dar voz e vida aos personagens que já haviam cativado meu coração e os das minhas betas, além de algumas amigas a quem permiti ler para receber um *feedback*.

Sempre tenho medo de "palco", sentimento que pode ser descrito quando lanço um novo livro. Esse talvez tenha sido o que mais trouxe esse sentimento ao meu coração.

Dei um salto no escuro. Não caí no buraco do coelho de Alice, mas abri as portas de um novo mundo ao cruzar uma ponte oculta pela densa vegetação da Floresta de Glynmoor.

Espero que vocês se vejam transportados da mesma maneira.

Boa leitura!

A The Gift Box é uma editora brasileira, com publicações de autores nacionais e estrangeiros, que surgiu no mercado em janeiro de 2018. Nossos livros estão sempre entre os mais vendidos da Amazon e já receberam diversos destaques em blogs literários e na própria Amazon.

Somos uma empresa jovem, cheia de energia e paixão pela literatura de romance e queremos incentivar cada vez mais a leitura e o crescimento de nossos autores e parceiros.

Acompanhe a The Gift Box nas redes sociais para ficar por dentro de todas as novidades.

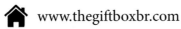 www.thegiftboxbr.com

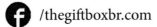 /thegiftboxbr.com

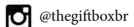 @thegiftboxbr

 @GiftBoxEditora

Impressão e acabamento